英雄与神祇

《吉尔伽美什史诗》研读

欧阳晓莉 著

上海三联书店

谨以此书献给引领我进入亚述学殿堂的

拱玉书先生

目　　录

前言　　　　　　　　　　　　　　　　　　　　　　001

第一章　《吉尔伽美什史诗》的相关文本　　　001

第二章　《吉尔伽美什史诗》的发现与研究　　019

第三章　吉尔伽美什与乌鲁克城邦　　　　　038

第四章　吉尔伽美什的三次洁净　　　　　　059

第五章　恩启都从"自然"到"教化"　　　　084

第六章　冥府情境与生死观　　　　　　　　111

第七章　吉尔伽美什与恩启都的同性之爱?　　150

第八章　《吉尔伽美什史诗》中的梦境描写　　169

第九章　吉尔伽美什浪迹天涯　　　　　　　183

第十章　两河流域的"挪亚方舟"　　　　　198

第十一章　妓女莎姆哈特、女店主施杜丽和乌特纳
　　　　　皮施提之妻　　　　　　　　　　227

第十二章　女神宁苏和伊施塔　　　　　　　261

第十三章　《吉尔伽美什史诗》的传播与影响　　282

附录 1：主要神名和人名表   301

附录 2：主要地名表   305

参考文献   307

前　　言

这本小书的写作，借用当下流行的话语来表达，是纯属偶然。在我长久以来的认知中，只有才思敏捷、文采过人的学者才堪当文学研究的重任，而我显然不在这类人之列。本科时我就读于北京大学光华管理学院的财务学专业，硕士阶段转入亚述学领域后，主要从事古代两河流域早期的社会经济史研究，尤其关注白银的货币功能。《吉尔伽美什史诗》作为古代两河流域最著名、最富魅力的文学作品，我在学习和研究中也屡有接触，但此前从未兴起过以它作为研究对象的念头。

2013年春天，我进入了复旦大学历史学系任教，随即面临着给本科学生开课的挑战。首先进入脑海的当然是基于专业的课程，如楔形文字苏美尔语和阿卡德语，以及古代两河流域和古代近东的通史。然而，这些课程对于零基础的本科生来说，似乎缺少了那么一点趣味性和吸引力。幸运的是，此时从纽约城市大学退休的吴以义老师正在我系任教。吴老师的专长是科学史，但他博闻强识，对古今中外的不同文明多有涉猎。包括我在内的系里诸多同事都喜欢和他切磋交流，还建立了名为"吴以义思想研究会"的微信群。吴老师倾听了我的问题后,建议我开设一门关于《吉尔伽美什史诗》的课程。我听后顿觉醍醐灌顶,就开始草拟课程大纲,以便向系里提交开设新课的申请。我还记得和吴老师在肺科医院附近的"夏朵"餐厅共进午餐,讨论修改我的大纲。令人惊讶的是,吴老师虽然早我几年加入复旦,却从未去过"夏朵"。他从此爱上了这家餐厅,这让我非常得意。

在 2015 年的春季学期,我以"古代西亚经典名著导读"为课名开始在复旦讲授《吉尔伽美什史诗》。这门课最初定位为本科生的通识教育选修课。在 2017 年春季学期的第二轮授课中,有选课的同学建议我将它升级为通识教育核心课程,以满足学生的选课需求。我和系里的同事夏洞奇老师交流后,他也鼓励我尝试升级,还帮我构想了"古代近东的英雄与神祇"这个新课名。这也是本书得名的由来。在申请开设通识教育核心课程的过程中,复旦大学通识教育核心课程办公室的应建庆老师和核心课程第三模块("文明对话与世界视野")的负责人李宏图老师都给予了诸多帮助和建议。最终,"古代近东的英雄与神祇"得以在 2017 年秋季首次开设,现已成为我每学年在复旦常规开设的本科生课程。

在我成为一名大学教师的头几年,经常听见前辈学者说"教学相长",内心却没有产生什么共鸣。此时此刻,当回首本书的酝酿和写作时,我深切体会到了"教学相长"所蕴含的深刻道理。在数年的教学中,我不知不觉阅读了很多论文和著作,不知不觉写下了大量的备课笔记和小文章,不知不觉突破了自己的舒适区,开辟了一个新的研究方向。在此,要特别感谢修读过"古代西亚经典名著导读"或"古代近东的英雄与神祇"的复旦同学们! 没有你们的积极参与就没有本书的问世。

在研究和写作此书的过程中,我与曾经的师妹、现任教于南方科技大学人文与社会科学研究院的钱艾琳老师找到了共同的文学旨趣,加深了友谊。钱老师不辞辛苦地帮我审读了整部书稿,提出了诸多独到的修改建议。我还结识了一干研究外国文学的同行和朋友,包括复旦大学中文系比较文学专业的杨乃乔老师和复旦大学外文学院西班牙语系的程弋洋老师。感谢他们的热情相助!

作为一名家有小学生的学者,我的任何发表都离不开家人的大力支持。我先生虽是一名理科男加创业者,却笃信人文教育对于生命个体和社会群体无可比拟的价值。他在繁忙的工作之余,承担了大量带娃和辅导学业的责任,使我得以专注自己的研究。我母亲和继父每年暑假都从老家来到上海帮我们照看孩子,让我能有整块的时间集中进行写作。我女儿(英文名 Inanna,与女神伊楠娜同名)正处于对《吉尔伽美什史诗》似懂非懂的年龄,很惊叹于妈妈居然能写出一本比她的语文课本还要厚的书。我妹妹在一家大公司里负责财务工作,却始终对我的研究怀有浓厚的兴趣,一有机会就参加我的讲座活动。希望藉本书回报他们的付出和关爱!

最后，谨以本书献给我就读于北京大学外国语学院西亚系时的硕士生导师拱玉书先生！正是在他引领下，我得以迈进亚述学研究的殿堂并以它作为我毕生的志向。拱老师致力于楔形文字苏美尔语和阿卡德语文学的研究，已经完成了基于原文的《吉尔伽美什史诗》的完整汉译，即将由北京商务印书馆出版。师生多年，我们的研究不约而同地交汇在这部作品上，这是一种怎样的缘分！

第一章 《吉尔伽美什史诗》的相关文本

《吉尔伽美什史诗》(*the Epic of Gilgamesh*,下文简称"史诗")
是两河流域文明孕育的最著名的文学作品,也是人类历史上首部
英雄史诗。从 19 世纪晚期的发现至今,它已有多个版本和译本出
版。目前学界公认的权威评注本是英国学者安德鲁·乔治
(Andrew George)于 2003 年出版的一部两卷本的英文著作。[1] 该
学者在 1999 年还出版了一本普及性的读本,翻译了"史诗"标准
版的全文和迄今为止发现的相关作品或残片的内容。[2] 其他主
要西方语言(法语、德语和西班牙语)的"史诗"标准版译本也早已
面世。[3]

---

[1] A. R. George, *The Babylonian Gilgamesh Epic*:*Introduction*,*Critical Edition and Cuneiform Texts* (Oxford:Oxford University Press,2003).

[2] Andrew George, *The Epic of Gilgamesh*:*The Babylonian Epic Poem and Other Texts in Sumerian and Akkadian*(London:Penguin Books,1999).

[3] 另一通行英译本参见 Benjamin R. Foster, *The Epic of Gilgamesh*:*A New Translation*,*Analogues*,*Criticism* (New York & London:W. W. Norton, 2001)。通行德译本参见 Stefan M. Maul, *Das Gilgamesch-Epos* (München: C. H. Beck,2008);法译本参见 Jean Bottéro, *L'épopée de Gilgameš*:*Le grand homme qui ne voulait pas mourir* (Paris:Gallimard,1992);西班牙语译本则有 Joaquín Sanmartín, *Epopeya de Gilgameš* (Madrid:Trotta,2005)。

"史诗"最早的汉译本则由赵乐甡于 1981 年首次出版,[①]
1999 年和 2015 年赵先生的汉译本两次再版。[②] 赵先生的汉译,
第一至十一块泥板的内容是从日本学者矢岛文夫 1965 年日文译
本的《吉尔伽美什叙事诗》翻译而来,第十二块泥板的内容依据的
则是一个 1955 年出版的英译本。[③] 赵先生的汉译言辞优美,但
年代已久,无法反映最新的相关研究成果;而且它根据日文和英
文译本转译而成,并在内容上略有删减,远不能再现作品的原貌。
因此,以当下标准而言,赵译本对学术研究的参考价值是有限的。

　　本书立足于"史诗"的楔形文字原文(苏美尔语和阿卡德语)
并参考了大量国内外学术界的最新研究成果。"史诗"相关部分
的汉译,是笔者在以上汉译版本的基础上,根据乔治 1999 年出版
的英文读本独立翻译而成;有关术语的讨论则参照乔治 2003 年
出版的评注本中的阿卡德语和苏美尔语原文。引用"史诗"时,大
写罗马数字表示泥板编号,阿拉伯数字表示行数,除另有说明外,
皆对应于乔治 1999 年出版的英文读本中标准版的编号。

"史诗"标准版

　　"史诗"的主角吉尔伽美什是位于两河流域南部的乌鲁克

---

① 赵乐甡译著:《世界第一部史诗〈吉尔伽美什〉》,辽宁人民出版社 1981 年。
② 赵乐甡译:《吉尔伽美什——巴比伦史诗与神话》,译林出版社 1999 年;《世界
　　上第一部史诗〈吉尔伽美什〉》,辽宁人民出版社 2015 年。因为这两次再版的
　　版本均与 1981 年版相同,为行文简洁,本书仅引用 1981 年版。
③ 赵乐甡译著:《世界第一部史诗〈吉尔伽美什〉》,第 1 页。

(Uruk)城邦的国王。他英明神武却又狂妄残暴,在他统治下,民众不堪其苦,祈求众神的帮助。众神决定让母神阿鲁鲁(Aruru)创造野兽恩启都(Enkidu)作为吉尔伽美什的对手。在吉尔伽美什授意下,妓女莎姆哈特(Shamhat)诱惑恩启都与之行鱼水之欢,使恩启都实现了从"自然"到"教化"状态的蜕变。之后,恩启都随莎姆哈特来到乌鲁克,与吉尔伽美什不打不相识,两人随即成为挚友。为建立流芳千古的名声,吉尔伽美什说服了恩启都一同前往遥远的雪松林探险,杀死护林的怪兽芬巴巴(Humbaba),砍伐雪松(极珍贵的一种木材)用于建造乌鲁克的神庙。经过一番苦斗,两人大功告成,凯旋而归,回到乌鲁克。女神伊施塔(Ishtar)对吉尔伽美什心生爱慕,便向他求婚,但吉尔伽美什对她不屑一顾。伊施塔由爱转恨,向天神父亲讨来天牛作为救兵。天牛在乌鲁克肆意破坏,被吉尔伽美什与恩启都合力杀死。这一举动激怒了天神,恩启都也受到众神惩罚,一病不起,最终离开人世。

恩启都的逝世令吉尔伽美什悲痛欲绝,体会到死亡的切肤之痛和不可避免。他因此离开乌鲁克,浪迹天涯,试图寻求永生和不朽的奥秘。历尽千难万险后,他终于在一个与世隔绝之地找到了因为神的赐福而获得永生的凡人乌特纳皮施提(Utnapishti)。后者向他透露,海底生长着一株植物,吃下后便可长生不死。吉尔伽美什潜入海底,成功采得这株植物,欣喜若狂地踏上返乡的旅程。岂料途中他在一个池塘洗澡时,一条蛇叼走了放在池塘边的仙草并将其吞下。蛇因此获得永生,蜕掉老皮。事已至此,吉尔伽美什潸然泪下,只能回到乌鲁克城邦,从其宏伟的城池求得安慰。

"史诗"流传至今的版本众多,主要以苏美尔语和阿卡德语两种语言写成,①用楔形文字记录在泥板上。上述情节较为完整地保存在标准巴比伦语②版本(下文简称标准版)的第 I—XI 块泥板上。"史诗"的标准版分为十二部分,每部分记录在一块泥板上,每块泥板记录的行数约从 200 到 300 行不等,全文长度总计 3000行左右。③ 第十二块即最后一块泥板叙述了恩启都自告奋勇前往冥府,以帮助吉尔伽美什取回掉入其间的一套玩具。他被困冥府有去无回,只有其魂魄能返回与吉尔伽美什相会,并告知后者他在冥府的见闻。

通常认为,这块泥板的内容在情节与逻辑上均不构成"史诗"标准版的结尾,而是一首名为《吉尔伽美什与冥府》的苏美尔语作品的部分翻译(详见下文)。持这一观点的学者援引的首要证据来自第十一块泥板的结尾处:

---

① 苏美尔语(Sumerian)是两河流域最早的语言,主要用于公元前 3 千纪;阿卡德语(Akkadian)是最古老的闪米特语,主要用于公元前 2 千纪和 1 千纪。
② 标准巴比伦语(Standard Babylonian)是公元前 2 千纪晚期和 1 千纪时两河流域书吏创造的一种文学语言,用于记录文学作品,可视为阿卡德语(Akkadian)的一种方言,其简介见 John Huehnergard, *A Grammar of Akkadian* (Winona Lake, Indiana: Eisenbrauns, 2011), 3rd ed., pp. 595 - 598。
③ 标准版的楔形文字全文已由 Simo Parpola 出版: *The Standard Babylonian Epic of Gilgamesh* (Finland: The Neo-Assyrian Text Corpus Project, 1997)。

登上乌鲁克的城墙,绕它走一圈,

看一看奠基记录,查一查建筑方砖,

看是否是烧砖,看地基是否是七个智者所奠。①(XI:
323—326)

这段话与"史诗"开篇第一块泥板(18—21 行)的行文完全雷
同,使得作品首尾呼应,在形式上构成一个整体。此外,恩启都
在第十二块泥板的开篇处仍然在世;如果把该泥板视为"史诗"
的一部分,那么这将与恩启都在第七块泥板中已经逝世的情节
产生矛盾。再有,第十二块泥板在内容上几乎是苏美尔语独立
作品《吉尔伽美什与冥府》逐字逐句的阿卡德语翻译;二者间明
确的对应关系不支持该泥板作为"史诗"标准版的有机组成
部分。②

　　也有学者主张,第十二块泥板的内容实为吉尔伽美什返回乌
鲁克城后所做的一个梦,因而与其余泥板的内容并不脱节。③ 还
有学者认为,最后一块泥板较为详细地涉及了对死亡这一人类终

---

① 拱玉书:《日出东方:苏美尔文明探秘》,云南人民出版社 2001 年,第 52 页;
Andrew George, *The Epic of Gilgamesh*, p.2。
② 概述于 Nicola Vulpe, "Irony and the Unity of the Gilgamesh Epic," *Journal of
Near Eastern Studies* 53(1994): pp.275‑278。
③ 方晓秋:《梦在〈吉尔伽美什史诗〉中的特殊价值》,《古代文明》2019 年第 2 期,
第 6—9 页;参见本书第八章的"泥板 XII—吉尔伽美什的梦境?"。

极问题的讨论，因此是"史诗"的有机组成部分。如果缺少了它，"史诗"在第十一块泥板的结尾就过于突兀且停留于死亡这一主题。然而作品的关注点并不止于此。人固有一死，是其他因素决定了人之所以为人。第十二块泥板中借恩启都的魂魄之口所描绘的各种死者在冥府的日常生活场景，实则为人间生活的镜像，①行文落笔在"生"上。

根据两河流域的传统，"史诗"标准版由书吏辛·里克·温尼尼（Sin-liqe-unninni）最终编纂而成。他生活的年代不详，约在公元前13—11世纪之间。记录该版本的楔形文字泥板主要出土于新亚述帝国的都城尼尼微（Nineveh）：确切而言，是出自国王亚述巴尼拔（Ashurbanipal，前668—前627年在位）所建的皇家图书馆。② 另有相当数量的泥板出土于两河流域南部的城市巴比伦（Babylon）和乌鲁克，年代晚于尼尼微出土的泥板。③ 下图显示了尼尼微和巴比伦的位置。④

---

① Nicola Vulpe, "Irony and the Unity of the Gilgamesh Epic," p. 283.
② 该图书馆收藏了1000—1200篇左右的文学和学术类作品，有的作品抄写在多个复本上；此外还藏有大量行政文书和往来公函。参见 Marc Van De Mieroop, *A History of the Ancient Near East*, *ca. 3000 - 323 B. C.* (Malden, Massachusetts: Blackwell, 2008), p. 261 和 Olof Pedersén, *Archives and Libraries in the Ancient Near East* (Bethesda, Maryland: CDL, 1998), pp. 158 - 165。
③ 上述相关介绍参见 Andrew George, *The Epic of Gilgamesh*, pp. xxiv - xxviii。
④ ［美］芭芭拉·A.萨默维尔著，李红燕译：《古代美索不达米亚诸帝国》，商务印书馆2015年，第66页。

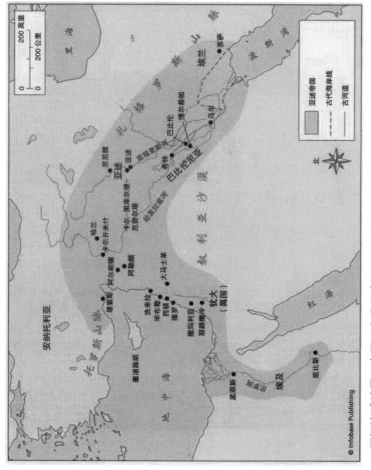

两河流域地图。来源：《古代美索不达米亚诸帝国》，商务印书馆 2015 年版，第 66 页。

7

相关苏美尔语组诗

与"史诗"内容相关的作品可回溯至古巴比伦时期(约公元前
2000—1600 年)。该时期出土的泥板中记录了五首以吉尔伽美
什为主人公的苏美尔语诗歌,其内容与标准版之间均存在部分雷
同。① 这组苏美尔语诗歌很可能创作于年代更早的乌尔第三王
朝(约公元前 2112—前 2004 年)。②

《吉尔伽美什和阿伽》(Gilgamesh and Agga):③这首诗讲述
了乌鲁克城邦如何战胜基什城邦(Kish)取得霸权的故事,是五首
作品中篇幅最短、保存最好的一首。基什国王阿伽(Agga)派

---

① [德]狄兹·奥托·爱扎德著,拱玉书、欧阳晓利、毕波译:《吉尔伽美什史诗的
流传演变》,《国外文学》2000 年第 1 期,第 54—60 页。关于这五首苏美尔语
诗歌的综述,参见 Jeffrey H. Tigay, *The Evolution of the Gilgamesh Epic*
(Wauconda, Illinois: Bolchazy-Carducci Publishers, 2002), pp. 23 - 38 和
Alhena Gadotti, *"Gilgamesh, Enkidu, and the Netherworld" and the Sumerian
Gilgamesh Cycle* (Boston/Berlin: De Gruyter, 2014), pp. 93 - 108。
② Piotr Michalowski, "Maybe Epic: The Origins and Reception of Sumerian
Heroic Poetry," in David Konstan and Kurt A. Raaflaub eds., *Epic and History*
(Malden, Massachusetts: Wiley-Blackwell, 2010), p. 20. 不过,也有学者提
出,《吉尔伽美什与阿伽》在语言、行文和内容上与其他几首诗歌存在显著
差别,故此应被排除在这一组诗之外;同上, p. 19 和 Alhena Gadotti,
"Gilgamesh, Enkidu, and the Netherworld" and the Sumerian Gilgamesh Cycle,
p. 96。
③ 详见 Andrew George, *The Epic of Gilgamesh*, pp. 141 - 148;拱玉书:《日出东
方》,第 135—143 页。吉尔伽美什分别向乌鲁克的长老们和年轻人就某项决
策征求意见的情节也出现在"史诗"标准版的第二块泥板中。

遣使节前往乌鲁克要求后者臣服，①于是吉尔伽美什召集城中的长老们开会商议是战还是和，结果长老们主和。吉尔伽美什转而向乌鲁克的年轻人寻求建议，年轻人主战。他接受了年轻人的意见准备迎战。不久阿伽兵临城下，吉尔伽美什的卫兵比尔胡图拉自告奋勇前往敌军营地，试图单枪匹马地挫败阿伽的计划。但他甫一出城门就被俘，且被带到阿伽面前遭受痛打。后来吉尔伽美什登上城门，城中的年轻人则在恩启都引导下出门迎战，瞬间击败阿伽。结尾处吉尔伽美什自述阿伽曾给与他庇护，因此他接受阿伽的求饶并把他放回基什城。

《吉尔伽美什和胡瓦瓦》(Gilgamesh and Huwawa)：②该作品现存一个较为完整的版本，讲述了吉尔伽美什和仆人恩启都远征雪松林的经历，对应于"史诗"标准版泥板 III—V 的情节。吉尔伽美什出于对死亡的恐惧，决意寻求光荣的业绩，因而提议远征怪兽胡瓦瓦(即标准版中芬巴巴的苏美尔语名字)的驻地雪松林。鉴于雪松林位于东方太阳升起之地，③恩启都建议吉尔伽美什先向太阳神乌图(Utu)求得许可。吉尔伽美什依计而行，向乌图解释人

---

① 两座城市都位于幼发拉底河河畔，基什在乌鲁克的上游地区。吴宇虹提出，基什试图利用其有利位置威胁乌鲁克，如果不臣服就拦截幼发拉底河河水，切断其水源供给；参见 Yuhong Wu, "The Earliest War for the Water in Meso-potamia: Gilgamesh and Agga," *Nouvelles Assyriologiques Brèves et Utilitaires* (1998): pp. 93 - 95。

② 详见 Andrew George, *The Epic of Gilgamesh*, pp. 149 - 166。

③ 在"史诗"标准版中，雪松林的位置转移到了两河流域西北部的黎巴嫩—叙利亚地区。

的生命有限,所以他希望通过建立功业来求得不朽。乌图同意了,并赐予他七个星座一路指引方向。吉尔伽美什还动员并武装了乌鲁克城中的年轻人一并出发。到达雪松林后,他翻越了七个山头才找到中意的一棵雪松开始砍伐,随行的士兵们则把它锯成木材。守卫雪松林的胡瓦瓦在骚动中醒来,用它的光环击中了吉尔伽美什和恩启都,导致二者不省人事。两人醒来后商议如何才能击败胡瓦瓦。在另一更为简短的版本中,吉尔伽美什被胡瓦瓦的光环击中后醒来之时,他的自信有所动摇,对自己能否击败胡瓦瓦也产生了怀疑,因此召唤他的保护神恩基(Enki)以求得帮助。

当他们接近胡瓦瓦的住所时,胡瓦瓦的声音从空中传来,安慰吉尔伽美什不要害怕,跪在地上即可。吉尔伽美什假装想与胡瓦瓦结为姻亲,承诺要把自己的两个姐妹许配给胡瓦瓦为妻。他还向胡瓦瓦许诺了众多奢侈品,包括装在皮制容器的精制面粉和水,尺寸不一的凉鞋,还有精美的宝石和其他礼物。作为交换,胡瓦瓦每收到一份礼物都必须交出一个保护自己的光环。当胡瓦瓦把光环悉数交出后,吉尔伽美什就进攻并俘虏了他。胡瓦瓦求饶,并向太阳神抱怨吉尔伽美什的诡计多端。吉尔伽美什想饶他一命,但恩启都警告如果放走胡瓦瓦,他们自己就有性命之虞。恩启都最终割断了胡瓦瓦的喉咙,和吉尔伽美什一道提着他的首级去见主神恩利尔(Enlil)。恩利尔愤怒地质问他们为何杀死胡瓦瓦而不是对他以礼相待。在故事的结尾,恩利尔把胡瓦瓦的光环分发给山川大地、树林宫殿、芦苇丛、狮子、一位女神和他自己。

《吉尔伽美什与天牛》(Gilgamesh and the Bull of Hea-ven)：①
这首诗作是"史诗"标准版中泥板 VI 的前身,以对吉尔伽美什的
一段颂词作为开篇。吉尔伽美什在与母亲——女神宁苏
(Ninsun)——交谈,宁苏教导他如何履行自己的职责,但其具体
内容颇为含糊。随后伊楠娜(Inanna)女神就登台了,试图阻止吉
尔伽美什履行审查判案的职责。吉尔伽美什向母亲禀告伊楠娜
的言行,并提到女神在城门处跟随他;②宁苏则禁止他接受伊楠
娜的礼物。吉尔伽美什再次遇见伊楠娜时,他正在履行捕捉牲畜
以充盈女神畜栏的职责,因此毫不客气地命令女神不要挡道。之
后的内容出现了残缺。行文再度清晰时,伊楠娜已在天宫的住所
中哭泣。她的父亲、天神安努(Anu)询问原因,她说自己遭到吉
尔伽美什欺侮,要求安努给她天牛作为报复的武器。安努婉拒说
天牛生活在天宫,人间没有适合它食用的草料。③伊楠娜大发脾
气,厉声尖叫;安努无可奈何,只好应允。伊楠娜把天牛带到乌鲁
克后,它大肆破坏,啃光了城中的植被并汲干了河里的水。

---

① 详见 Andrew George, *The Epic of Gilgamesh*, pp. 166–175。
② 伊楠娜/伊施塔是妓女的保护神,而城门处是两河流域妓女传统的拉客场所;
参见第十一章的"恩启都诅咒妓女"。在"史诗"标准版 VI：158—159 中,天牛
被吉尔伽美什和恩启都杀死后,伊施塔召集各类妓女为它举行悼念仪式。
③ 天牛的上述特点支持它与星座金牛座有联系的观点;见 Louise M. Pryke,
"The Bull of Heaven：Animality and Astronomy in Tablet VI of the Gilgamesh
Epic," *ARAM* 29(2017)：p. 162。

天牛肆虐之际，吉尔伽美什正在大快朵颐，酒酣耳热后准备迎战。他先吩咐母亲和姐妹到恩基的神庙中献祭，随后发誓要肢解天牛并把它的肉分给穷人。当伊楠娜在城墙上旁观时，吉尔伽美什与恩启都开始向天牛发动进攻。恩启都发现了天牛的软弱之处，吉尔伽美什则动手结果了天牛，并把一条牛腿扔向伊楠娜。天牛的牛角则被进献给伊楠娜神庙。

《吉尔伽美什与冥府》(Gilgamesh and the Netherworld)：[①] 这首作品中恩启都自告奋勇入冥府以及向吉尔伽美什描述冥府景象的内容对应于"史诗"标准版的泥板 XII。它以一则神话故事作为开头。在遥远的过去，当诸神把宇宙瓜分完毕后，智慧神恩基扬帆起航前往冥府方向，目的地极有可能是他的住所"地下泉水"。[②] 此时一场大风暴袭来，刮倒了幼发拉底河岸边的一棵柳树。伊楠娜来到河边漫步，捡起柳枝带回乌鲁克家中种植，期待柳树长大后能提供木材制作家具。然而随着柳树的生长，它的根部被一条蛇盘踞着，枝桠上有只安祖鸟[③]在孵蛋，树干上则有

① 详见 Andrew George, *The Epic of Gilgamesh*, pp. 175–195。该作品的系统研究见 Alhena Gadotti, "*Gilgamesh, Enkidu, and the Netherworld*" *and the Sumerian Gilgamesh Cycle*。

② "地下泉水"是恩基的传统住所，位于地下但在冥府上方；参见 Piotr Steinkeller, "Of Stars and Men: The Conceptual and Mythological Setup of Babylonian Extispicy," *Biblica et Orientalia* 48(2005): p. 47 的示意图。

③ 苏美尔语写作 *Imdugud*，阿卡德语 *Anzu*，其形象为鸟身狮头且体型巨大；详见 Jeremy Black and Anthony Green, *Gods, Demons and Symbols of Ancient Mesopotamia: An Illustrated Dictionary* (Austin, Texas: University of Texas Press, 2000), pp. 107–108。

一个女魔安了家。伊楠娜心情沮丧,痛苦不已。她向兄弟太阳神乌图求助,但后者不予理会。她随后向吉尔伽美什求助。吉尔伽美什拿起武器除掉了这些邪恶的生物,并砍伐柳树为伊楠娜提供了制作家具的木材。他还利用剩余的木料为自己制作了一套玩具,有可能是一个球和一根球棒。学界对于这套球具具体为何依然有争议。

吉尔伽美什与乌鲁克的年轻人整日沉湎于这套球具的游戏,城里的女性则忙于为他们提供食物和水,因此对吉尔伽美什抱怨不已。后来这套球具掉入了冥府,吉尔伽美什因无法将它们取回而嚎啕大哭。他的仆人恩启都自告奋勇前往冥府去完成这项任务。吉尔伽美什告诫恩启都,去往冥府时要对死者表示尊敬,不要吸引任何注意力到自己身上;他还交代了恩启都一系列注意事项。

恩启都前往冥府,一路都忽略了吉尔伽美什的建议,结果被困在那里无法脱身。吉尔伽美什先向恩利尔求助,被拒;再向恩基求助。恩基命太阳神在黎明时分从冥府升起时把恩启都的魂魄带出冥府。这首作品的高潮是恩启都的魂魄与吉尔伽美什间的长篇对话,描述了恩启都在冥府的见闻(详见第六章)。

《吉尔伽美什之死》(The Death of Gilgamesh):①这部作品的开篇为一首吉尔伽美什的挽歌。他躺在病榻上,死神派来的冥

---

① 详见 Andrew George, *The Epic of Gilgamesh*, pp. 195 - 208。

府总管那姆塔尔（Namtar）一把抓住他。吉尔伽美什梦见众神在开会讨论他的命运。神祇们回顾了他英雄的一生：远征雪松林的光辉业绩，浪迹天涯的独特经历，以及从大洪水的幸存者孜乌苏德腊（Ziusudra）①处获得的关于远古时代的知识。他们面临的难题是，吉尔伽美什虽然为人，但他母亲是女神宁荪，他可否获得永生？此时智慧神恩基出场，他指出获得永生的凡人仅孜乌苏德腊一例，而且发生在他躲过洪水灾难的特殊情况下。因此，吉尔伽美什尽管具有神祇的血统，还是无法逃脱死亡的命运。但考虑到他作为神祇后裔和乌鲁克城邦国王的特别身份，他可以像冥府的其他两位神灵宁吉什孜达（Ningishzida）②和杜穆孜（Dumuzi）③一样主持对死者的审判。在每年五月（大致相当于现代公历八月）的"点灯节"期间举行点燃火炬和铜炉的仪式时，吉尔伽美什还会受到祭拜。最后出场的众神之首恩利尔总结了神祇们做出的决定：虽然吉尔伽美什拥有神的血统，但他还是必死；不过他到达冥府后可与家人及恩启都团聚，而且可以步入小神之列。

吉尔伽美什从梦中醒来后大为震惊。他试图解梦并向其他

① 苏美尔洪水故事中的主人公，参见第十章的"两河流域其他洪水故事"。
② 该神在冥府司掌审判。有一则神话叙述了他进入冥府后又成功逃离的经历，详见 W. G. Lambert, "A New Babylonian Descent to the Netherworld," in Tzvi Abusch, John Huehnergard and Piotr Steinkeller eds. , *Lingering over Words* (Atlanta, Georgia: Scholars, 1990), pp. 289 - 304。这一经历与伊楠娜/伊施塔的经历类似，详见本文第六章。
③ 杜穆孜与冥府的联系详见第六章的"冥府神话之一：《伊楠娜/伊施塔入冥府》"。

人寻求建议。众人都劝解他不要忧伤：虽然他贵为国王也难免一死，但在冥府中可享有殊荣，这令人欣慰。

在智慧神恩基的催促下，吉尔伽美什开始营建自己的墓地。他命人把幼发拉底河改道，在河床上用石头建造墓地。他的后宫女眷和随从们则在墓地中各就各位，准备在冥府中陪伴他们的国王。① 为确保能在冥府受到优待，吉尔伽美什向冥府女王埃蕾什基伽勒（Ereshkigal）和她的随扈进献了诸多礼物（细节不详）。②最后他自己躺下，墓门从外面被巨石封住，改道的河流复位，导致墓地的原址无处可寻。乌鲁克的民众为吉尔伽美什举行了隆重的悼念仪式。这则故事有两个结尾。一个结尾颂扬吉尔伽美什是最伟大的国王。另一个结尾则解释了人死后还活在后人心目中的原因：首先，奉献给神庙的雕像确保了死者的名字不被遗忘；

---

① 此处描写的"人殉"习俗得到了考古发现的证实。在两河流域南部、距巴格达东南方向约 300 公里的乌尔遗址中，考古学家发现了 16 处墓葬建有石砌墓室，墓室中有大量金银和宝石质地的随葬品并伴有人殉。这 16 处墓葬因而得名为"乌尔王陵"，其年代约为公元前 2600—前 2500 年。人殉数量最多的墓室有 68 名女性和 5 名男性。详见欧阳晓莉：《乌尔遗址展现上古生活场景》，《中国社会科学报》2016 年 5 月 23 日第 4 版；Richard L. Zettler and Lee Horne eds., *Treasures from the Royal Tombs of Ur* (Philadelphia: University of Pennsylvania Museum of Archaeology and Anthropology, 1998), pp. 21‑39。进一步讨论见本书第六章。
② 对应于"史诗"标准版 VIII: 92 之后的内容：恩启都病逝后，吉尔伽美什向冥府诸神奉献了众多奇珍异宝，以祈求他们欢迎并优待恩启都，详见第六章的"葬礼安排"。

其次,根据神祇的安排,人成家后会孕育子孙后代以延续自己的生命。

相关阿卡德语残片

"史诗"的标准版并非其年代最古老的阿卡德语版本。现存的泥板残片证实,早在公元前两千纪"史诗"部分内容的阿卡德语版本就已经产生。主要残片现藏于宾夕法尼亚大学(简称 P)、耶鲁大学(简称 Y)、芝加哥大学东方学院、伊拉克国家博物馆和大英博物馆(因其出土于西帕尔而简称 Si),在内容上对应于标准版的第一到第五、第七、第九到第十块泥板,[①]因而用于补充标准版中残缺的内容。

其中,残片 P 和 Y 被认为源自同一版本。残片 P 部分对应于标准版的第一、二块泥板,记录了吉尔伽美什向母亲宁荪讲述自己所做之梦,恩启都在妓女教化后离开荒野到达乌鲁克城,一直到他与吉尔伽美什在新房外不打不相识的情节。残片 Y 部分地对应于标准版的第二、三块泥板,记叙两人成为好友后,恩启都突然感到悲伤。为振奋好友的精神,吉尔伽美什提议前往雪松林

---

① Andrew George, *The Epic of Gilgamesh*, pp. 101 – 126. Daniel Fleming 和 Sara J. Milstein 在其著作 *The Buried Foundation of the Gilgamesh Epic*(Leiden: Brill, 2010)中更为详尽系统地探讨了各阿卡德语残片之间,以及它们和苏美尔语作品《吉尔伽美什与胡瓦瓦》还有"史诗"标准版相关部分间的关系。不同于 Andrew George 的观点,他们认为残片 P 和 Si 源同一版本(可视为"史诗"标准版的前身),残片 Y 则来自一个独立的阿卡德语胡瓦瓦故事。

杀死怪兽胡瓦瓦（即标准版中的芬巴巴）。恩启都提醒他胡瓦瓦受众神委派而看守雪松林，但吉尔伽美什不以为然，反而指责恩启都贪生怕死。造好武器后，吉尔伽美什召集城中长老，告知自己即将远征的计划，并罔顾长老们的反对决议出征。临行前他向太阳神沙马什（Shamash）和已故的父亲卢伽尔班达（Lugal-banda）祈求庇佑，并在恩启都的建议下把计划跟随他们的年轻人留在了乌鲁克城。之后二人向雪松林进发。

残片 Si 则来自不同于上述两块残片的另一版本。它部分对应于标准版中第九、十块泥板的内容，讲述了吉尔伽美什浪迹天涯，罔顾太阳神沙马什的劝告执意寻求永生的奥秘。他邂逅了女店主施杜丽（Shiduri），后者劝告他应当尽情享受现世生活，因为他孜孜以求的永生是神的专享，凡人绝不可能得到。吉尔伽美什一意孤行，最终在船夫苏尔苏纳布（Sursunabu，即标准版中的乌尔沙纳比）的帮助下准备渡过"死亡之海"，以找寻永生之人乌特纳皮施提。

从公元前两千纪下半期起，"史诗"开始从两河流域传播到古代近东其他地区。它的阿卡德语残片出土于土耳其境内的赫梯都城哈图沙（Hattusha）、叙利亚境内的城邦艾马尔（Emar）和以色列境内的遗址米吉多（Megiddo）。①

下表概括了"史诗"主要残片的相关信息。

---

① 详见 Andrew George，*The Epic of Gilgamesh*，pp. 132 - 139。

表 1　阿卡德语版"史诗"的主要残片

发现时间	出土地点和残片年代	内容
购于 1902 （残片 Si）	据称来自两河流域南部西帕尔（前两千纪早期）	吉尔伽美什痛失挚友，浪迹天涯以求永生（IX—X）
1906—1907	土耳其境内赫梯首都哈图沙（前两千纪晚期）	吉尔伽美什去往雪松林路上的第二个梦（IV）
购于 1914 （残片 P）	两河流域南部 （前两千纪晚期）	吉尔伽美什梦见恩启都到来；妓女带领恩启都前往乌鲁克（I—II）
1922—1934	两河流域南部乌尔城 （前两千纪晚期）	恩启都病榻上对猎人和妓女的诅咒及祝福（VII）
20 世纪50 年代	以色列境内米吉多 （前两千纪晚期）	恩启都死前的情形和吉尔伽美什的悲痛（VII）
1974	叙利亚境内艾马尔 （前两千纪晚期）	吉尔伽美什拒绝女神伊施塔的求爱，并揭露她对待旧情人的斑斑劣迹（VI）
1983	土耳其境内赫梯首都哈图沙（前两千纪晚期）	恩启都在妓女带领下前往乌鲁克，结识吉尔伽美什；两人决定前往雪松林（II—III）
购于 1914 （残片 Y）	两河流域南部 （前两千纪晚期）	恩启都结识吉尔伽美什；两人决定前往雪松林（II—III）

第二章 《吉尔伽美什史诗》的发现与研究

"史诗"的发现

自从 19 世纪考古活动在两河流域系统开展以来,出土的楔形文字泥板已数以百万计。时下流行的说法认为最有名的当属那块"洪水泥板",即"史诗"中记载获得永生之人乌特纳皮施提所述洪水故事的第十一块泥板。该泥板也在大英博物馆挑选的一百件见证世界历史的文物之列。[①]

发现"洪水泥板"的英国学者乔治·史密斯(George Smith)出身贫寒,自学成才。[②] 1840 年 3 月 26 号,他出生于伦敦切尔西区的一个贫民家庭。该地区在当时以高失业率闻名,他父母的姓名和职业都不见于史册。史密斯十四岁时就结束了学业,被父母

[①] Neil MacGregor, *A History of the World in 100 Objects* (New York: Viking, 2010), pp.95 - 101.该著作的汉译见余燕译:《大英博物馆世界简史》,新星出版社 2014 年,第 93—97 页。

[②] 除另有注明外,下文内容皆出自 David Damrosch, *The Buried Book: The Loss and Discovery of the Great Epic of Gilgamesh* (New York: Henry Holt and Company, 2006), pp.9 - 80 和拱玉书著:《日出东方》,第 31—35 页。

送入当时著名的印刷厂"布雷德伯里和埃文斯"(Bradbury & Evans)学习纸钞的雕版工作。这家工厂后来也涉足出版业务,出版了著名作家如狄更斯和萨克雷的作品。因为史密斯心灵手巧又吃苦耐劳,所以逐渐成为纸钞雕版行当的佼佼者。他在工作中磨练而成的灵巧双手和敏锐目光,为日后研读楔形文字泥板打下了坚实的基础。

19 世纪中叶,英法两国竞相在两河流域开展大规模的考古发掘,英方的三位主力考古学家是奥斯汀·莱亚德(Austen Layard,1817—1896)、霍尔木兹德·拉萨姆(Hormuzd Rassam,1826—1910)和亨利·罗林森(Henry Rawlinson,1810—1895)。他们相继在两河流域北部发掘了两个重要遗址——公元前一千纪新亚述帝国的都城尼姆鲁德和尼尼微,把大批的浮雕石板、人面飞牛石雕和楔形文字泥板运回大英博物馆。文物的数量之多、形态之壮观和内容之新奇在当时的英国社会引起了轰动,激发了政府和公众对两河流域文明的浓厚兴趣,促进了考古活动的进一步开展和亚述学学科的建立。[①]

史密斯工作的印刷厂距大英博物馆只有两公里不到的路程,而博物馆当时每周对公众开放三天。午间休息时,史密斯经常前往博物馆参观。1857 年楔形文字阿卡德语的解读得到公认后,研究者发现,出土于新亚述帝国都城的楔形文字泥板与《旧约》中

---

① 详见拱玉书著:《西亚考古史》,文物出版社 2002 年,第 68—82 页。

的记载在诸多事件上（如新亚述军队吞并了北国以色列，围困南国犹大的都城耶路撒冷）都能相互映证。[①] 熟谙《圣经》内容的史密斯很可能因此对楔形文字泥板萌发了浓厚的学习兴趣。在与工作人员交流的过程中，他显示出一项非同寻常的才能——能够凭藉对内容的理解和泥板形态的记忆，把碎成多块的泥板重新拼接完整。最终，史密斯被引荐给享有"英国亚述学之父"美誉的罗林森，后者说服博物馆为他提供了一个职位。尽管该职位的工资微薄，还比不上一个熟练的木匠或石匠，但史密斯乐在其中。1866 年，他发表了第一篇学术文章；一年后，罗林森说服了大英博物馆让史密斯担任他的助手，整理莱亚德和拉萨姆运回的近十万块泥板。

当时大英博物馆的工作条件委实艰苦。为了防范火灾，博物馆拒绝安装煤气灯照明系统，仅向少数资深馆员提供灯笼用于辅助照明。史密斯因为资历尚浅，还不到使用灯笼的级别，只能借助短短几个小时的自然光照时间来阅读泥板。在秋冬两季伦敦大雾频发时，博物馆甚至闭馆让工作人员都回家休息。

1872 年 11 月的某天，史密斯在解读泥板时，其中提及的一场洪水、一艘搁浅于山上的船、还有一只放飞的鸟引起了他的注意。但这块残片上的文字仅有几行比较清楚，其余都被粘土的渗出物覆盖了。当博物馆的专家清洁了泥板表面后，史密斯得以读

---

① 详见第十章。

到更多的内容。他发现泥板上的内容与《圣经·创世记》中的挪亚方舟故事有着异曲同工之妙。据说此时的史密斯激动异常,不仅在房间里上蹿下跳,甚至解开衣服以示庆祝,感慨自己是两千多年后第一个读到此块泥板的人。

在大英博物馆任职后,史密斯一直希望前往两河流域进行考古活动,但未获支持,因为博物馆主要的收藏兴趣在于古典和欧洲艺术。所以史密斯希望能在已有收藏中有所发现,以激发大英博物馆对两河流域产生新的发掘兴趣。"洪水泥板"的发现来得正是时候,迅速引起了外界的关注。1872 年 12 月 3 号,史密斯在圣经考古学会报告了他的发现,时任英国首相威廉·格莱斯顿(William Gladstone,1809—1898)也到场聆听并对两河流域的考古发现大加赞赏。但英国政府依然没有直接资助考古活动的计划,远比不上同期法国政府对本国在中东地区考古活动的大力支持。①

幸运的是,伦敦《每日电讯报》的主编埃德文·阿诺德(Edwin Arnold)决定以报社的名义出资 1,000 畿尼(约合 1,100 英磅),资助史密斯前往尼尼微寻找大洪水故事的其他相关泥板。尽管史密斯本人只去过几次巴黎,严重缺乏海外旅行经验,也不

---

① 1798 年拿破仑入侵埃及时,有 167 位学者和科学家随行,著名的罗塞塔石碑就发现于此次远征途中;David Damrosch, *The Buried Book*, p. 35。法国外交官博塔(Paul-Émile Botta,1802—1870)发掘新亚述帝国都城豪尔萨巴德时,法国政府不仅慷慨解囊提供经费,还出动军舰到两河流域南部港口巴士拉运送文物到法国;详见拱玉书:《西亚考古史》,第 69—72,82 页。

懂当地使用的阿拉伯语、波斯语或土耳其语,他还是于 1873 年 1 月启程出发。历经长途跋涉后,他于 3 月初抵达伊拉克北部城市摩苏尔附近的尼尼微遗址,在 5 月 7 号开始正式发掘。

英法两国在尼尼微遗址的发掘权上长期存在争执。1845 年,两方都在此进行了发掘,但不久又都放弃了。1853 年底,英方考古学家拉萨姆在争执尚未解决且没有发掘许可的情况下,火速对遗址进行了秘密发掘。其间发现了一个长约 15 米,宽约 4.5 米的房间,从中出土了上万块楔形文字泥板。该房间因而被认定为新亚述国王亚述巴尼拔的私人图书馆。①

史密斯判断,该图书馆所在位置应该就是"洪水故事"泥板的来源地。他重启发掘,梳理了拉萨姆留下的探方。令人叹为观止的是,仅一周后他便找到了相关的新残片。他随即电报告知《每日电讯报》,这一消息也在美国得到广泛报导。但他始料未及的是,报社认为此行目的已经实现,电召他尽快返回伦敦。1873 年 7 月,史密斯只身从海路返回英国。他发掘出来的泥板从摩苏尔运抵地中海东北角的港口城市亚历山大勒塔(Alexandertta,今伊斯肯德伦)时,遭奥斯曼土耳其当局拦截,被扣留了好几个星期。后经英国驻君士坦丁堡的大使交涉,这批泥板最终得以运回大英博物馆。他此次发掘的经历记录在《亚述大发现——1873—1874

---

① 相关介绍见第一章的"'史诗'标准版"。

年尼尼微遗址的探险和发现》一书中，①书中这般描述了他发现"洪水故事"残片的情形：

> 在 5 月 14 号那天，我留在阿勒颇（Aleppo）的熟人、查尔斯·克尔（Charles Kerr）先生来摩苏尔看我。当我骑马到达我住的旅舍时，我和他碰头了。互相问候过后，我坐下来开始检查那天发掘出来的楔形文字泥板残片，逐块取出并刷掉上面的尘土。在清洁其中的一块时，我惊喜地发现它记录了迦勒底人洪水故事第一栏中十七行的大部分内容，正好拼接在原来泥板上破损严重之处。当我首次出版泥板上的洪水故事时，我就预测了约有十五行左右的缺损。现在有了这块残片，我就能把故事补全了。②

然而后来的研究指出，史密斯此次发现的"洪水故事"残片并非出自《吉尔伽美什史诗》，而是来自古巴比伦时期成书的神话《阿特腊哈希斯》。③

史密斯返回伦敦后名声大噪，演讲邀请应接不暇。大英博物馆近东藏品部的参观人数也急速上升，终于促使它出资 1000 英

① 该著作出版于 1875 年，英文名称 Assyrian Discoveries：An Account of Explorations and Discoveries on the Site of Nineveh，during 1873 and 1874。
② David Damrosch, The Buried Book，pp. 46 - 47.
③ David Damrosch, The Buried Book，p. 48；详见本书第十章。

磅资助史密斯的考古活动。1873年11月，史密斯再度出发前往尼尼微遗址。此次发掘期间，他得以享受自己日益增长的名气带来的好处：和大使们一起在君士坦丁堡参加晚宴，在阿勒颇与富裕的商人们为伍，在巴格达则和英国军官们一起出入。但他试图把此次发掘的成果运回英国时，却遭到地方官员前所未有的阻挠，数百块泥板被扣押。史密斯因第一次发掘声名鹊起后，当地人认定他把某些古代宝藏偷偷地运回了英国。因此第二次发掘结束后，地方官帕夏坚持史密斯发掘成果的一半应该留在奥斯曼土耳其，但史密斯认为他有权把所有的文物都运回本国，因为他从君士坦丁堡获得的发掘许可并没有规定要分享发掘成果。作为一名学者，史密斯尤其担心在尚未对泥板进行研究的情况下，留下其中一半在当地将会严重妨碍拼接泥板残片和识别完整作品的努力。

尽管奥斯曼土耳其当局扣留了不少楔形文字泥板，史密斯最终还是带着大批文物于1874年6月回到英国，之后开始解读完整的"洪水故事"和"史诗"全文。1874年底，他完成了"史诗"的翻译并以《迦勒底人的洪水故事》①为名出版，突出了洪水情节在当时的魅力。史密斯本人对"史诗"的解读带有浓厚的民族国家色彩。例如，他并不把芬巴巴看成一头守卫雪松林的怪兽，而是把他视为一个入侵的国王。芬巴巴及其所属的族群征服并奴役

---

① 英文书名 *The Chaldaean Account of the Deluge*。

了乌鲁克城邦乃至整个两河流域南部。吉尔伽美什杀死暴君芬巴巴后才成为乌鲁克真正的国王;后者之死是两河流域南部的独立宣言和吉尔伽美什的即位通告。

由于民众对最新考古发现的兴趣不减,大英博物馆于1875年底再次资助史密斯前往两河流域进行他的第三次考古发掘。随着史密斯的名气愈来愈大,奥斯曼土耳其当局对其考古活动的动机日渐怀疑。他此次发掘出师不利,仅在君士坦丁堡就滞留了好几个月,等待发掘许可的审批。1876年3月,他终于拿到了发掘许可,从陆路经由阿勒颇前往两河流域北部。此时叙利亚境内已有战乱和瘟疫爆发。他到达摩苏尔后,继续受到当地官员的阻碍,直到7月份才得以开始工作。但此时天气已变得酷热,无法雇人进行发掘。史密斯只找到一箱左右的文物就不得不离开。

当时伊拉克的局势异常凶险:北部有部落冲突,中部有霍乱,南部有瘟疫。因为瘟疫爆发后在南部实行了人员隔离措施,所以史密斯放弃了沿底格里斯河南下在波斯湾直接乘船回国的海上路线,转而从陆地跨过叙利亚后再返回英国。不幸的是,他在前往阿勒颇的途中患病了。随着身体日益虚弱,他后来已无法骑马赶到阿勒颇了,只能在距其40英里左右的一个村庄落脚休息。他的助手前往阿勒颇寻医问药,找到了一名英国牙医。这名牙医后来写作了一部未曾出版的手稿,其中记录了史密斯生命的最后时光。

1876年8月19号,史密斯因患痢疾病逝于阿勒颇附近的这个小村庄。痢疾是一种肠胃急性病,其病因在 19 世纪末才得以揭晓,烧开饮用水是杀死致病细菌的有效办法。这名牙医认为,史密斯的助手没有照顾好他,因而对他的死负有部分责任。后来的材料还显示,大英博物馆对史密斯的身故也难辞其咎。当史密斯遇到意想不到的耽搁和困难时,他原本想放弃发掘、提前离开,但博物馆除了提醒他注意防范瘟疫外,并未同意他提前回国。

从开始在大英博物馆任职到后来去世的十年中,史密斯共出版了八部重要著作,涉及语言学、历史研究和文学翻译等方面,奠定了楔形文字文学研究的基础。他的朋友兼同事塞斯(A. H. Sayce)在《自然》期刊上发表了一篇讣告,高度评价了史密斯的才华:"学者们可以被培养和训练,但我们期待这般天才的机会一个世纪几乎都到不了一次。他拥有天赋的才华,能够解读一门已被人遗忘的语言。"①《每日电讯报》报导了史密斯英年早逝的悲剧后,当时的英国首相本杰明·的士累利(Benjamin Disraeli, 1804—1881)还专门致信其遗孀,表明英国女王将为她和六个孩子提供一笔 150 英镑的年金。

大英博物馆和英国考古学界也从史密斯的早逝中吸取了教训,认识到必须为考古发掘工作设立专职;必须派遣既有经验又懂阿拉伯语或土耳其语的人去主持发掘;英国政府必须参与,尽量使土耳其政府下发的发掘执照不带附加条件。

① David Dambrosch, *The Buried Book*, p.75.

研究现状

　　对于这部两河流域文明的经典作品，国际学术界的研究已硕果累累，①其研究路径亦呈现出鲜明特色。由于亚述学（即两河流域文明研究）是建立在解读楔形文字苏美尔语和阿卡德语文献基础上的学科，所以结合最新发现的原始材料和研究成果对"史诗"文本进行语文学层面的整理、分析和评注，一直是最根本和最重要的研究方法。这一方法的集大成者无疑是上文提及的英国学者乔治，他所著的译本和评注本已成为标准的参考用书。同时，作为出土文献而非传世文本，记载"史诗"部分或全部内容的泥板不仅使用两种语言（苏美尔语和阿卡德语）写成，而且跨越了漫长的时期——从公元前两千纪早期一直到公元前一千纪中期。在长达一千多年的时段中，"史诗"的不同部分和不同版本各自演变而又交叉影响，最终汇聚成标准巴比伦语版中的完整故事。为了解析"史诗"的成文过程，主要的研究路径便是考察作品的苏美尔语版本和阿卡德语版本之间的关联以及不同时期版本间的

---

① A. R. George, *The Babylonian Gilgamesh Epic*, vol. II, pp. 906—949 的参考文献目录囊括了当时主要的研究成果。部分最新研究成果目录参见：Daniel E. Fleming and Sara J. Milstein, *The Buried Foundation of the Gilgamesh Epic*, pp. 119 - 122；Alhena Gadotti, "*Gilgamesh，Enkidu，and the Netherworld" and the Sumerian Gilgamesh Cycle*, pp. 315 - 327；Tzvi Abusch, *Male and Female in the Epic of Gilgamesh：Encounters，Literary History，and Interpretation* (Winona Lake, Indiana：Eisenbrauns, 2015), pp. 221 - 231；Louise M. Pryke, *Gilgamesh* (London and New York：Routledge, 2019), pp. 218 - 233。

异同。①

　　两河流域文明作为古代近东地区最古老的文明之一,不断向周边辐射自身的影响力。早在公元前两千纪晚期,"史诗"就开始传播到小亚细亚(赫梯文明)和地中海东岸(叙利亚和希伯来文明)。在上述地区或是发现了其他语言(赫梯语)记录的相关文本,或是当地传统在自身的文本创作中吸纳了"史诗"的部分情节。《旧约·创世记》②第6—8章的挪亚方舟故事就继承和发展了"史诗"第十块泥板中的洪水叙事,有力证实了它对周边文明的影响。③

　　"史诗"作为内涵丰富的文学作品,自身也提供了多个微观角度的研究选题:有的聚焦于人物形象(吉尔伽美什、恩启都以及

---

① 代表作有 Jeffrey H. Tigay, *The Evolution of the Gilgamesh Epic*, Daniel E. Fleming and Sara J. Milstein, *The Buried Foundation of the Gilgamesh Epic*,以及 Tzvi Abusch 的论文"Gilgamesh's Request and Siduri's Denial, Part I: The Meaning of the Dialogue and Its Implications for the History of the Epic"和"Gilgamesh's Request and Siduri's Denial, Part II: An Analysis and Interpretation of an Old Babylonian Fragment about Mourning and Celebration"。后两篇论文收录于该作者的论文集 *Male and Female in the Epic of Gilgamesh*, pp. 58 - 107。

② 诚然,"'旧约'是相对于基督教的'新约'这个概念而衍生出来的,在只尊崇希伯来《圣经》为宗教经典的犹太教信徒中,因为不存在新约,所以旧约这个概念自然是不被接受的";陈贻绎:《希伯来语〈圣经〉导论》,北京大学出版社2011年,第2页。不过,考虑到本书潜在读者可能的知识背景,笔者还是决定采用《旧约》这一更为熟悉的称谓。希伯来语《圣经》和《旧约》内容上的差异可参见陈贻绎同一著作的第1—2页。

③ 详见 Irving Finkel, *The Ark before Noah: Decoding the Story of the Flood* (Doubleday, 2014)和本书第十章。

妓女莎姆哈特等一干女性形象）的发展变化，有的侧重于特定情节的解读（如吉尔伽美什拒绝女神伊施塔求爱，恩启都梦游冥府，吉尔伽美什浪迹天涯），还有的偏向于分析文本结构和叙事技巧。这类微观研究数量丰富，在下文的章节研讨中多有评述，此不赘言。其一般趋势是结合文本内外的证据（也包括源自其他文明的）并加以适当的理论观照（叙事学、性别研究等）进行讨论。

国内学术界对"史诗"的研究尚在起步阶段，不仅还没有基于楔形文字原文的成熟译本面世，而且相关的专题研究也屈指可数、选题分散。它们或分析"史诗"的主人公吉尔伽美什[①]和主要的女性角色，[②]或比较"史诗"与《旧约》中的洪水故事，[③]或从生态环境学的角度解读"史诗"，或探讨"史诗"所体现的两河流域文明的生死观。[④]

总体而言，目前学术界对"史诗"的研究存在着重文本解释而轻理论观照，重字句考证而轻内涵阐发的特点。这也是亚述学自身的学科特色。笔者目力所及的一个成功例外是《旧约》学者苏珊·阿克曼（Susan Ackerman）。她借助人类学的过渡礼仪和阈

---

① 详见蔡茂松：《吉尔伽美什是英雄，不是太阳》，《外国文学评论》2000 年第 3 期，第 107—122 页。
② 详见欧阳晓莉：《妓女、女店主与贤妻——浅析〈吉尔伽美什史诗〉中的女性形象》，《妇女与性别史研究》2016 年第一辑，第 85—103 页。
③ 详见加里·A.伦茨伯格著，邱业祥译：《〈吉尔伽美什〉洪水故事观照下的圣经洪水故事》，《圣经文学研究》2014 年第九辑，第 36—53 页。
④ 如李秀：《遵神意　重今生　惧冥世——从史诗〈吉尔伽美什〉看古代美索不达米亚人的生命观》，《安徽文学》2011 年第 3 期，第 25—27 页。

限理论对"史诗"全文和主要人物角色都进行了颇具说服力的解读。①

过渡礼仪和阈限

范热内普在其经典之作《过渡礼仪》中指出,个人和群体在时间、空间、社会地位乃至精神世界上都频繁经历着从一种状态到另一种状态的过渡,这些过渡包括但不限于在该书的副标题中所列举的情形,如门与门坎、待客、收养、怀孕与分娩、诞生、童年、青春期、成人、圣职受任、加冕、订婚与结婚、丧葬和岁时,等等。不同文化群体为确保上述过渡的顺利进行从而发展出各具特色的行为方式,是为过渡礼仪(rites de passage);它包括分隔礼仪(rites de séparation)、边缘礼仪(rites de marge)和聚合礼仪(rites d'a-grégation)三种类型或阶段。② 除第二章《地域过渡》和第三章《个体与群体》外,该书其余部分探讨了始于怀孕分娩,历经诞生与童年、成人以及订婚与结婚,终于丧葬的整个人生阶段的过渡礼仪。分隔礼仪和聚合礼仪分别在葬礼和婚礼中居主导地位,而边缘礼

---

① Susan Ackerman, *When Heroes Love*: *The Ambiguity of Eros in the Stories of Gilgamesh and David* (New York: Columbia University Press, 2005), pp. 1 - 150.

② Arnold van Gennep, *Les rites de passage* (Paris: Édition A. et J. Picard, 1981 [1909]). 该著作的英译本见 Arnold van Gennep, *The Rites of Passage*, translated by Monika B. Vizedom and Gabrielle L. Caffee (The University of Chicago Press, 1960);中译本见阿诺尔德·范热内普著,张举文译:《过渡礼仪》,商务印书馆 2014 年。

仪则在孕期、订婚和成人仪式中发挥重要作用。①

在 2014 年《过渡礼仪》的中译本面世之前，书名中的 rites de passage 一词在中文学术发表中通常译为"通过礼仪"而非"过渡礼仪"，而 rites de marge 则译为"过渡礼仪"而非"边缘礼仪"。②译者张举文先生现任教于美国崴涞大学（Willamette University）。他指出，将 rites of marge 译为过渡礼仪的做法是基于该词的英文翻译（transition rites），因而失去了法语中 marge 一词的"边缘"内涵，即个体与群体、少数与多数、分支与主流的分隔。而这正是范热内普在其著作中所强调的："凡是通过此地域去另一地域者都会感到从身体上与巫术—宗教意义上在相当长时间里处于一种特别境地；他游于两个世界之间。正是这种境地我将其称为'边缘'。"因此他主张依据法文原文把 rites of marge 翻译为"边缘礼仪"以取代"过渡礼仪"的传统译法，而保留后一中文术语来指称范热内普的整个礼仪分析模式。③

过渡礼仪学说不仅提供了概括一类特定仪式的范畴和框架，而且开启了对仪式内部进行分析之先河。范热内普在同一著作中还引入另一套术语以区分过渡礼仪的不同阶段："将与先前世

---

① Arnold van Gennep，*Les rites de passage*，p. 20.
② 例如，彭兆荣评述范热内普的学说时使用的便是"通过礼仪"和"过渡礼仪"这组术语；参见其《文学与仪式：文学人类学的一个文化视野》，北京大学出版社2004 年，第 38 页。
③ 详见张举文：《重认"过渡礼仪"模式中的"边缘礼仪"》，《民间文化论坛》2006年第 3 期，并参见其译作《过渡礼仪》，第 12 页及译后记。

界分隔之礼仪称为'阈限前礼仪'(rites preliminaires),将在边缘阶段举行之礼仪称为'阈限礼仪'(rites liminaires),将融入新世界之礼仪称为'阈限后礼仪'(rites postliminaires)。"①这套术语的核心是阈限(liminality),但范热内普并未对其展开讨论,阈限理论的集大成者和创新者是英国人类学家维克多·特纳。②

根据特纳的阐释,这套以阈限为中心的术语显示了范热内普对时间和空间单元的关注,它着眼于在时空中,行为和象征主义如何从那些统管占据社会结构性位置之人的公共生活的规范和价值观中暂时得以释放。③ 特纳本人则把阈限视为"从正常状态下的社会行为模式之中分离出来的一段时间和空间",④并辨识出地位提升(rituals of status elevation)和地位逆转(rituals of

---

① Arnold van Gennep, *Les rites de passage*, p.170.

② 英国学者马克斯·格拉克曼、埃德蒙·利奇和玛丽·道格拉斯也为过渡礼仪模式和阈限概念的发展做出了重要贡献,详见宋靖野:《从仪式理论到社会理论:过渡礼仪的概念谱系》,《民间文化论坛》2016年第1期;彭兆荣《人类学仪式的理论与实践》,民族出版社2007年,第188—191页。

③ Victor Turner, *The Ritual Process: Structure and Anti-Structure* (Brunswick and London: Aldine Transaction, 2008), pp.166–167. 此处"社会结构"的内涵与英国社会人类学家的用法一致,意为"针对相互依存的专门机构和它们暗指的职位以及(或)参与者的制度化组织所做的安排",并非列维-施特劳斯笔下关于逻辑类别及其关联形式的"结构"。特纳对于范热内普的过渡礼仪学说、尤其是"阈限"状态的讨论,还散见于其他若干著作,如 Victor Turner, *From Ritual to Theatre: The Human Seriousness of Play* (New York: PAJ, 1982), pp.24–27; *Dramas, Fields, and Metaphors: Symbolic Action in Human Society* (Ithaca and London: Cornell University Press, 1974), pp.47,195–197,231–232。

④ Victor Turner, *The Ritual Process*, p.167.

status reversal)两种阈限仪式。① 特纳还创造出一个相关新概念"交融"(communitas),以分析一系列具备阈限特征的个人、群体和社会运动所具备的共同特点——都处于社会结构的断裂、边缘或底层之处。② 可见,特纳通过从"阈限"到"交融"的拓展,把一个基于仪式研究的概念发扬成为一项分析社会结构和秩序的理论工具。

范热内普和特纳的学说不仅广泛应用于仪式研究,而且为分析神话文本提供了可资借鉴的概念工具和理论框架。约瑟夫·坎贝尔(Joseph Campbell)在其著作《千面英雄》③第一部分"英雄的冒险"中,就分别以"出发"、"被传授奥秘"(initiation)和"归来"作为前三章的标题,可视为对应于过渡礼仪模式的三个阶段。在第四章中坎贝尔总结道:

> 神话中的英雄从他日常住的小屋或城堡出发,被引诱、被带到、要不就是自愿走到冒险的阈限。在那里他遇到一位守卫着阈限不让通过的幽灵或神灵。英雄可能打败这守卫者或博得他的好感而进入幽暗的王国(与弟兄战斗,与毒龙战斗;献上供品,运用符咒),或被对手杀死而进入死亡之国(被肢解,被钉在十字架上)。越过阈限之后,英雄就在一个

---

① Victor Turner, *The Ritual Process*, pp. 167 – 168.
② Victor Turner, *The Ritual Process*, pp. 94 – 165.
③ [美]约瑟夫·坎贝尔著,张承谟译,《千面英雄》,上海文艺出版社2000年。

陌生而又异常熟悉的充满各种势力的世界中旅行,有些势力
严峻地威胁着他(考验),有些势力则给他以魔法援助(援助
者)。当英雄到达神话周期的最低点时,他经历一次最重大
的考验,从而得到他的报偿……到达归来的阈限时,那些超
自然的势力必须留下;于是英雄离开那可怕的王国而重新出
现(归来,复活)。英雄带回来的恩赐使世界复原(长生不老
药)。①

　　"史诗"前后两部分的主要情节——吉尔伽美什与恩启都远
征雪松林,以及恩启都病逝后吉尔伽美什浪迹天涯——都大致
符合上述坎贝尔基于过渡礼仪和阈限理论所归纳的模式。挚友死
后,吉尔伽美什身着狮皮,喝着井水,追逐着风。上述行为可视为
分隔礼仪,分隔他与原来身处的乌鲁克城邦所代表的文明社会。
他在最终携带仙草返回乌鲁克之前的经历都可视为一个漫长的
边缘阶段或阈限状态:他遇见了一系列本身就处于阈限状态的
个体,包括蝎人夫妇(马舒山的守卫者,非人非动物)、酒馆女店主
施杜丽(独居海边,无婚姻无家庭)、以及乌特纳皮施提夫妇(获得
永生的凡人,独居在远方的小岛)。如下文第四、第十一章所示,
阈限理论为解读这些个体在文本中的形象提供了有效的分析工
具。吉尔伽美什本人在阈限状态下又经受了种种考验,最惊悚的

① 〔美〕约瑟夫·坎贝尔著,张承谟译,《千面英雄》,第255—256页。

莫过于与船夫乌特纳皮施提共渡死亡之海到达乌特纳皮施提居住的小岛,以及从海底采得的仙草在返程途中被蛇叼走,永生的机会得而复失。吉尔伽美什最终返回到乌鲁克城邦。

"史诗"的两大主角——吉尔伽美什和恩启都——同样可在过渡礼仪模式和阈限理论的观照下得到解读。前者在全文中进行了三次洁净:杀死守卫雪松林的芬巴巴后返回乌鲁克城邦之际;在荒岛上未能经受乌特纳皮施提所提出的六天七夜不睡的考验,盥洗后准备返回乌鲁克;返乡途中在野外池塘洗澡,导致可使人青春永驻的仙草被蛇偷吃。这三次洁净可解释为分隔礼仪或边缘礼仪,推动了全文情节的进展乃至高潮的出现。[①]

恩启都经由妓女莎姆哈特教化后,从一个生于荒野的生物转变为一名文明社会的成员。其间,他与妓女莎姆哈特的邂逅可解读为分隔礼仪,分隔了他之前所处的自然状态。在与莎姆哈特巫山云雨之后,他遭到兽群抛弃,遂在莎姆哈特提议下一同前往乌鲁克城。途中他学会了吃饭、穿衣、涂油等人类社会的习俗,还拿起武器与兽群为敌,守卫羊群。他的这一系列行为不妨视为边缘礼仪:此时的恩启都虽已脱离动物界并习得人类行为,但尚未加入人类社会成为其中一员。他抵达乌鲁克城邦后,与吉尔伽美什在新房外不打不相识,两人最终结为好友。恩启都与吉尔伽美什打斗标志着他成为了乌鲁克城邦社会的一员,可视为一道聚合礼

---

① 详见第四章。

仪。下文第五章即着眼于恩启都从"自然"到"教化"的转变,重点分析了构成其分隔礼仪和边缘礼仪的行为。

可见,过渡礼仪模式和阈限理论为解读"史诗"中的人物形象和情节发展提供了有力的分析工具。

第三章　吉尔伽美什与乌鲁克城邦

历史与文学传统中的吉尔伽美什

根据"史诗"的行文,吉尔伽美什的母亲是女神宁荪,父亲是卢伽尔班达。[①] 后者根据《苏美尔王表》可知是吉尔伽美什之前的乌鲁克国王(详见下文)。那么,"史诗"中的吉尔伽美什是对应于一个真实存在于两河流域历史上的原型人物,还是仅为一个虚构出来的文学形象?[②]

历史人物说的主要证据来自《苏美尔王表》。它用苏美尔语写就,现存最早的抄本来自公元前两千纪早期,记载了从王权伊始一直到公元前 1900 年左右两河流域诸王朝的王位传承情况。根据其记载,当王权首次从天而降后,来自五个城邦的八位国王共统治了 385,200 年,之后大洪水降临。当王权再次从天而降后,乌鲁克

---

① 原文为"吉尔伽美什(乃)卢伽尔班达的野牛,力量完美;威严的女神、野牛宁荪之子"(I:35—36)。

② 除另有注明外,本节内容主要参照 Andrew George, *The Babylonian Gilgamesh Epic*, vol. I, pp. 91‑137。

是继基什之后的第二个统治王朝,吉尔伽美什则是该王朝的第五位国王。他出身不明,统治了126年。在他之前,第三位国王卢伽尔班达(与"史诗"中吉尔伽美什的父亲同名)是位牧羊人,统治了1,200年;第四位国王杜穆孜(与伊楠娜女神的丈夫同名)出身渔民,统治了100年。吉尔伽美什的两位继任者分别是他的儿子和孙子,各统治了30年和15年。① 可见,吉尔伽美什是该王朝中最后一位统治长度不合常理的国王。当《苏美尔王表》所记录的国王的统治年代不再长到令人难以置信,而是接近于合理预期时,这可能就是文献中从远古神话到历史叙事的转折点。换言之,吉尔伽美什很可能是乌鲁克城邦迈入历史阶段前最后的一位国王。

表1 《苏美尔王表》中的乌鲁克城邦国王②

名字③	统治时间
Mes-kiag-gašer	325 年
Enmekar(恩美卡,前任之子,乌鲁克城的创建者)	420 年

① Jean-Jacques Glassner and Benjamin R. Foster, *Mesopotamian Chronicles* (Atlanta: Society of Biblical Literature, 2004), pp. 120‐121. 该王表最新的苏美尔语版本和翻译参见牛津大学主持的《苏美尔文学电子文献库》(*The Electronic Text Corpus of Sumerian Literature*): http://etcsl. orinst. ox. ac. uk/section2/c211. htm 和 http:// etcsl.orinst.ox.ac.uk/cgi-bin/etcsl.cgi? text=t.2.1.1# (2018 年 8 月);相关文献回顾参见 A.R. George ed., *Cuneiform Royal Inscriptions and Related Texts in the Schøyen Collection* (Bethesda, Maryland: CDL, 2011), p. 202。
② 根据 Jean-Jacques Glassner and Benjamin R. Foster, *Mesopotamian Chronicles* 第121、151 页整理。其中首位国王的统治时间应为 325 年(根据抄本 B)而不是第 121 页列出的 324 年,否则总计将比 2310 年少 1 年。
③ 文献中提供的额外信息用括号表示。

名字	统治时间
Lugal-banda(卢伽尔班达,牧羊人)	1200 年
Dumuzi(杜穆孜,渔夫)	100 年
吉尔伽美什(其父为不可见之人)	126 年
Ur-nungal(吉尔伽美什之子)	30 年
Udul-kalama(吉尔伽美什之孙)	15 年
Lā-bašer	9 年
Ennun-dara-ana	7 年
Mashe(金属匠)	36 年
Melam-ana	6 年
Lugal-ki-GIN	36 年
总计	2310 年

　　这一推断也得到其他证据支持。据苏美尔诗篇《吉尔伽美什与阿伽》记载,吉尔伽美什战胜了基什城邦的国王阿伽,而阿伽的父亲恩美巴拉格西(Enmebaragsi)在历史铭文中有所提及,[①]直接证实恩美巴拉格西是历史人物。阿伽和父亲作为基什国王,也出现在《苏美尔王表》中。[②] 吉尔伽美什通过战胜阿伽,确立了自己

① Amélie Kuhrt, *The Ancient Near East* (*c. 3000 - 330 BC*) (London and New York: Routledge, 1995), pp. 29 - 30. 这两篇铭文极其短小: 一篇仅记录其名字, 另一篇除名字外还有其头衔 "基什之王", 详见 Douglas R. Frayne, *Presargonic Period* (*2700 - 2350 BCE*) (Toronto/Buffalo/London: University of Toronto Press, 2004), pp. 56 - 57。

② 据《苏美尔王表》记录, 恩美巴拉格西统治了 900 年, 其子阿伽统治了 625 年; Jean-Jacques Glassner and Benjamin R. Foster, *Mesopotamian Chronicles*, pp. 120 - 121。

的优势地位。基什则逐渐丧失了在两河流域南部的霸权。这或许是吉尔伽美什扬名立万的原因所在。

吉尔伽美什与恩美巴拉格西及阿伽的关联也体现在一篇名为《图马勒编年史》(The Tummal Chronicle)的文献中。① 它记录了各地方王朝在尼普尔城附近的地点图马勒为恩利尔神及其配偶宁利尔(Ninlil)修建神殿的历史。国王恩美巴拉格西首先在尼普尔为恩利尔修建了神殿,其子阿伽开始供奉宁利尔。吉尔伽美什与其子乌尔·鲁伽勒(Ur-lugal)后来再度修葺神殿。

吉尔伽美什与恩美巴拉格西的关联还体现在苏美尔诗歌《吉尔伽美什与胡瓦瓦》中。吉尔伽美什答应把自己的两位姐妹(其中一位名恩美巴拉格西)嫁给胡瓦瓦,这可能是对乌尔第三王朝时期王室婚姻的一种打趣。②

“史诗”在开篇不久就概述了吉尔伽美什的一系列功绩:

　　　　他修建了“羊圈”③乌鲁克的城垛……

---

① Jean-Jacques Glassner and Benjamin R. Foster, *Mesopotamian Chronicles*, pp. 156-157.

② 参见刘昌玉:《政治婚姻与两河流域乌尔第三王朝的治理》,《社会科学》2018年第 8 期,第 138—149 页。乌尔第三王朝的公主不仅远嫁域外,而且也与地方权贵联姻。

③ 两河流域的国王经常自比为“牧羊人”,如古巴比伦国王汉穆拉比(约公元前1792—1750 年在位)在《汉穆拉比法典》的序言中就自称为“人民的牧者,其所作所为为伊施塔尔喜欢”;见杨炽译:《汉穆拉比法典》,高等教育出版社 1992年,第 10 页。国王统治下的国家因而成为“羊圈”。

吉尔伽美什高大、轩昂、骇人，

他在山里开辟了通道，在高地的坡上挖了水井。

他渡过通往日出之地的大海，寻遍整个世界以求永生，

凭力量到达那远方的乌特纳皮施提之处。

他恢复了大洪水摧毁的崇拜中心，为民众重新设立礼仪。

（I：11，37—44）

其中流传最广的功绩当属修建乌鲁克的城墙。公元前19世纪，乌
鲁克城邦的统治者阿楠（Anam）在一篇镌刻在石板上的短小铭文
中提及自己修复了吉尔伽美什所建造的城墙。[①] 当然，阿楠的这
一提法并非基于历史证据，而是沿袭了关于吉尔伽美什的传说。

关于吉尔伽美什在山间开辟通道的事迹，早在苏美尔语诗歌
《吉尔伽美什与胡瓦瓦》中就有类似表述：吉尔伽美什与恩启都
一路东进寻找雪松，先后翻越了七座大山才最终找到他们孜孜以
求的雪松。但在"史诗"的标准版中，他们只翻越了五座山就到达
了雪松林的所在地，而且山的方位也从东面转移到了西面。[②] 这

---

① Douglas R. Frayne, *Old Babylonian Period（2003 - 1595 BC）*（Toronto：University of Toronto Press，1990），pp. 474 - 475.

② 详见 Daniel E. Fleming and Sara J. Milstein, *The Buried Foundation of the Gilgamesh Epic*，pp. 28 - 32，特别是 p. 29 脚注 23。雪松所在地由两河流域以东转移到两河流域以西，与古巴比伦时期来自西面的阿摩利特人陆续移居到两河流域并在当地建立政权不无干系；参见第六章中"恩启都身陷冥府"的相关解释。在"史诗"相关苏美尔语作品产生的乌尔第三王朝时期，两河流域对外战略的重点是在以东以北的札格罗斯山区。

一段翻山越岭的叙述,与阿卡德时期的两位国王萨尔贡(Sargon,约公元前2334—前2279年在位)和纳拉姆辛(Naram-Sin,约公元前2254—前2218年在位)远征到达两河流域以西的叙利亚地区有一定关联。不过,挖井的情节是标准版"史诗"的创新:吉尔伽美什与恩启都在去往雪松林的路上,面朝太阳一共挖了五口井,每挖好一口,吉尔伽美什就开始孵梦(incubation)。[①] 吉尔伽美什在好友去世后浪迹天涯的途中,也挖井以获取饮用水。

吉尔伽美什找到远方不死之人的功绩在苏美尔诗歌《吉尔伽美什之死》中早有记载。吉尔伽美什弥留之际,梦见众神历数他一生的成就,其中就包括找到永生之人孜乌苏德腊(对应于阿卡德语中的乌特纳皮施提)。

古罗马时期的修辞学家埃里亚努斯(Aelianus,170—235年)在其著作《论动物性》(*On the Nature of Animals*)一书中,援引吉尔伽美什奇迹般的出生和幸存经历来说明动物对人类的爱。巴比伦尼亚国王(即恩美卡)得到警告,说他的外孙会篡夺其王位。他于是先发制人,禁闭了女儿,但她还是怀孕并诞下一个儿子。婴儿从卫城被扔下却被一只鹰救起,带到一名园丁那里抚养。婴儿长大后就是吉尔伽美什,他统治着巴比伦尼亚人,实现了他的使命。该故事在"史诗"中全无踪迹,但有几处与两河流域的传统保持一致:(1)吉尔伽美什是恩美卡的继任者,后者根据《苏美尔

---

① 详见第八章的"泥板 XII—吉尔伽美什的梦境?"。

王表》是乌鲁克城邦的第二位国王,统治了 420 年;(2)他的父不
详;(3)他是巴比伦尼亚的国王。上述细节表明,埃里亚努斯获取
了一些关于吉尔伽美什的知识,但其余细节可能受到其他元素的
影响。[①]

　　总之,在两河流域历史上或许曾有一位国王名为吉尔伽美
什,他的名字流转在不同语言记录的文献中(详见本书结语)。但
"史诗"中的吉尔伽美什是一位文学人物,集诸多早期传统于一
身。试图在历史上找到与之对应的英雄是徒劳无功的。

以其他乌鲁克国王为主角的史诗

　　吉尔伽美什并非乌鲁克城邦唯一一位扬名立万的国王。他
的两位前任——恩美卡和卢伽尔班达——也是若干作品的主角。
关于这两位国王的史诗源于乌尔第三王朝,现存抄本基本来自古
巴比伦早期(约公元前 2000—前 1800 年)。[②] 这也分别是以吉尔
伽美什为主角的苏美尔语诗篇其创作和现存抄本的大体年代。
以恩美卡和卢伽尔班达为主角的史诗作品在情节上大同小异:
一方统治者要求敌方统治者承认自己所在城邦是最伟大的城市,

---

① 如流传于两河流域的乘坐在鹰背上升天的基什城邦国王埃塔那的故事,参见
　　本书第六章;外孙篡位的母题则见于古希腊流传的关于波斯居鲁士大帝的身
　　世传奇,详见王以欣:《居鲁士的早年传奇与口传历史》,《古代文明》2014 年
　　第 1 期,第 2—13 页。
② David Damrosch, *The Buried Book*, pp. 241 - 246.

随即爆发了口头争执或军事战争。最终因为阿拉塔之王①(乌鲁克国王的对手)的屈服或双方和解,矛盾得以解决,两河流域在文化和政治上确立了对东部山区的优越性。

乌尔第三王朝君主对乌鲁克城邦国王的推崇有迹可循,开国之君乌尔纳木(Ur-Nammu,约公元前 2112—前 2095 在位)就自称为乌鲁克国王乌图・希伽勒(Utu-hegal,约公元前 2139—前 2129 在位)的兄弟。以乌鲁克国王为主角的史诗其目的可能在于证实乌鲁克的优越性(详见下文),而乌尔第三王朝通过赞美乌鲁克王朝并与之建立联系来美化本朝出身,强调其统治的合法性。②

《恩美卡与阿拉塔之王》(Enmerka and the Lord of Aratta):③阿拉塔之王宣称,只有当乌鲁克之王恩美卡完成三项匪夷所思的任务时,他才会屈服。这三项任务实为三个谜语。一名信使为此穿梭于乌鲁克与阿拉塔之间。最终一场暴雨降临在阿拉塔,解除了当地饥荒的危机。有鉴于此,加之乌鲁克已证实了自己的优越性,双方结束了对彼此的敌意,阿拉塔俯首称臣。

---

① 关于阿拉塔的具体地点,学术界仍存在分歧。一般认为它位于伊朗中部,是青金石贸易路线上的重要据点。古代两河流域视伊朗为宝石和贵金属的产地,通往那里的道路崎岖难行。参见 Herman Vanstiphout, *Epics of Sumerian Kings*:*The Matter of Aratta*(Atlanta:Society of Biblical Literature,2003), p.5。

② Piotr Michalowski,"Maybe Epic:The Origins and Reception of Sumerian Heroic Poetry,"pp.7 - 25 综述了以乌鲁克国王为主角的史诗作品。

③ 汉译和评注见拱玉书:《升起来吧!像太阳一样——解析苏美尔史诗〈恩美卡与阿拉塔之王〉》,昆仑出版社 2006 年。

《恩美卡与恩苏赫吉腊那》（*Enmerka and Ensuhgirana*）：[1]阿拉塔之王恩苏赫吉腊那宣称自己受到女神伊楠娜的青睐，因而要求乌鲁克国王恩美卡臣服。但后者不同意，指出对方认知有误，自己才是女神的真爱。此时有位巫师逃离了他所在的城市，前往阿拉塔寻求庇护。他提出可借助自己的黑巫术使乌鲁克屈服，并作法打击苏美尔的牛群。牛群停止了产奶，随后苏美尔爆发了饥荒。牧人们向太阳神祈祷，他派来一位女巫师与该巫师斗法。女巫师施展白巫术取得了胜利，阿拉塔之王向恩美卡甘拜下风。

《卢伽尔班达诗歌》（*The Lugalbanda Poems*）：[2]它实际包括两部互相勾联的作品。乌鲁克国王恩美卡发兵出征阿拉塔，为女神伊楠娜的神庙获取财富。当乌鲁克大军通过两国间人迹罕至的大山时，八兄弟里面最年轻的卢伽尔班达生病，被留在一个山洞中自生自灭。他向众神祈祷后幸免于难，并在梦中得知，他曾设宴招待过的众神决定赋予他特殊责任。在光明与黑暗的宇宙大战中，他的神圣地位得到确认。但他依然独自一人在荒野中，处于雷鸟的控制之下。

他用诡计欺骗了雷鸟，获得了超出物质财富和军事胜利之上的禀赋——无人能敌的速度。因此，他得以突然加入到攻打阿拉塔的大军中。此时大军久攻不下，恩美卡正好需要一名信使火速

---

① 英译见 Herman Vanstiphout，*Epics of Sumerian Kings*，pp. 23－48。
② 英译见 Herman Vanstiphout，*Epics of Sumerian Kings*，pp. 97－165。

赶回乌鲁克以求得女神伊楠娜的援助。卢伽尔班达一天之内就赶回,伊楠娜告知他用一种特殊仪式即可战胜阿拉塔。乌鲁克最终取得了胜利。①

如果比较吉尔伽美什组诗和恩美卡组诗,那么前者构成一个系列,后者则可视为同一主题在不同作品中的反映。恩美卡是一个理想统治者的形象,吉尔伽美什逐步成长为一个理想的统治者,卢伽尔班达则以救世主的形象呈现在作品中。总体而言,以这三位乌鲁克国王为主角的作品书写工整,错误较少,很可能代表了书吏教育水平最高的终极阶段。

乌鲁克的城市革命和文字产生

乌鲁克是"史诗"中主人公吉尔伽美什人生经历的起点和终点,其重要性不言而喻。他与恩启都在那里相遇相知,后又合力杀死了女神伊施塔派来的天牛。他浪迹天涯寻求永生未果后,最终还是返回故土。乌鲁克之所以成为作品主要情节的发生地,与它在两河流域乃至整个人类文明史上的独特地位不无关系。

公元前 4000 年前后,两河流域南部经历了得名为"城市革命"(urban revolution)的生活方式的巨大变革,在此过程中诞生了文明史上最早的城市——乌鲁克(今瓦尔卡,即《圣经》中的以

---

① 卢伽尔班达使人联想到《圣经·撒母耳记》中的以色列王大卫:二者的经历都涉及到最不可能的人被委以重任后成为最重要的人的情节。

力[Erech]）。此外，两河流域南部的居民还发明了楔形文字，它是人类最古老的书写系统。

"城市革命"是英籍澳裔考古学家戈登·柴尔德（Gordon Childe）首创的理论，用于描述人类从野蛮到文明阶段的飞跃。其基本特征是大量人口聚集居住在面积相对狭小的区域中，同时具有如下特点：（1）社会组织的原则不再是亲缘关系，而是代之以地域原则，并伴随着政治参与；（2）社会出现阶级分化，由一个政治、宗教和军事上的精英集团来统治，这个集团通过征收赋税和贡物来积累财富，并兴建大型公共建筑，如神庙或金字塔；（3）全职的手工业者开始出现，刺激了长途贸易的发展；（4）文字的发明和科学的萌芽。简言之，城市革命包括了三方面的要素，即技术进步（手工业从农业中分离的第一次社会大分工）、人口增长和基于地域的社会组织原则。① 柴尔德强调技术因素作为社会进步的主要动因，体现了他从经济发展角度来解释社会变革的唯物主义观点。

城市革命中存在两个关键时刻：剩余产品的出现和它用于家庭消费之外的其他用途。社会的技术进步尤其是灌溉农业的发展，使两河流域南部得以生产大量剩余产品。这些剩余产品一方面用于供养不直接从事食物生产的劳动者（如手工业者）进行

---

① 详见［英］戈登·柴尔德著，安家瑗、余敬东译：《人类创造了自身》，上海三联书店 2012 年，第 107—134 页；［英］戈登·柴尔德著，李宁利译：《历史发生了什么》，上海三联书店 2012 年，第 75—107 页。

专业生产,另一方面用于建设神庙和水利设施等大型基础设施工程。神庙组织支持了这场革命,为从生产者手中夺取原本用于个体消费的剩余产品提供意识形态上的解释,同时它也提供了时机和场所使得上述剩余产品能够用于社区共同体的福利。①

在两河流域南部,灌溉农业的出现催生了一系列相关技术革新。首先,为使尽可能多的土地得到灌溉,耕地的形状发展为长条状,短边与河道近距离平行。其次是播种犁的使用。这种犁由两对或者三对牛牵引,可以开挖长条形的犁沟但无须拐弯,在犁田的同时进行播种,极大地提高了工作效率。作为收割工具的泥质镰刀也出现了。它内侧刀锋较为锋利,使用方便,与石质或金属镰刀相比又成本低廉。当时的居民还发明了丰收后用于加工谷物的脱粒工具。②

依据柴尔德的观点,上述农业技术的进步带来剩余产品的出现,从而促进家庭单位人口的增长,进而整个族群的人口得到增长。当剩余产品增加到一定数量时,最终导致社会政治关系的重组和集中化。这一过程的产物并不仅限于城市这类新型定居点的出现,它同时刺激一般人群根据政治地位和经济状况进行分化,最终引向社会性质的变化。因此在两河流域,城市革命同时伴随着国家形成。

---

① Mario Liverani, *Uruk*: *The First City*, Zainab Bahrani and Marc Van De Mieroop eds. & trans. (Equinox, 2006), p.7.
② Mario Liverani, *Uruk*: *The First City*, pp.15 - 19.

从村落到城市的关键转变大约发生在乌鲁克文化早期和中期(约公元前 4300—前 3450 年)。遗憾的是,这一时期考古证据稀少,仅能从遗址勘测中获得一些零散信息。通过对地表收集的陶器碎片进行分析进而重构定居点分布模式的方法,我们发现两河流域南部定居点的数量和面积在这一时期都大大增加了。乌鲁克遗址的面积达到 70 公顷左右,还有几个遗址的面积在 30 或 50 公顷左右。但这一模式到乌鲁克晚期发生了改变:阿卡德地区的定居点数量减少,而苏美尔地区的定居点数量持续增加。就有人居住的定居点总面积而言,乌鲁克晚期仅比早期和中期略有增加。但在早期和中期,60% 的面积集中在北部的阿卡德地区,而到了晚期,60% 的面积集中在乌鲁克附近。乌鲁克遗址本身的面积增加到 100 公顷,是其他任何遗址面积的至少两倍。[①]

　　乌鲁克的考古发现证实了它在勘测结果中独树一帜的形象,在此发掘了两处规模宏大的建筑群。一处是崇拜伊楠娜女神的埃安娜神庙群,其地基面积可能达到 76×30 米。另一处是以西距其五百米远的崇拜天神安努的神庙群。保存最完好的是一处被称为"白庙"的建筑,内设有祭坛和供案。它建在一个高达 13 米的平台上,高台通过斜坡与地面相连。这一建筑样式后来演变为两河流域城市中盛行的塔庙样式。这两处公共建筑见证了乌

---

① Michael Roaf, *Cultural Atlas of Mesopotamia and the Ancient Near East* (Abingdon, England: Andromeda, 1990), pp. 58 - 59.

鲁克积累的巨大财富和工匠的高超技术水平。[1]

在乌鲁克遗址还出土了年代最古老的文献,称为古朴文献（archaic tablets）,数量在 5000 份左右。其中少部分出土于乌鲁克第四层（Uruk IVa,约公元前 3200 年前后）,从内容上可分为人名表、职位表、容器表、金属表、食物表和城市表。其余绝大多数出土于乌鲁克第三地层（Uruk III,约公元前 3100—前 2900 年）。

从乌鲁克 IV 出土的 600 块左右泥板来看,当时的文字是用一头削尖的芦苇笔刻写在粘土所制的泥板上,多数泥板的尺寸仅为三四厘米见方。它们使用的符号近 700 个,每个符号代表一个单词或一种意思。相当一部分符号是象形符号,与它们所指称的对象在形态上具有较高的相似度。这些符号分组书写在格子中,每格内符号的书写顺序并不固定。记录职位表的文献残片众多,复原后可看出这份文献提及了 120 种左右的职业,包括高级官吏、祭司、园丁、厨师和工匠等。它开篇提到的首个职位在后世传统中被解读为"国王"。发展到乌鲁克 III 时期,文字书写多采用直线,曲线减少,符号形态更为抽象,文献表达的内容更加丰富。此时的文献依然以经济管理文献为主,记录产品的分配、畜牧业的饲养规模和供奉神的各种产品。我们判断这一时期文字记录的语言很可能是苏美尔语。

---

[1] Michael Roaf, *Cultural Atlas of Mesopotamia and the Ancient Near East*, pp. 61 - 62.

就文字的发展形态而言,严格意义上的楔形文字在乌鲁克时期尚未出现,因为当时的笔画还不具备三角头的特征。进入早王朝时期(约公元前2900—前2350年)后,当书写方式从用削尖的芦苇笔在泥板上刻写转变为用带棱角的芦苇笔在泥上压印时,名副其实的楔形文字才开始出现。

长老与年轻人——最早的"两院制"?

除"城市革命"外,有学者还提出史上最早的"两院制"可能也诞生于乌鲁克城邦,其主要依据是"史诗"及其关联文本中提及的"长老们"与"年轻人"两个群体。在"史诗"第二块泥板中,吉尔伽美什说服恩启都前往雪松林后,两人随即铸造了斧头和匕首作为武器。吉尔伽美什进而坐在宝座上,向乌鲁克的长者们宣布他的决定:

> 听着,乌鲁克的长者们!
> 我要踏上征程,去凶恶的芬巴巴那里。
> 我要看看人们交口相传的那位神(即芬巴巴)。
> 我要在雪松林征服他,让天下听闻乌鲁克子孙的勇猛!
> 我要出征砍伐那雪松,建立流芳百世的名声!(II:
> Y180—188)①

---

① 标准版中此处缺失,依据古巴比伦时期的残片Y恢复。

乌鲁克的长老们立刻表示反对：

> 吉尔伽美什，你还年轻，被热情冲昏了头，不知自己在干什么。
>
> 我们听说了胡瓦瓦，他面容奇特，有谁能抵挡他的武器？
>
> 森林四向是六十"双时"的荒野，有谁能进入其内部？
>
> 胡瓦瓦的声音如洪水，言辞是火焰，呼吸即死亡。
>
> 为何你想做此事？他的埋伏无人能敌！（残片 Y：191—200）①

之后吉尔伽美什对乌鲁克的年轻人说：

> 听着，乌鲁克的年轻人！乌鲁克的年轻人深谙……
>
> 我胆大无畏，要远行去那芬巴巴的所在地。

----

① Andrew George，*The Epic of Gilgamesh*，p. 112. 在"史诗"标准版第二块泥板中，长老们的反应出现在吉尔伽美什对年轻人的发言之后；但在古巴比伦时期的残片 Y 中，长老们的反应紧接着吉尔伽美什的发言。标准版中长老们的反应与上文所引也略有不同（不同处用加粗字体标明）："吉尔伽美什，你还年轻，被热情冲昏了头，不知自己所言为何。胡瓦瓦的声音如洪水，言辞是火焰，呼吸即死亡。**他能在六十里格以远之处听见森林动静**，胆敢进入他森林者将不堪一击。**谁敢闯入他森林？伊吉吉神中谁敢冒犯他？阿达德神排第一，他排第二。为守护雪松，恩利尔命他恐吓众生。**"参见 Andrew George，*The Babylonian Gilgamesh Epic*，vol. I，pp. 570 - 571，II：289 - 299. 标准版中长老们的说辞实则来自恩启都的建议（II：278—285）。长老们的回应说明芬巴巴是奉恩利尔之命守卫雪松林，为恩启都后来受神惩罚致死埋下了伏笔。

我将面临前所未有的战斗,我要踏上前所未有的征程。

你们祝福我吧,让我前行,让我平安地(再)见到你们,

让我欢喜地进入乌鲁克的城门!

让我回来,一年两次庆祝新年节,一年两次庆祝新年节!①

让节日得以庆祝,让欢乐开始!

让鼓声在野牛宁荪面前敲响!(II:260—271)

不过,"史诗"残存的文本中并没有记录年轻人对吉尔伽美什远征雪松林计划的反应,也没有提及吉尔伽美什如何应对长老们的反对意见。第二块泥板的内容就此结束。

第三块泥板甫一开篇,长老们已经在叮嘱吉尔伽美什远征路上的注意事项了:

为安全回到乌鲁克的码头,吉尔伽美什,

勿逞匹夫之勇。

瞅准时机,致命一击。

先行者救助同伴,认路者保护朋友。

让恩启都走在你前头,他知晓雪松林之路。

---

① 新年节(阿卡德语 *akītu*)是古代两河流域最重要、最盛大的节日,详见第四章的"远征归来与再次'加冕'"。

54

他久经沙场,受过考验,

他将保护朋友,佑他平安。

恩启都将带他平安返家,与妻团圆。(Ⅲ:1—10)

他们把保护吉尔伽美什的重任则明确托付给了恩启都:"在集会中
我们将国王托付于你,你务必将他带回我们中间。"(Ⅲ:11—12)之
后,吉尔伽美什向恩启都提议一道去向他母亲宁苏女神辞行。

　　上述情节中提到的乌鲁克的长老们和年轻人两个群体,也出
现在苏美尔语作品《吉尔伽美什与阿伽》中。① 在对手基什城邦
派遣来使要求乌鲁克臣服之际,吉尔伽美什分别向长老们和年轻
人征求战还是和的意见。结果长老们主和,但年轻人主战。吉尔
伽美什采纳了后者的意见,出兵迎战来犯的基什军队。

　　早在其1943年发表的论文中,雅各布森就对《吉尔伽美什与
阿伽》和"史诗"中涉及长老们和年轻人的内容进行了分析,认为
它反映了两河流域进入历史时期之前的国家状况:统治者必须
向民众阐明他的提议——首先是长老们,其次是城邦的居民大会
(assembly,即"年轻人"),征得这两个群体同意后他才能行动。
而城邦的居民大会又掌握了最终的政治权力,②这就是"原始民
主"(primitive democracy)的一种体现。雅各布森所言的民主是

---

① 内容概要见第一章。

② Thorkild Jacobsen, "Democracy in Ancient Mesopotamia," *Journal of Near Eastern Studies* 2(1943): pp.164‑166.

经典意义上的民主,即内部主权掌握在所有自由成年男性公民手中,无论其财产或阶级地位如何。"原始民主"的原始之处在于,政府的各项职能还未实现专业化,权力结构松散,社会的协调机制尚不完善,但它仍然是一种明显区别于专制制度的体系。①

雅各布森的论文发表后,学界对其"原始民主"的论述反响并不热烈。虽然《吉尔伽美什与阿伽》中的"长老们"和"年轻人"各自组成的大会其活动和功能的历史真实性已被广为接受,但迪娜·卡茨(Dina Katz)指出,在缺少与吉尔伽美什这一人物同期的材料的情况下,该文本叙事的历史真实性依然需要证实。② 她尝试着从文学结构和排比修辞(parallelism)的角度来切入这两个大会的研究。③

卡茨认为,尽管《吉尔伽美什与阿伽》中的长老们是两河流域历史上唯一得到证实的公共权力机关,但"长老们"和"年轻人"在作品中的对立更多地还是充当了一种文学手段。"年轻人"在苏美尔语中表达为 guruš,兼有年龄较轻和地位较低的内涵;它指城邦中部分具有劳动能力的人口,可集结为军事或劳动单元。"长老们"和"年轻人"二者在称呼上的不同构成一种对立排比(此类排比不仅扩写文本而且扩充情节),而他们各自的活动则构成一

---

① Thorkild Jacobsen, "Democracy in Ancient Mesopotamia," p. 159.
② Dina Katz, "Gilgamesh and Akka: Was Uruk Ruled by Two Assemblies?," *Revue d'Assyriologie et d'Archéologie Orientale* 81(1987): pp. 105 - 106.
③ Dina Katz, "Gilgamesh and Akka", pp. 107 - 114. 下文皆依据其论述。

种同义排比(此类排比扩写文本但不扩充情节)。排比本身就是一种常见的安排情节和组织材料的诗学手段。

鉴于享有城邦决策权力的"年轻人"仅见于"史诗"和《吉尔伽美什与阿伽》的叙事,"长老们"和"年轻人"的对比更有可能是采用了对立排比这一修辞手段的结果。如果构成排比的两个部分其素材已存在于文本传统中,那么一部分可能需要修改以和另一部分保持一致。换言之,如果一部分取材于历史事实,那么叙事者也会对另一部分进行加工以使其貌似具有历史性,从而实现排比的效果。具体而言,掌握决策权力的"长老们"存在于两河流域历史上,但享有类似权力的"年轻人"作为一个机构化的政治实体在历史上并不存在。后者的原型可能是国王吉尔伽美什的私人卫队或乌鲁克城邦大会的一个组成部分。为达到对立排比的效果,叙事者依据现实中的"长老们"虚构了作品中的"年轻人"。同时,为赋予"年轻人"在城邦政治结构中的合法性,叙事者进一步创造了"年轻人大会"这一机构(苏美尔语 ukkin gar-ra guruš-uru-na-ka)。为与"年轻人大会"构成同义排比,"长老大会"(苏美尔语 ukkin gar-ra ab-ba-uru-na-ke₄)这一术语随即也出现了。因此,卡茨的结论是乌鲁克的城邦时代并不存在所谓的两院制。[1]

所谓的大会(阿卡德语 *puhrum*,同根动词 *pahārum*)在"史

---

① Norman Yoffee 认同上述结论,并回顾了两河流域不同时期的相关证据,详见其 *Myths of the Archaic State*:*Evolution of the Earliest Cities*,*States*,*and Civilizations*(Cambridge University Press,2005),pp. 110 - 112。

诗"中也多次出现,不过往往与神祇相联系。当吉尔伽美什来到马舒山前,向蝎人表明他寻找永生的计划时,他把乌特纳皮施提描述为"参加了众神大会,获得永生"之人(IX: 76)。吉尔伽美什向乌特纳皮施提打探永生的奥秘时问他:"你如何列席众神大会,如何获得永生?"(XI: 7—8)乌特纳皮施提在讲述洪水故事之前,就强调了众神开会以确立生死(X: 319—322)。根据他对洪水的叙述,众神在洪水肆虐时都惊恐万分,女神贝莱特·伊丽(Bēlēt-ilī)①在哀嚎之际也提及了众神的集会(puhur ilī)。② 最后乌特纳皮施提诘问吉尔伽美什:"而今谁为你召集众神(ilī upahharak-kum),以便你获得孜孜以求的永生?"(XI: 206—207)唯一一处可能与神祇无关的"大会"出自乌特纳皮施提之口。他试图劝慰吉尔伽美什放下对挚友的哀思时,提及"他们在大会上放了一张王座,对你说'坐下'"(X: 271)。但此处"他们"和"大会"的具体所指并不明确。

根据上下文的语境推断,"众神大会"是一个神祇集会以讨论和决策重大事项(如发动洪水和决定人类生死)的场合。我们仅能臆测,它或许是两河流域历史早期可能运作过的城邦居民大会在文学作品中的镜像反映。

---

① 她是两河流域众多母神中的一位,见 Jeremy Black and Anthony Green, *Gods, Demons and Symbols of Ancient Mesopotamia*, p.133。

② 她哀嚎道:"我怎能在众神大会上口出恶言,宣战毁灭我的子民? 我生下他们,他们是我的子民。而今他们如鱼子一般充斥了整个海洋";Andrew George, *The Babylonian Gilgamesh Epic*, vol.I, pp.710-711, XI: 121-124。

第四章　吉尔伽美什的三次洁净[①]

在"史诗"近三千行的全文中有三处对吉尔伽美什洁净场景的描写。每一处描写虽然不过寥寥数行，却都出现在他个人经历的关键之处并构成作品情节叙事的转折或高潮。本章试图从人类学仪式理论中的过渡礼仪和阈限模式的角度对这三处洁净场景进行分析和解读，并以此为基础探讨上述场景得以推动情节发展的原因。

远征归来与再次"加冕"

如何定义仪式(ritual)一直是人类学研究中一个百家争鸣、见仁见智的焦点问题，[②]此处受主题和篇幅所限不展开讨论。本章

① 本章曾以《远征·漂泊·返乡——对〈吉尔伽美什史诗〉中洁净场景的仪式化解读》为题，发表于《复旦学报(社会科学版)》2019 年第 3 期，第 120—129 页，收入本书时有所修改。

② 相关学术史回顾详见 Catherine Bell, *Ritual Theory*, *Ritual Practice* (Oxford University Press, 2009), pp. 69 - 74。关于仪式定义问题在两河流域研究中的讨论，详见 Julye Bidmead, *The Akītu Festival*: *Religious Continuity and Royal Legitimation in Mesopotamia* (Piscataway, New Jersey: Gorgias, 2014), pp. 8 - 12。

的出发点不在于论述吉尔伽美什的三次洁净是否符合仪式的相关定义,而是将其视为仪式化(ritualization)或具有仪式性的行为。美国学者凯瑟琳·贝尔回顾了关于仪式定义的争论之后,提出了仪式化的概念:"初步而言,仪式化是一种行为方式,其设计和执行用于强调并赋予该行为有别于其他更为日常的活动的特性。"[1]

吉尔伽美什的第一次洁净发生在"史诗"叙事的中间部分,即他与挚友恩启都成功击败了守护雪松林的怪兽芬巴巴之后。他们大肆砍伐雪松,沿幼发拉底河顺流而下将其运回乌鲁克城邦,准备为主神恩利尔的神庙建造大门。恩启都在船上掌舵,吉尔伽美什提着芬巴巴的头坐他身旁。回到乌鲁克之后,吉尔伽美什进行了第一次洁净,原文阿卡德语的描写如下:

> imsi malêšu ubbib tillêšu
>
> unassis qimmatsu elu ṣērīšu
>
> iddi maršûtīšu ittalbiša zakûtīšu
>
> aṣâti ittahlipamma rakis aguhhu
>
> Gilgameš agâšu ītepramma (VI:1—5)[2]

---

[1] "In a very preliminary sense, ritualization is a way of acting that is designed and orchestrated to distinguish and privilege what is being done in comparison to other, usually more quotidian, activities"; Catherine Bell, *Ritual Theory, Ritual Practice*, p.74.

[2] 阿卡德语原文参见 A. R. George, *The Babylonian Gilgamesh Epic*, vol. I, p. 618。

他洗净打结的头发,清洁好武器装备,

把绺绺头发甩后背。

他扔下脏衣服,把干净衣服穿,

披上斗篷,系上腰带,

吉尔伽美什戴上王冠。

　　此处描写虽然堪堪五行,但前四行均由四个单词组成,前三行都以阳性第三人称单数的物主代词后缀－šu结尾,且一、三、四行都包含两个动宾结构,充分展现了"史诗"语言的节奏和韵律感以及语句内部的语法对称性。研读该场景的阿卡德语原文,读者还可辨识出吉尔伽美什洁净前后在头发、衣服和配饰三方面所经历的转变。他首先清洗了打结的头发,使其变为一绺绺的状态。可以想象,清洗后的头发光滑柔顺,所以吉尔伽美什得以将其甩到背上。他清洁(ebēbu)①随身携带的装备(tillû)②后,丢弃了身上的脏衣服,穿上干净衣物并披上斗篷(aṣâti)。③ 最后,他系

① 在公元前一千纪两河流域的仪式文献中,该动词用于表达麻风病人通过清洗祛除该病的含义。参见 Walther Sallaberger, "Körperliche Reinheit und soziale Grenzen in Mesopotamien," in Peter Burschel and Christoph Marx eds. , *Reinheit*(Wien: Böhlau, 2011), pp. 19 - 20。

② 该词含义较为笼统,结合上下文推测可能指代吉尔伽美什和恩启都远征雪松林时携带的斧头和匕首两种武器(II: Y 163 - 171)。

③ 关于 *aṣâtu* 一词,《芝加哥亚述学辞典》将其笼统解释为"garments",参见 *The Assyrian Dictionary of the Oriental Institute of the University of Chicago*,A/II,p. 356。此处汉译"斗篷"依照 A. R. George, *The Babylonian Gilgamesh Epic*,vol. I, p. 619 的英译。

上腰带并戴上王冠,后一举动明确昭示其国王身份。"史诗"通过一系列措辞上的鲜明对照,如头发从"打结"变为"柔顺",服饰从"肮脏"换成"干净",配饰从"武器装备"换成"腰带"和"王冠",形象地强调了吉尔伽美什在洁净前后的状态变化。这些变化通过反向动词"扔下"和正向动词"清洗"、"清洁"、"穿上"、"披上"、"系上"、"戴上"所表达的行为得以实现。

吉尔伽美什的此次洁净发生在他与恩启都结束了对雪松林的远征,返回乌鲁克城邦之际。根据法国学者阿诺尔德·范热内普所提出的过渡礼仪模式,可解读为一种旅行者返乡时举行的礼仪。在第三章论及陌生人加入新群体或回归原属群体的礼仪时,范热内普以旅行者返乡为例对后一类礼仪进行了阐释。外出者归家时经历的礼仪包括净化路途上所带不洁物的分隔礼仪和逐步回归到原有状态的聚合礼仪。[①] 在其著作的最后部分讨论其他类型的过渡礼仪时,范热内普进一步指出涉及毛发和头发的礼仪也是常见的过渡礼仪,毛发的剪切和发型的改变经常作为分隔礼仪的典型标识。毛发的献祭由剪切和呈献毛发两个步骤组成:前一步骤的用意在于与先前所处的世界分隔,后一步骤意味着与神圣世界相结合,尤其是与某个确定其族属关系的神灵或精怪相结合。[②]

---

① Arnold van Gennep, *Les rites de passage*, p.46.

② Arnold van Gennep, *Les rites de passage*, p.170.

吉尔伽美什在此次洁净中虽然没有剪切毛发，但他洗净打结的头发再把它甩至背后的行为，以及清洁武器装备和丢弃脏衣服这两个举动，一起组成一道分隔礼仪，标志他远征雪松林这一旅行状态的终止。在该状态中，吉尔伽美什暂停履行自己作为城邦国王的职责，与恩启都只身深入雪松林与怪兽芬巴巴血战，以获取雪松这一名贵木材。在与芬巴巴激战时，吉尔伽美什一手持斧头，一手从腰间抽匕首，击中了芬巴巴的颈部；后者倒下后，林中小溪冲走了它的血液（V: Ish 20'—25'）。可以想见，在此过程中吉尔伽美什很可能沾染了诸如芬巴巴的鲜血这类污秽之物。尽管血液在两河流域文化传统中不具有污染的禁忌内涵，[①]但依然可以视为一般意义上的不洁之物。所以上述分隔礼仪一方面使吉尔伽美什得以清洁自己的身体、衣服和装备，另一方面加速他在心理上结束远征状态，为恢复行使城邦国王的责任做好准备。完成分隔礼仪后，吉尔伽美什穿上新衣、披上斗篷、系上腰带、戴上王冠的一系列行为则可解读为一道聚合礼仪，以便他重返在城邦社会结构中的国王地位。

就仪式内部进程的角度而言，吉尔伽美什的此次洁净类似于

[①] Walther Sallaberger, "Körperliche Reinheit und soziale Grenzen in Mesopotamien," p. 22. Sallaberger 的上述观点有别于 K. van der Toorn，后者认为血液在两河流域传统中具有污染或不洁的内涵，详见其 *Sin and Sanction in Israel and Mesopotamia : A Comparative Study* (Assen/Maastricht : Van Gorcum, 1985)，pp. 15 - 16. 不过 van der Toorn 对相关阿卡德语词汇（如动词 *lapātum*）的解释欠准确，弱化了其结论的说服力。

国王加冕的过程。在论述圣职受任与加冕这两种仪式的相似性时,范热内普分析了古埃及法老的加冕典礼,认为它开始于与先前俗世分隔的礼仪,随后是与神圣世界聚合的礼仪,最终为标志着法老拥有神界与现世疆域的礼仪。① 此间王冠作为圣器的作用相当突出,尤其是神稳固法老头顶的王冠这一动作是祝圣的最后一步。而王冠又可视为一种原始发带的形式,后者与环、手镯等器物往往作为聚合礼仪的要素出现。② 正如在法老的加冕仪式中尚无相关边缘礼仪的记载,笔者在吉尔伽美什此次洁净场面的描写中也未能辨识出边缘礼仪的要素。不过,王冠、斗篷和腰带加身后的吉尔伽美什,其俊美(*dumqu*)引来女神伊施塔的青睐并导致严重后果,此待后续。

除技术层面的相似性之外,上下文的情境也支持把吉尔伽美什的此次洁净解读为一场加冕仪式。首先,这是文本首次正面描写他戴上王冠的场景,象征其统治的合法性。在此前的叙事中,文本仅交代了他的父亲是卢伽尔班达,母亲是女神宁荪(I:35—36)。根据《苏美尔王表》的记载,卢伽尔班达曾是乌鲁克城的国王。由此推断,吉尔伽美什继承了父亲的王位成为国王,其统治的合法性来源于他与生俱来的权利(birth right)。但他在"史诗"

---

① Arnold van Gennep, *Les rites de passage*, p. 118. 根据笔者对上下文的理解,"俗世"指法老加冕前生活的世界,此时他尚不具备神性;而"神圣世界"指法老加冕后获得神性并拥有神的地位。

② Arnold van Gennep, *Les rites de passage*, pp. 117 - 118, 169 - 170.

开篇的所作所为,不仅不符合两河流域传统中对一位国王的期望,甚至可以使他步入暴君之列。"他的竞技让同伴们脚不停歇,他毫无理由折磨乌鲁克的年轻人,不把儿子放回父亲身旁,日日夜夜他的统治愈发残暴"(I:66—69);①"他不把闺女放回母亲身旁……不把姑娘放回新郎身旁"(I:72,91)。② 乌鲁克的妇女们向众神控诉他的暴行,众神之首天神安努知晓后,下令女神阿鲁鲁创造恩启都来充当吉尔伽美什的对手,使城中居民得以安生。恩启都诞生后,经过一番周折最终与吉尔伽美什结为挚友,两人共同前往雪松林探险且杀死了守护森林的怪兽芬巴巴。鉴于芬巴巴并未危害乌鲁克的居民,因此吉尔伽美什的这次探险在严格

---

① Jacob Klein 认为此处的竞技活动很可能是马球,吉尔伽美什在从事这项运动时把他的男性臣民当作马骑;后文中涉及年轻女性的压迫可能是一种劳役或宫廷服务;详见其"A New Look at the 'Oppression of Uruk' Episode in the Gilgameš Epic," in Tzvi Abusch ed. , *Riches Hidden in Secret Places*: *Ancient Near Eastern Studies in Memory of Thorkild Jacobsen* (Winona Lake, Indiana: Eisenbrauns, 2002), pp. 187 – 201。

② 吉尔伽美什的这一行径在后文中有更详尽的表述:恩启都在去往乌鲁克的路上邂逅一参加婚宴的旅人,后者告知恩启都,吉尔伽美什将先于新郎与新娘同床共枕(II: pp. 159—160)。涉及吉尔伽美什的阿卡德语原文为 *aššat šīmātim irahhi/šū pānumma mūtum warkānu*,"他(吉尔伽美什)要与那将成为妻子的女子交好;他在先,丈夫在后",参见 A. R. George, *The Babylonian Gilgamesh Epic*, vol. I, p. 178, col. iv: 159 – 160。诸多非亚述学家的著述经常把吉尔伽美什的上述暴行解释为一种类似中世纪领主所行使的初夜权,但这一习俗在两河流域的其他任何文献中都没有提及。因此,是否可以将其与初夜权联系起来还有待进一步研究。相关讨论参见 Gwendolyn Leick, *Sex and Eroticism in Mesopotamian Literature* (London and New York: Routledge, 1994), p. 257。

意义上并不能算作除暴安良的举动,但较之他此前在乌鲁克城邦的胡作非为已是显著的提高和进步。此外,杀死芬巴巴后吉尔伽美什和恩启都得以砍伐大量雪松带回乌鲁克,为主神恩利尔的神庙建造庙门,以取悦主神和乌鲁克的臣民(VI:IM 27—29)。他们计划中的庙门雄伟壮观——高约 36 米,宽约 12 米,厚度多达半米,且用一根整木制成(V:295—296)。①建造庙门的举措完全属于两河流域国王传统的职能范围。②

在两河流域的政治和文化传统中,王权的合法性并不完全依存于继承权的行使,还取决于国王统治本身的正当性。在这一地区最重要的节日新年节(阿卡德语 *akītu*)的庆祝活动中,一项重要内容便涉及国王统治合法性的确认。新年节活动在当地日历的第一个月(春分时节)举行,早在公元前三千纪便有记载。发展到公元前一千纪时,最负盛名的是新巴比伦王朝时期在首都巴比伦城举行的庆祝活动,前后共持续 12 天。③头四天的仪式以祭

① 严格来说,为恩利尔的神庙建造庙门是在吉尔伽美什杀死芬巴巴后,由恩启都首先提议。

② 在两河流域早王朝中晚期(约公元前 2700—前 2350),即城邦争霸的历史时期,涉及各城邦国王的王室铭文中最普遍的一类就与神庙的建造、修缮,以及许愿物或还愿物的进奉相关。该时期的王室铭文悉数收录于 Douglas R. Frayne, *Presargonic Period(2700 - 2350 BCE)*。

③ 关于这一节日的概述,参见尹凌:《古代两河流域新年仪式研究》,《古代文明》,2011 年第 5 卷第 3 期;刘健:《古代两河流域新年礼俗、观念及其政治功能的演进》,《贵州社会科学》,2017 第 10 期。更全面的专题研究则有 J. A. Black, "The New Year Ceremonies in Ancient Babylon: 'Taking Bel by the Hand' and a Cultic Picnic," *Religion* 11(1981): pp.39 - 59; Annette (转下页)

司祈祷为主,①后七天的仪式主要关乎神像的集会和游行。在第五天的六场仪式中直接涉及国王的有两场,第一场便是所谓的"羞辱国王"的仪式。② 国王用水洗净双手后进入马尔杜克神——巴比伦城的主神——的埃桑吉拉神庙,此时神庙中仅有他和一名高级祭司。祭司除去国王的权杖、绳环和王冠,将其存放在内殿中。离开内殿后祭司开始掌掴国王,并把他引入内殿,拉扯他的耳朵且迫使他跪倒在马尔杜克神像前。此时国王开口为自己辩解如下:

> 众土之王啊(即马尔杜克神)!我没有犯罪,
>
> 我没有忽视您的神像,
>
> 没有毁灭巴比伦城,
>
> 没有让她的居民逃散,

(接上页)Zgoll, "Königslauf und Götterrat: Structur und Deutung des babylonischen Neujahrsfestes," in Erhard Blum and Rüdiger Lux eds. , *Festtraditionen in Israel und im Alten Orient* (Gütersloh: Gütersloher Verlagshaus, 2006), pp. 12 - 80; Julye Bidmead, *The Akītu Festival: Religious Continuity and Royal Legitimation in Mesopotamia*。

① 我们对第一天的活动一无所知;第二、三天主要是高级祭司(头衔为 šešgallu)祈祷,地点在巴比伦城主神马尔杜克的圣殿中,该祭司还领导神庙的其他人员,如普通祭司、歌手和乐手、以及工匠举行祈祷和其他仪式。第四天同样由高级祭司带领祈祷,同一天国王去到离古巴比伦城西南约15公里处的博尔西帕城,向马尔杜克神的长子纳布神祈祷。

② 其他四场仪式包括祭司祈祷、众神享用早餐、清洁主神马尔杜克的神庙和其子纳布的神庙、向马尔杜克神供奉食物。除"羞辱国王"的仪式外,另一场涉及国王的仪式是他与祭司共同祈祷并献祭。

没有动摇埃桑吉拉神庙，

没有掌掴有特权的居民，

没有羞辱他们。

我对巴比伦城多有关照，

没有摧毁其城墙……①

国王随即离开内殿，祭司则回应说马尔杜克神将摧毁国王的对手和敌人。之后国王重新戴上王冠并佩戴上王权的标志，由祭司带领离开内殿。此时祭司再次掌掴国王，如果国王流泪，则昭示着马尔杜克神对他的辩解词感到满意，他得以继续出任国王；否则就意味着神对他发怒了，他的敌人将会兴起并推翻其统治。国王在辩解词中强调的是他对主神马尔杜克以及巴比伦城的居民都履行了应尽的职责和义务。

因此，吉尔伽美什第一次洁净过程中作为分隔礼仪的清洗环节，既标志着他与恩启都雪松林远征的结束，也在一定程度上象征着他此前在乌鲁克暴虐统治的终结；而换上干净衣物并戴上王冠的聚合礼仪，一方面为他以国王身份重返城邦的社会结构做好准备，另一方面则从履行王权职能的角度确认了其统治的合法性。在后者意义上，此次洁净也可视为一次"再加冕"的过程。在

---

① Julye Bidmead，*The Akītu Festival：Religious Continuity and Royal Legitimation in Mesopotamia*，p. 77.

此后的情节发展中,吉尔伽美什与恩启都合力杀死了女神伊施塔派来危害乌鲁克环境和民众安全的天牛,成为了保家卫民的英雄,其王权的合法性再也毋庸置疑。

分隔"野蛮"和结束漂泊

吉尔伽美什的第二次洁净出现在"史诗"的最后部分、著名的洪水故事之后。他与恩启都一同杀死女神伊施塔派来报复的天牛后,恩启都受众神惩罚以致病死。吉尔伽美什深受挚友去世的打击,继而浪迹天涯以寻求永生之道,历尽艰辛见到获得永生的凡人乌特纳皮施提后,后者却试图打消他的这一念头。乌特纳皮施提告诉他,自己与妻子幸运地躲过大洪水的劫难,成为世上仅存的人类,才被众神之首恩利尔赐予永生,这般机会一去不复返。事实上,当恩利尔发现他们夫妇由于智慧神埃阿(Ea)泄露天机而大难不死时,先是勃然大怒,之后出于无奈才赐予他们永生(XI:1—206)。[1]

他继而要求吉尔伽美什六天七夜不睡,以考验他寻求永生的信念坚定到何等程度。但后者难抵睡意,沉沉睡去长达六天后才

---

[1] 以上便是两河流域流传下来的著名洪水故事,被认为是《圣经·创世记》第六到第八章中挪亚方舟故事的滥觞。关于两河流域洪水故事的完整版本,详见 Stephanie Dalley, *Myths from Mesopotamia*:*Creation*,*the Flood*,*Gilgamesh*,*and Others*(Oxford:Oxford University Press, 1989), pp. 1 - 38;新近研究进展参见 Irving Finkel, *The Ark before Noah* 和 Y. S. Chen, *The Primeval Flood Catastrophe*(Oxford:Oxford University Press, 2013)。另见本书第十章。

醒来。乌特纳皮施提指责吉尔伽美什既然不能通过睡眠的考验，就不要奢求长生不死。① 随后他指示摆渡吉尔伽美什越过死亡之海、到达他住处的船夫乌尔沙纳比（Ur-shanabi），带领吉尔伽美什去盥洗，以便他返回乌鲁克城邦。"史诗"对该洁净场景的描写如下：

> *malêšu ina mê kīma elli imsi*
>
> *iddi maškīšūma ubil tâmtu*
>
> *ṭābu iṣṣapi zumuršu*
>
> *ūteddiš parsigu ša qaqqadīšu*
>
> *tēdīqa labiš ṣubāt baltīšu* （XI：263—267）
>
> 他在水中把打结的头发洗得无比干净，
>
> 丢弃所穿的毛皮，让大海把它冲走。
>
> 他身体俊美，浸透水中。
>
> 他戴上焕然一新的头巾，
>
> 穿上王袍，这匹配他尊严的打扮。

---

① Mario Liverani 提出，如果吉尔伽美什没有入睡，而是享用了乌特纳皮施提的妻子烤好的面包，那么他就可以获得永生；参见其 *Myth and Politics in Ancient Near Eastern Historiography*，trans. Zainab Bahrani and Marc Van De Mieroop（Ithaca，New York：Cornell University Press，2004），p. 18。但在"史诗"中，乌特纳皮施提让妻子烤面包的情节发生在吉尔伽美什入睡之后，用意在于通过每天烤一个面包，且考察不同面包的变质程度来佐证吉尔伽美什沉睡的时间（XI：220—230）。因此，笔者以为 Liverani 的上述观点站不住脚。

这段描写的后三行在阿卡德语中同样都以阳性第三人称单数的物主代词后缀 *šu* 结尾,再次体现了"史诗"语言的韵律感。与第一次洁净类似,吉尔伽美什的第二次洁净也可解读为分隔礼仪与聚合礼仪的结合,同样关系到毛发和衣服两方面的变化,但没有涉及他随身携带的任何武器装备。分隔礼仪包括他洗净打结的头发和丢弃所穿毛皮,聚合礼仪包括他戴上新头巾和穿上王袍。前一礼仪分隔的是他浪迹天涯、远离文明世界的野蛮状态。在吉尔伽美什流浪伊始,"史诗"对他的这种状态有过生动的描绘:"他击打狮子,杀死它们,驱散它们。……他穿上狮皮,啃着狮肉。他打了井……喝着井水,追逐着风。"(IX:18,Si i 2'—4')就在乌特纳皮施提让吉尔伽美什去沐浴之前,他对后者外表的描述再度强调了其所处的野蛮状态:"你(船夫乌尔沙纳比)领来的这人(吉尔伽美什),全身毛发皆乱蓬蓬,他的美遭兽皮破坏。"(XI:251—252)吉尔伽美什此时的状态,不禁使人联想起到达乌鲁克之前一度在旷野中生活的恩启都:"他浑身是毛,头发长如女子,浓密堪比谷物女神尼萨芭。他不认人,不识国,毛发遍身像动物保护神沙坎。"(I:105—109)①吉尔伽美什遭兽皮破坏的"美",其阿卡德语原文(*dumqu*)与他第一次洁净过后吸引女神伊施塔

---

① 苏美尔神沙坎(Shakkan,阿卡德语中的 Sumuqan 神)被认为是太阳神乌图之子、野生动物的保护神,主要活动在荒野和沙漠地带,有时也与冥府发生关联。详见 Jeremy Black and Anthony Green,*Gods*,*Demons and Symbols of Ancient Mesopotamia*,p.172。

爱慕的"美"如出一辙。显然,此处"美"的内涵不仅指代外表的整洁和美观,还应包括了吉尔伽美什身为国王的装束以及手握王权所赋予他的气质和尊严。因此,本场景中有损吉尔伽美什"美"的兽皮需要借助分隔礼仪去除,以期他通过聚合礼仪后能恢复到"美"的状态。

"史诗"叙述第一次洁净场景时,并未交代吉尔伽美什如何处理脱下的脏衣服,但在本次洁净的描写中却指明他脱下的兽皮被海水冲走,还强调他把打结的头发尽可能地清洁干净。[①] 这两处细节的凸显不妨理解为吉尔伽美什此次分隔礼仪的彻底性,象征着他与野蛮状态的彻底告别。分隔礼仪过后的吉尔伽美什"身体俊美,浸透水中",据此推测他进行了全身沐浴。读者还从上下文得知他沐浴的地点带有盥洗设施,可能是一口大水缸或一个大水盆(*namsû*)。相比之下,吉尔伽美什第一次洁净时仅清洗了头发,无从判断他是否沐浴全身。

沐浴过后的吉尔伽美什戴上了崭新的头巾(第一次洁净时是王冠),换上了王袍[②](第一次时仅为干净衣服)。这组动作构成一道聚合礼仪,标志着吉尔伽美什即将结束流浪、重返乌鲁克、恢

---

① 这一动作的阿卡德语原文 *malêšu imsi* 与第一次洁净场景中的原文几乎如出一辙,但增加了一个表示程度的短语 *kīma elli*,意为"尽可能干净"。其中的 *ellu* 一词表达阿卡德语中"纯洁"、"纯净"的概念;参见 Walther Sallaberger, "Körperliche Reinheit und soziale Grenzen in Mesopotamien," p. 19。

② 阿卡德语 *tēdīqa*,该词通常指国王或神所穿的衣袍;参见 *The Assyrian Dictionary of the Oriental Institute of the University of Chicago*, T, p. 322。

复其城邦国王的身份。"史诗"不仅指出他这身装扮与其作为国王的尊严相匹配（bāltu），还借乌特纳皮施提之口反复强调："让他（吉尔伽美什）穿上王袍，与他尊严相匹配。直到他回到他城邦，直到他抵达路尽头，让他王袍不染尘埃、簇新依然！"（XI：258—261）借用过渡礼仪模式的术语来表达，此次洁净的目的就在于终结吉尔伽美什浪迹天涯的野蛮状态，使他以国王身份重新聚合到乌鲁克城邦的社会结构中。

如果说吉尔伽美什的第一次洁净再度确认了他统治的合法性，确立了他在世俗世界中的位置，那么他的第二次洁净则标志着他从抗拒或试图挑战到接受了人必有一死——他虽身为国王，拥有三分之二的神的血统也不例外——神才能永生的宇宙秩序。他未能通过乌特纳皮施提所要求的六天七夜不睡的考验，且无法复制后者作为大洪水幸存者的经历，这两点注定了他无法挑战上述宇宙秩序以获得永生。因此吉尔伽美什不得不放弃对永生的孜孜以求，转而准备回到乌鲁克城邦重新出任国王一职。

返乡途中从"永生"到必死

吉尔伽美什完成第二次洁净后，便启航和船夫乌尔沙纳比一同返回乌鲁克。此时此刻，乌特纳皮施提在妻子的婉言建议下，向吉尔伽美什透露了永生的奥秘——一株看似枸杞、如蔷薇般带刺的植物可使人重返青春。吉尔伽美什把石头绑在脚上沉入海中采得这株植物后，①回到岸边与乌尔沙纳比继续返乡之旅。他计划回到乌鲁克城后，先让一位老人试吃，自己随后再服用（XI：297—300）。②

　　途中，吉尔伽美什进行了第三次也是最后一次洁净。"史诗"对此次洁净的描写极其简短，仅有两行：*īmurma būra Gilgameš ša kaṣû mûša / urid ana libbimma mê irammuk*（XI：303—304）。根据第一行的叙述，"吉尔伽美什看见一处池塘，池水清凉。"此次洁净的场所显然在野外，既不同于第一次洁净发生的地点乌鲁克城邦，也不同于第二次洁净的地点乌特纳皮施提与世隔绝的住所。③ 随后吉尔伽美什走入池塘在水中沐浴。这是"史诗"在描写他洁净时首次使用"沐浴"（*ramākum*）一词，在前两次洁净的描写中出现的都是意为"洗"（*masûm*）的动词。还有，从前两次场景的上下文可以推断吉尔伽美什洁净时很可能是独自一人在场，但此次场景中出现了一个新的关键角色——蛇。它一闻到这株植

<hr />

① 其功效的阿卡德语原文为：*šá amēlu ina lìb-bi-šú i-kaš-šá-du nap-šat-su*，"by which means a man can recapture his vitality"；Andrew George, *The Babylonian Gilgamesh Epic*, vol. I, p. 722, XI：296。
② Nicola Vulpe 在其论文"Irony and the Unity of the Gilgamesh Epic"，p. 281 中把吉尔伽美什的上述计划解读为他不愿独享永生，而是想与城中居民分享这一机会，并得出了吉尔伽美什回归两河流域国王爱惜子民的传统形象的结论。笔者认为 Vulpe 对"史诗"的翻译有误，结论不成立。
③ "史诗"在行文中并未明确乌特纳皮施提的居住地点，只提及它位于远方，在某些河流的入海口（XI：205—206）。吉尔伽美什和船夫乌尔沙纳比撑船经过"死亡之海"后到达他的住处（X：169—185）。如果"某些河流"指幼发拉底河与底格里斯河，那么他有可能住在波斯湾附近。

物的芳香就悄悄叼走并将其吃掉(XI：306)，①结果马上开始蜕皮，重返青春。此情此景令吉尔伽美什潸然泪下，他只能向乌尔沙纳比哭诉自己的不幸后回到乌鲁克。

较之前两次洁净，在吉尔伽美什第三次洁净的场景中并未出现清洗头发或更换衣服和配饰的描写，所以不适合与前两次一样都解读为旅行者返乡时的礼仪。考虑到吉尔伽美什在第二次洁净中换上王袍后的状态变化，他的第三次洁净可视为发生在从神圣世界(sacred)过渡到世俗世界(profane)的中间阶段，即一道边缘礼仪(rites de marge)。

范热内普在《过渡礼仪》的开篇即强调："世俗世界与神圣世界之间不存在兼容，以致一个体从一世界过渡到另一世界时，非经过一中间阶段不可。"②在第三次洁净之前，吉尔伽美什已沉入海底成功采得仙草从而获取了永生之道。在采得植物后到将其吞服的中间阶段，吉尔伽美什虽然尚未成为如乌特纳皮施提与他妻子那般的不死之人(immortal)，但与他本人采摘仙草前所处的必有一死(mortal)的状态业已有所区别。换言之，他采得仙草的举动可解读为一道分隔礼仪，分离他与凡人所在的世俗世界并使他进入介乎世俗与神圣世界之间的边缘状态。如前所述，吉尔伽美什的父亲是乌鲁克前任国王卢伽尔班达，母亲是女神宁荪，因

①"史诗"原文并未明说蛇吃下这株植物，但依据上下文推断应当如此。
② Arnold van Gennep, *Les rites de passage*, p. 12.

此他拥有三分之二的神的血统,三分之一的人的血统。源自于人的血统成分尽管量居其次,却依然注定他无法永生。① 但采得仙草后的吉尔伽美什突破了血统论的藩篱,掌握了通往永生的途径。然而,依据两河流域的文化传统,除大洪水幸存者乌特纳皮施提和他妻子外,人皆必死而神才能享受永生,这是神人之间的根本界限所在。尽管吉尔伽美什拥有三分之二的神的血统,依然不足以成为严格意义上的神,还是必须重新聚合到"生有尽时"的世俗世界。因此吉尔伽美什在返乡途中进行的第三次洁净不妨视为他经历的一道边缘礼仪,其作用可能就在于此。

范热内普在《过渡礼仪》一书中对边缘礼仪或阈限礼仪着墨不多。他提出边缘礼仪在某些情况下具有一定独立性,且可以插入到一套完整礼仪中,其目的在于表明个体既不处于神圣世界,也不处于凡人世界;如果个体不属于其中之一,则应恰当地聚合入另一者。② 特纳则具体区分出两种阈限类型,分别为地位提升和地位逆转的仪式所特有。常见的地位提升仪式包括生命危机仪式(又称人生礼仪,即在出生、成年、结婚和死亡的转折时刻举行的仪式),以及获得更高地位时(如政治职务提升和获得特别组织的成员身份)举行的仪式;而地位逆转仪式主要是集体的年度性仪式(如果实初熟或丰收之时举行的仪式)和群体危机仪式(如

---

① 见"史诗"Ⅰ: 35—36,48。因为具有人的血统而无法获得永生,这也是吉尔伽美什为何在恩启都离世后备受打击,决定浪迹天涯、寻找永生奥秘的动因。

② Arnold van Gennep, *Les rites de passage*, p. 187.

为扭转自然灾害举行的仪式）。①

　　吉尔伽美什在第三次洁净中的状态，具有特纳所归纳的地位提升仪式中阈限状态的部分特点。例如，经历生命危机仪式的阈限主体会发生所谓的结构性隐身（structural invisibility），即离开日常生活圈子而离群索居，并经常与旷野发生联系；②他不仅被剥夺了自身世俗地位的象征物，还要经受考验、折磨或专断的惩罚，却只能以顺服或沉默来应对，目的在于学会谦卑。③ 根据上下文，吉尔伽美什洗澡的池塘位于无人居住的旷野，船夫乌尔沙纳比虽然与他同行，但在此次洁净场景中并未出现，所以他处于遁世离群的状态。吉尔伽美什在池塘中全身沐浴，很可能脱下了第二次洁净后换上的王袍，剥离了其世俗地位的象征。他历尽苦难采得的仙草被蛇偷吃，这一打击完全是飞来横祸、无妄之灾，但他对此并未控诉和反叛，而只是哭诉和哀叹：

　　　　乌尔沙纳比啊！我为谁双臂酸痛，呕心沥血？
　　　　我一无所获，"地球之狮（即偷吃的蛇）"却占便宜。

---

① Victor Turner，*The Ritual Process*，pp. 166 - 170.
② Victor Turner，*The Ritual Process*，p. 95. 特纳指出，在诸多把社会和文化过渡仪式化的社会中，存在一系列丰富的象征符号来表达阈限主体模棱两可和捉摸不定的特征。因此，阈限往往与死亡、胎儿、隐形、黑暗、双性恋、旷野、日食或月食相联系。
③ Victor Turner，*The Ritual Process*，pp. 96，103，169 - 170.

如今潮水涨起,我的工具①已弃。

我能找到何物作为标记?(XI:311—317)

　　如果用更直白的语言来表述阈限状态,在特纳看来就是强者的阈限为软弱,而弱者的阈限为刚强。换言之,富人和贵族的阈限就是经历贫穷,而穷人的阈限就是炫耀铺张和虚拟等级。② 纵观"史诗"全文,吉尔伽美什在挚友恩启都病逝前一直以强者的姿态出现,强大到足以与恩启都联手杀死守卫雪松林的怪兽芬巴巴和女神伊施塔派来报复的天牛。他在蛇叼走仙草之前同样处于强大的状态,如愿以偿地获得了永生的奥秘,即将结束旅程、回到乌鲁克城邦继续国王一职。但如此这般强大的吉尔伽美什最终却栽倒在一条蛇手上。

　　除边缘礼仪外,从吉尔伽美什的第三次洁净中还可解读出一道聚合礼仪。池塘沐浴的行为构成一道边缘礼仪,使他处于上文所言的阈限状态。而蛇叼走植物这一事件又构成一道聚合礼仪,致使吉尔伽美什丧失了永生的机会,从介乎永生的神祇与必死的凡人间的阈限状态回归到必死的凡人状态。一处类似情节也出现在两河流域另一则著名神话《阿达帕与南风》中。阿达帕生活在南部城市埃利都,是智慧神埃阿的祭司。他有次在海上垂钓,

---

① 吉尔伽美什采摘植物前,用某种工具开通了一条水道。(XI:288)
② Victor Turner, *The Ritual Process*, p.200.

为埃阿神准备供品时,南风把他乘坐的小船吹翻了。他一气之下诅咒了南风,结果导致南风的翅膀折断,再也无力起风,自然秩序遭到破坏。天神安努因此要召见阿达帕。智慧神埃阿告诫阿达帕,觐见安努时应当拒绝会带来死亡的水和食物,但可以接受衣服和用于膏礼的油。阿达帕当面向安努解释了他诅咒南风的缘由。后者接受了他的解释,并赐予他可以带来永生的水和食物,但阿达帕出于埃阿的告诫就加以拒绝。故事以安努告诉阿达帕他痛失了永生的机会而结束。[①]

既然吉尔伽美什第三次洁净的场景与地位提升仪式中的阈限状态存在相似之处,那么是否可以把此次洁净解读为一种地位提升仪式呢? 笔者认为不能成立。原因在于,从可以获得永生的神圣状态回归到必有一死的世俗状态,吉尔伽美什的这一转变无法理解为特纳所论述的地位提升。他作为仪式主体所经历的状态变化并非是社会结构意义上的,而是超脱了社会结构、在人神关系和宇宙秩序层面的改变。[②]

---

① Mario Liverani, *Myth and Politics in Ancient Near Eastern Historiography*, pp. 1 - 23.

② 特纳在 *From Ritual to Theatre* 一书第 61—88 页所总结的"社会戏剧"模式(social drama),为解读吉尔伽美什的第三次洁净提供了另一种可能路径。该模式由四个阶段组成:一、在某种公共领域违反了法律、道德、习俗或规范;二、由此导致危机发生;三、矫正机制介入,以防止危机蔓延;四、被扰乱的社会群体重新组合或彻底分裂。吉尔伽美什在乌特纳皮施提暗示下采得仙草,掌握了通往永生的途径,从而僭越了两河流域传统中人神间的界限,造成危机。蛇偷吃仙草,使吉尔伽美什失去了永生的机会,此为矫正机制在发挥作用。最终吉尔伽美什接受必有一死的命运,回到乌鲁克城邦,履行国王职责,人神界限重新确立。

过渡礼仪与过渡情节

由范热内普创立和特纳发扬光大的过渡礼仪模式已确立其在人类学和民俗学研究中的经典地位,但放眼国内学术界,具体运用这一理论模式的成果并不多见且集中于民俗学领域。① 在文学人类学领域,鲜有学者借助该模式对作品进行分析和解读。笔者在长期研读"史诗"原文的过程中捕捉到主人公吉尔伽美什洁净场景的多次出现,且每次相关场景的描写均可在过渡礼仪模式的框架中进行解读。

吉尔伽美什的三次洁净在"史诗"全篇的情节发展中构成重要转折点乃至高潮。第一次洁净使他从暂停行使国王职责、远征雪松林的状态恢复为乌鲁克城邦的国王,并最终导致他与挚友恩启都阴阳两隔。吉尔伽美什因挚友之死触发了对死亡的恐惧,由此踏上寻找永生之路的旅程。他的此次洁净因而充当了"史诗"后半部分一系列情节发展的导火索。

在离开永生者乌特纳皮施提与世隔绝的居住地之前,吉尔伽美什依照其指示进行了第二次洁净。随后,乌特纳皮施提一改之前劝说吉尔伽美什放弃追求永生的做法,转而在妻子暗示下向他

---

① 运用过渡礼仪模式进行民俗学研究的成果有张举文:《重认"过渡礼仪"模式中的"边缘礼仪"》;翁玲玲:《从外人到自己人:通过仪式的转换性意义》,《广西民族学院学报》2004 年第 6 期;张悦:《阈限理论视角下的道教驱邪活动研究》,《宗教学研究》2014 年第 3 期。

吐露海底长有一株植物，可让人重返青春。吉尔伽美什潜入海中采得这株植物后踏上返乡之路。上述情节是吉尔伽美什在"史诗"后半部分浪迹天涯历程中的高潮，而他的这次洁净就是他从心生绝望到满怀希望的转折点。

这两次洁净为何能在情节演进上发挥如此突出的转折作用呢？笔者认为，一种可能的解释路径在于运用过渡礼仪模式来考察吉尔伽美什完成洁净后所经历的状态变化。该模式中三个阶段的划分"不但具有时空意义，而且也包含了社会和心理上的过渡意义"。[①] 如前所述，每次洁净场景均可视为吉尔伽美什与先前状态的分隔礼仪和重回乌鲁克城邦结构的聚合礼仪之结合。吉尔伽美什在两次洁净前所处的状态——远征雪松林和浪迹天涯——实则具有相似之处：他在空间上远离人类活动场所，就社会结构而言处于真空，属于物理状态下的生物存在而非社会意义上的个人。但洁净过后，吉尔伽美什不仅在外表装束上恢复了作为国王的体面和尊严（即阿卡德语 *dumqu* "美"的内涵），而且在心理上已经或准备重新融入乌鲁克城邦的社会结构中，成为社会意义上的人并履行国王职责。换言之，隐藏于急剧转折的情节背后是吉尔伽美什从自然人到社会人这一状态的根本变化。经历"过渡礼仪"后的吉尔伽美什就如同特纳所言："过渡在第三阶段（即聚合阶段）就圆满完成了。仪式主体——无论个人抑或群体——

---

① 张举文：《重认"过渡礼仪"模式中的"边缘礼仪"》，第 27 页。

重新达到了相对稳定的状态,并因此获得了相对其他人而言定义明确的、'结构'型的权利和义务。他被期望着按照特定的风俗习惯和伦理标准行事,而这些习惯和标准正是在这一职位体系中对任职者的要求。"①

在采得仙草后返回乌鲁克城邦的途中,吉尔伽美什于野外的池塘中进行了第三次也是最后一次洁净,不料蛇趁他在水中沐浴时偷偷叼走并吞吃了仙草。吉尔伽美什在不经意间丧失了永生的机会,功亏一篑,由充满希望再度陷入绝望。该情节是全文最后一个高潮,也是高潮的顶点,奠定了"史诗"的悲剧基调。

从过渡礼仪尤其是阈限理论的角度来分析这一场景,可将其解读为一道边缘或阈限礼仪。吉尔伽美什经过此次洁净后,从一个掌握永生奥秘、从而居于不朽的神与必死的人之间的边缘者,一个横跨神圣世界与世俗世界的阈限者,回落为一个生死有期的凡人。根据两河流域只有神才能不死的传统,吉尔伽美什的回落是一种必然,否则他就僭越了人神之间的根本界限,撼动了人神关系的基石。而他的第三次洁净就使得作品的情节发展能够遵循这一传统,同时造就了整部"史诗"的最高潮。吉尔伽美什追求永生的努力与传统背道而驰,是"知其不可而为之",这是他本人和这部"史诗"悲剧性的根源。

综上所述,吉尔伽美什的三次洁净在"史诗"的情节发展过程

---

① Victor Turner，*The Ritual Process*，p. 95.

中构成了重大转折乃至高潮。本章借助以范热内普和特纳为代表的过渡礼仪学派的分析工具对这三次洁净场景进行解读,力图展现它们与过渡礼仪模式中不同阶段或状态的对应并揭示吉尔伽美什在每次洁净前后的状态变化,为理解它们在情节发展中的作用提供一种新的解释路径。

第五章　恩启都从"自然"到"教化"[1]

对恩启都的现有研究

　　针对恩启都这一角色的研究,目前国际学术界的成果较为有限,[2]且倾向于把他置于从属地位,或探讨他与吉尔伽美什的同性之爱,[3]或将他视为吉尔伽美什在文学意义上的替身。[4] 另一主要的研究路径则着重考察恩启都在自然中被创造和成长的身

---

① 本章内容曾以《从"自然"到"教化"——解读〈吉尔伽美什史诗〉中的角色恩启都》为题,发表于《四川大学学报(哲学社会科学版)》2019 年第 4 期,第 5—16 页。

② Aage Westenholz and Ulla Koch-Westenholz, "Enkidu-the Noble Savage?," in A. R. George and I. L. Finkel eds., *Wisdom*, *Gods and Literature*: *Studies in Assyriology in Honor of W. G. Lambert* (Winona Lake, Indiana: Eisenbrauns, 2000), p. 438.

③ 代表性成果可参见 Jerrold S. Cooper, "Buddies in Babylonia: Gilgamesh, Enkidu, and Mesopotamian Homosexuality," in Tzvi Abusch ed., *Riches Hidden in Secret Places*: *Ancient Near Eastern Studies in Memory of Thorkild Jacobsen* (Winona Lake, Indiana: Eisenbrauns, 2002), pp. 73 – 85; Susan Ackerman, *When Heroes Love*, pp. 1 – 150;以及 Martti Nissinen, "Are There Homosexuals in Mesopotamian Literature?," *Journal of the American Oriental Society* 130 (2010), pp. 73 – 77。

④ Ainsley Hawthorn, "'You Are Just Like Me': The Motif of the Double in the Epic of Gilgamesh and the Agushaya Poem," *KASKAL* 12(2015): pp. 451 – 466.

世,并对他经由妓女莎姆哈特得到教化的经历开展比较研究。例如,有学者认为恩启都的荒野经历体现了他非人类的特性;[①]也有学者把他置于中世纪的野人(wild man)传统中,认为他是现存最早的、代表"野人"的文学形象。[②] 其他学者则试图从比较的角度理解恩启都与妓女莎姆哈特的鱼水之欢如何触发他的教化进程: 或把该情节与《圣经·创世记》第 3 章中亚当和夏娃偷吃分别善恶树果实的故事进行比较,[③]或将其与罗马诗人奥维德在《爱的艺术》中关于性爱能够祛除野蛮、促进教化的叙述并行讨论。[④] 另有若干较新的研究,或从救世神学的角度探究吉尔伽美什与恩启都之间的关系;[⑤]或讨论与恩启都密切相关的物品(如他死后的尸首和吉尔伽美什为他制作的雕像)如何与"史诗"中其

[①] Nathan Wasserman, "Offspring of Silence, Spawn of a Fish, Son of a Gazelle . . .: Enkidu's Different Origins in the Epic of Gilgameš," in Yitschak Sefati ed., "*An Experienced Scribe Who Neglects Nothing*": *Ancient Near Eastern Studies in Honor of Jacob Klein* (Bethesda, MD: CDL, 2005), pp. 593 – 599.

[②] Gregory Mobley, "The Wild Man in the Bible and the Ancient Near East," *Journal of Biblical Literature* 116(1997), pp. 217 – 233. Mobley 认为恩启都具有中世纪"野人"的所有特征,包括出生于荒野,全身长毛乃至可能四肢着地行走,与人类迥异的饮食习惯和居住地,以及文明化进程由女性主导。

[③] John A. Bailey, "Initiation and the Primal Woman in Gilgamesh and Genesis 2 – 3," *Journal of Biblical Literature* 89(1970), pp. 137 – 150. 根据 Bailey 的论证,这两段经历虽然都产生了一定的正面作用,但最终都引向灾难性后果。他还提出,《圣经》这部分内容的作者深谙"史诗"的相关情节。

[④] William L. Moran, "Ovid's *Blanda Voluptas* and the Humanization of Enkidu," *Journal of Near Eastern Studies* 50(1991), pp. 121 – 127.

[⑤] Mehmet-Ali Ataç, "'Angelology' in the Epic of Gilgamesh," *Journal of Ancient Near Eastern Religions* 4(2004), pp. 3 – 27.

他事物共同构成象征生命力的一个图像序列，以传颂吉尔伽美什的英雄事迹。①

可见，关于恩启都的现有研究关注的或是他结识吉尔伽美什之前的经历，或是相识后两人之间关系的具体性质，鲜有学者对恩启都在"史诗"中的完整经历进行系统考察。本章立足于"史诗"的楔形文字原文，力图从文本层面揭示并剖析恩启都如何从一个"自然"(nature)状态下的生物逐步通过"教化"(culture)而蜕变为一名人类社会成员。恩启都的这一蜕变，不仅在"史诗"行文中不断得到观照，成为解读他一生经历的核心线索，而且为分析他主导的关键事件——主张杀死守林怪兽芬巴巴和主动攻击女神伊施塔——提供了独特的视角。

本章的讨论和分析主要依据"史诗"标准版，②因为只有该版本浓墨重彩地描写了恩启都的教化过程，并赋予他与吉尔伽美什旗鼓相当的朋友地位。在苏美尔语版本的《吉尔伽美什与胡瓦瓦》故事中，恩启都降格为吉尔伽美什的仆人（苏美尔语 ÌR），其身世在文本中只字未提，且情节仅关乎二者远征雪松林之

---

① Keith Dickson, "The Wall of Uruk: Iconicities in Gilgamesh," *Journal of Ancient Near Eastern Religions* 9(2009)，pp. 25 - 50.

② 其完整英译详见 Andrew George, *The Epic of Gilgamesh*, pp. 1 - 100。在 p. 100 的说明中，该学者认为第十二块泥板的内容不构成"史诗"标准版的正文，所以将其翻译单列在 pp. 191 - 195。但在其所著的评注本 *The Babylonian Gilgamesh Epic* 中，该泥板的翻译紧随第十一块泥板的内容之后，参见 pp. 726—735。

旅。^① 在其他涉及二者的苏美尔语诗篇如《吉尔伽美什与天牛》中,恩启都仅作为配角直接出场,其背景在文中缺乏交代。^②

神造恩启都:自然之子

"史诗"开篇不久,便叙述吉尔伽美什在乌鲁克城邦的暴虐统治:"他的竞技让同伴们脚不停歇,他毫无理由折磨乌鲁克的年轻人,不把儿子放回父亲身旁,日日夜夜他的统治愈发残暴"(I: 66—69);"他不把闺女放回母亲身旁……不把姑娘放回新郎身旁"(I: 72,91)。^③ 乌鲁克的妇女们向众神控诉吉尔伽美什的暴行。作为众神之首的天神安努听到后,命他们召来女神阿鲁鲁创造吉尔伽美什的对手,以使城中居民得以安生。阿鲁鲁思忖片刻后开始行动:

> 她洗净手,取撮泥,掷向荒野,
>
> 她创造英雄恩启都于荒野。

---

① 其完整英译详见 Andrew George,*The Epic of Gilgamesh*,pp. 148 - 166。胡瓦瓦和芬巴巴分别为守卫雪松林怪兽的苏美尔语和阿卡德语名字,实为同一角色。该苏美尔语版本现存抄本源于古巴比伦时期(公元前约 2000—1600 年),主要讲述吉尔伽美什和恩启都远征雪松林、杀死胡瓦瓦、砍伐雪松的经历,大致对应于标准版中第 III—IV 块泥板的内容。见本书第一章。

② 其完整英译详见 Andrew George,*The Epic of Gilgamesh*,pp. 166 - 175。见本书第一章。

③ Jacob Klein 认为此处提及的竞技活动很有可能是马球,且吉尔伽美什把他的男性臣民当作马来骑;涉及年轻女性的压迫可能是一种劳役或宫廷服务;详见本书第四章的"远征归来与再次'加冕'"。

他乃寂静之子，与尼努尔塔神关系密切。（I：101—104）

女神阿鲁鲁是两河流域职司生命创造的众多女神中的一位，"史诗"也把她描述为人类的创造者。她创造恩启都的具体地点，即后者的诞生地，是一处荒野；苏美尔语称之为 edin，在阿卡德语中称为 ṣēru。在两河流域文化的意境中，"荒野"是具有强烈负面内涵的场所。在那里猛兽会袭击羊群，强盗则攻击牧羊人和旅行者。[①] 它迥然不同于作为文明中心的城市（乌鲁克城邦）和文明边界的乡村。由于人迹罕至，荒野的宁谧与城市的繁华喧闹以及乡间人畜劳作的声响形成鲜明对比。这或许是文中称恩启都为"寂静之子"的原因，以强调其诞生地的特色。上文还指出恩启都甫一出生，便与尼努尔塔（Ninurta）神关系密切。[②] 该神在两河流域传统中主司战争。恩启都与他非同一般的关系解释了恩启都后来自诩力大无比、与吉尔伽美什旗鼓相当的原因。

阿鲁鲁结束创造后，恩启都开始正面登场：

---

① Aage Westenholz and Ulla Koch-Westenholz, "Enkidu-the Noble Savage?," p. 443.

② "史诗"的阿卡德语原文把恩启都描写为尼努尔塔神的 kiṣir，该词是名词 kiṣru 的结构态，此处意为"亲密关系，纽带，关联"。该词与前文描述阿鲁鲁女神取泥动作的动词 iktariṣ 来自同一阿卡德语词根 kṣr。相关阿卡德语原文参见 Andrew George, *The Babylonian Gilgamesh Epic*, vol. I, p. 544，I：102,104。对这两个关联词的讨论详见 Nathan Wasserman, "Offspring of Silence, Spawn of a Fish, Son of a Gazelle", p. 594。

他浑身是毛，头发长如女子，浓密堪比尼萨芭神。

他不认人，不识国；毛发遍身，像沙坎神。①

他与羚羊同吃草，与兽群聚在池塘，见水就眉开眼笑。

（I：105—112）

此处寥寥几句行文，就使恩启都的形象跃然纸上。此时他的重要体征是头发又长又密，如同谷物女神尼萨芭（Nisaba）所象征的两河流域栽种的主要谷物大麦。他还浑身长毛。"史诗"随后强调恩启都完全缺乏对人类社会的认知和体验。他既不认识任何个人，也对个人组成的国家毫无概念。他与野生动物为伍，饮食习惯和生活习性都与他们相同。

在后文的情节发展中，恩启都诞生于荒野和曾与野兽为伍的经历不断得到再现与强调。例如，妓女莎姆哈特与他巫山云雨后（详见下一部分）问他："恩启都，你外貌俊逸，如同神祇，何苦与野兽在荒野游荡？"（I：207—208）他决定与莎姆哈特一同前往乌鲁克后，自夸"出生在荒野之人力大无边"（I：223）。他与莎姆哈特到达乌鲁克城后，城中居民对他议论纷纷，说他出生在山里②（I：174；II：P186—187），由野兽的乳汁喂养长大（II：P188—189）。

---

① 沙坎神被认为是太阳神沙马什之子，野生动物的保护神；详见第四章中"分隔'野蛮'与结束漂泊"部分的注解。

② 阿卡德语 šadû。

吉尔伽美什把恩启都介绍给自己的母亲时,同样指明他披头散发的外形和荒野出生的身世(Ⅱ:176—177)。

　　在争论是否要远征雪松林时,吉尔伽美什为激励恩启都一同前往,强调恩启都在荒野出生和长大,无论狮子还是年轻人都对他感到害怕(Ⅱ:237—39)。当他们闯入雪松林首次与怪兽芬巴巴对峙时,芬巴巴极尽挖苦之能事,嘲讽恩启都无父无母的荒野出身:"你这个鱼崽子,父是谁不详;你这个龟孙子,母乳从未尝。"(Ⅴ:87—88)鉴于鱼和龟都不是哺乳动物,芬巴巴此番嘲讽就一针见血地揭穿恩启都由泥土所造的起源。[①] 虽然恩启都在远征前已被吉尔伽美什的母亲所收养,也拥有吉尔伽美什这个兄弟,但这一收养关系依然不能改变他的出身。恩启都后来罔顾芬巴巴的求饶,鼓动吉尔伽美什将其杀死,与他受到的此番羞辱也许不无干系。[②]

　　当芬巴巴企图策反恩启都时,他诉诸于二人相似的荒野生活经历:"你年轻时,我见过你,但没有走近。……为何你用心险恶,领吉尔伽美什到这里? 为何你站在那里,如同势不两立的仇敌?"(Ⅴ:89—92)当芬巴巴策反不成,交战又落败时,他转而向恩启都

[①] 鱼和龟都是智慧神恩基(阿卡德语名埃阿)的象征,它们的提及可能也暗示恩启都与智慧神之间的密切关系。恩启都的名字在"史诗"标准版中写作 ^d*en-ki-dù*,在苏美尔语中的含义便是"恩基创造"。详见 Mehmet-Ali Ataç, "'Angelology' in *the Epic of Gilgamesh*", p. 18。

[②] Nathan Wasserman, "Offspring of Silence, Spawn of a Fish, Son of a Gazelle," pp. 595 - 596.

求饶,再次诉诸于后者的荒野经历:"你在我林中经验丰富,深谙讲演艺术。……现在,恩启都,我的释放全指望你。告诉吉尔伽美什绕我一命!"(V:175—180)

吉尔伽美什和恩启都杀死芬巴巴,砍伐雪松,凯旋而归回到乌鲁克,之后却因为杀死天牛而受到诸神惩罚,恩启都最终病亡。吉尔伽美什在悼词中再度回顾了恩启都出身荒野、与兽群为伍的经历。

> 曙光破晓,吉尔伽美什哀悼挚友:
> "哎!恩启都,羚羊母亲和野驴父亲把你养大,
> 野驴用乳汁喂养你,荒野上动物教你牧场在哪。"(VIII:
> 1—6)

上述引文中提到恩启都依靠野驴们的乳汁长大,或许是吉尔伽美什对挚友的一种安慰,因为守卫雪松林的怪兽芬巴巴曾讽刺恩启都没有尝过母乳。[①] 吉尔伽美什还号召一系列植物和动物对恩启都表示哀悼。植物包括黄杨、柏树、雪松;动物则有熊、鬣狗、黑豹、猎豹、雄鹿、胡狼、狮子、野牛、鹿和大角山羊(VIII:14—17)。

吉尔伽美什在恩启都死后浪迹天涯的旅途中,先后遇见海边

---

① Nathan Wasserman, "Offspring of Silence, Spawn of a Fish, Son of a Gazelle," pp. 596 - 597.

酒馆的女店主施杜丽、①船夫乌尔沙纳比、②以及获得永生的凡人乌特纳皮施提,他们都询问他为何如此憔悴忧伤。吉尔伽美什在追忆挚友恩启都时又提及他的荒野身世:"我的挚友恩启都,一头奔跑的野驴,一头山里的驴子,一头荒野的黑豹。"(X:53—54,126—127,226—227)

回到"史诗"开篇对恩启都形象的正面描述,区区几行文字展现了他在外表体征、生活习性、认知水平和同伴群体等方面与动物无异。但下文中他所显示的特殊能力,又与动物迥然不同。

恩启都与兽群一道生活后,有位猎人连续几天在饮水处与他邂逅,并把这一发现报告给自己的父亲。猎人的描述揭示了恩启都拥有的特殊能力:

> 他(即恩启都)拥有力气,无人能比,
>
> 他力大如天空的陨石。
>
> 他终日游荡在那山里,
>
> 与兽群一道以草为食。
>
> ……
>
> 他填平我挖好的陷阱,

---

① 她指点吉尔伽美什如何找到乌特纳皮施提;对她的分析参见本书第十一章。
② 他把吉尔伽美什摆渡到乌特纳皮施提所住的小岛上,后来又与他一道返回乌鲁克城。

他撤走我设下的套索，

他放走我捕捉的野物，

他不让我干野外营生。（I：151—160）

猎人的上述报告不仅重申恩启都与野兽相同的生活习性，而且强调他填平陷阱、撤走套索和释放猎物等破坏狩猎的行为。① 实施这类行为的能力又使得恩启都有别于野生动物，暗示他更高的智力水平和能够被教化的潜力，或许为他之后的蜕变埋下伏笔。不过，当他仍生活于荒野之中时，这些破坏狩猎的行径可视为一种反人类的活动，与他此时的自然状态相适应。②

通过对恩启都在荒野中生活状况的细节分析，可归纳出他此时的基本特点：虽然其外貌体征和生活习性与野生动物高度相似，但智力水平却胜出一筹，具备教化的潜力。而且，他破坏狩猎的举动干扰了"教化"（表征为猎人的狩猎活动）与"自然"之间互动的秩序，需要得到制约和纠正。③ 制约和纠正的机制就是促使

① Gregory Mobley 将恩启都的上述行为解读为把事物恢复到自然状态的做法；参见其"The Wild Man in the Bible and the Ancient Near East," p. 221。

② Sara Mandell, "Liminality, Altered States, and the Gilgamesh Epic," in John Maier ed., *Gilgamesh：A Reader* (Wauconda, Illinois：Bolchazy-Carducci, 1997), p. 124.

③ Laura Feldt and Ulla Susanne Koch, "A Life's Journey-Reflections on Death in the Gilgamesh Epic," in Gojko Barjamovic et al. eds., *Akkade Is King：A Collection of Papers by Friends and Colleagues Presented to Aage Westenholz on the Occasion of His 70th Birthday 15th of May 2009* (Leiden：Nederlands Instituut voor het Nabue Oosten, 2011), p. 117.

他本身走向教化。

邂逅妓女：走向教化

猎人的父亲听完报告后便建议他前往乌鲁克城觐见吉尔伽美什，并索要一名妓女。猎人父亲预期恩启都将被这名妓女所诱惑，与他为伍的兽群将把他抛弃。猎人依计而行，与妓女莎姆哈特在水边等候两天之后，终于见到恩启都。此时的恩启都依然"与羚羊同吃草，与兽群聚在池塘，见水就眉开眼笑"（I：175—177）。

莎姆哈特与恩启都初次相遇时，"史诗"这般描写恩启都："莎姆哈特看见他，这个原始人（*lullâ-awīla*），来自荒野的意图谋杀的年轻人。"（I：178—179）此处有两个意为"人"的术语指称恩启都：*awīla* 和 *lullâ*。它们都以宾格出现，相应的主格分别为 *awīlu* 和 *lullû*。前者是阿卡德语中常用的指人的术语；[1]后者仅限于神创造人的语境，用于指神直接创造的原始人类，其饮食起居和生活方式与自然状态下的恩启都相同。[2] 因此，莎姆哈特眼中的"原始人"形象，实则重申了恩启都被神创造的来历和尚处自然的

---

① 阿卡德语 *awīlu* 在《汉穆拉比法典》中对应三个社会等级中的最高级，常译为"人"或"自由民"；参见杨炽译：《汉穆拉比法典》。

② Jeffrey H. Tigay, *The Evolution of the Gilgamesh Epic*, pp. 202 - 203. Stephanie Dalley 指出，*lullû* 的特点是与神一样享受永生，生命没有尽头；大洪水之后，神才用必有一死的凡人（mortal）代替了原始人。参见其 *Myths from Mesopotamia*, p. 38。

状态。至于说他是"意图谋杀的年轻人",或许是伏笔,呼应日后恩启都与吉尔伽美什共同杀死守卫雪松林的怪兽芬巴巴和女神伊施塔派来的天牛。

莎姆哈特宽衣解带,引诱恩启都,两人巫山云雨长达六天七夜之久。恩启都纵情过后,意想不到的一幕发生了:

> 恩启都把脸转向兽群,
>
> 羚羊看见他撒腿就奔,
>
> 动物也纷纷转身离开。
>
> 恩启都玷污纯洁身体,
>
> 他双腿站立,①为兽群所弃。
>
> 恩启都变虚弱,敏捷已经丧失,
>
> 但他获得理性,智慧变得宽广。(II:196—202)

动物们看见恩启都后的异常反应突出了他此时状态的根本变化。他与一个文明人和教化者(妓女莎姆哈特)发生亲密接触后,身体便不再是一具纯粹的、自然状态下的野生动物的身体,因而在此意义上被玷污,变得不再纯洁。② 结果,曾与他一同吃草饮水的

---

① 此处指明恩启都能够直立行走,可能暗示他之前与动物为伍时是四肢着地行走的。

② 笔者赞同 Aage Westenholz and Ulla Koch-Westenholz 的观点:他们指出,恩启都的身体被玷污不能归咎于性本身,因为动物也会发生交配行为;详见其"Enkidu-the Noble Savage?,"p.442。

动物们把他视为异类,离他而去。具体而言,他的身体承受了负面变化,变得更加虚弱,无法如从前那般奔跑驰骋。与此同时,他的智力得到正面增长,从"不知人,不识国"发展到获得理性①和智慧。

为何恩启都与莎姆哈特的鱼水之欢,虽然玷污了他原本自然的身体,却开启他走向教化的历程呢? 学术界对此尚无定论。一种观点认为,性在两河流域传统中象征的并非自然状态,而是教化。性与其他技艺或者制度一起跻身于文明要素之列。② 因此,经历过性的身体不再是自然的身体,而是转变为教化的身体。③ 还有一种观点认为,这一情节的设计表达了两河流域文明对性的高度重视,把性视为在神的掌管之下。④ 无论何种解释,

---

① "理性"一词在泥板上有缺损,被复原为相应阿卡德语的宾格形式 *tēma*。该词并非特指人类理性,因为后文中守卫雪松林的怪兽芬巴巴追忆恩启都的荒野生活状态时,使用了同一术语叙述恩启都在雪松林中的经验丰富。参见 A. R. George, *The Babylonian Gilgamesh Epic*, vol. I, p.551, I:202 和 p.609, I:175,以及本章第三部分的讨论。

② 苏美尔神话《伊楠娜与恩基》讲述了女神伊楠娜从父亲智慧神恩基处哄骗得到百余种文明要素,并将它们悉数运往乌鲁克城的故事。这些文明要素中就包括性爱(苏美尔语 giš-dug₄-dug₄)。参见拱玉书:《论苏美尔文明中的"道"》,《北京大学学报》,第 54 卷,2017 年第 3 期,第 100—114 页。

③ Zainab Bahrani, "Sex as Symbolic Form: Eroticism and the Body in Mesopotamian Art," in Simo Parpola and Robert M. Whiting eds., *Sex and Gender in the Ancient Near East: Proceedings of the 47th Rencontre Assyriologique Internationale, Helsinki, July 2 - 6, 2001* (Helsinki: The Neo-Assyrian Text Corpus Project, 2002), p.56.

④ John A. Bailey, "Initiation and the Primal Woman in Gilgamesh and Genesis 2 - 3," p.139.

恩启都的教化始于性爱的经历都有别于两河流域传统的教化途径。①

恩启都通过与莎姆哈特的交欢获得理性和智慧后,尚不足以蜕变为完全意义上的文明人,②还须仰仗其他要素。在恩启都后续的教化中,莎姆哈特进一步发挥作用,因为她不仅提供了性爱,而且象征着城市生活。③后文中她试图说服恩启都一同前往乌鲁克时,就提及城中有多名妓女:

> "乌鲁克每天有节日,鼓声阵阵响节奏。
>
> 还有妓女仪态万方,魅力无穷,赏心悦目,
>
> 使耄耋之人也激动不已。
>
> 恩启都呀,你对生活一无所知!"(I:228—233)

自从兽群拒绝经历过性爱的恩启都加入后,他就被迫离开了

---

① 根据两河流域传统,原始人类的教化主要通过两种途径:或者由神祇把文明要素(苏美尔语 me)直接传播给人类,或者由半人半神的智者如欧阿涅斯(Oannes)来完成该任务。参见 Jeffrey H. Tigay, *The Evolution of the Gilgamesh Epic*, pp.204‑206。关于欧阿涅斯的传说,参见拱玉书著:《西亚考古史》,第22页。

② 这也是 Sara Mandell 提出的观点,详见其"Liminality, Altered States, and the Gilgamesh Epic," in John Maier ed., *Gilgamesh:A Reader*, p.125。她同时指出,恩启都此时尚未成为完全人(not fully humanized),因为他还没有注定要死去。笔者认为这点在文本中无从判断。

③ Rikvah Harris, "Images of Women in the Gilgamesh Epic," in John Maier ed., *Gilgamesh:A Reader*(Wauconda, Illinois:Bolchazy-Carducci, 1997), p.82.

"自然"，也消解了原本对"自然"与"教化"间互动秩序的干扰。接踵而来的问题是，他既然已无法回归"自然"，那么就只能继续其教化的进程。

饮食穿衣与道德：教化的推进

曾经为伍的兽群将他抛弃后，恩启都只得回到莎姆哈特身边。莎姆哈特先夸奖他外貌隽秀，如同神灵，①并质疑他何苦与野兽在山间游荡（I：207—208）。她随即提议恩启都与她一道前往乌鲁克，因为那里有力量完美的吉尔伽美什。她的提议打动了恩启都，因为"他本能地知道，他要寻找朋友"（I：214）。这段叙述可视为上文所言恩启都获得理性和智慧的直接表现。如果说恩启都在教化的第一阶段获得了关于性的知识，那么他在第二阶段发展的便是听懂和理解人类语言的能力。②此外，被动物们抛弃的恩启都此时基本处于群体关系的空窗期，在世上仅认识莎姆哈特一人。他因而萌发出对友情的渴望，这也是他拥有理性和智慧的体现。

恩启都作为神的创造物，出生荒野，缺乏家庭成员和人际关系网络。这一主题在后文中也有再现。当吉尔伽美什冈顾城中

---

① 此处可能是莎姆哈特的阿谀之辞，但也不排除恩启都的外形经历性爱后发生改变的可能性。

② Benjamin R. Foster, "Gilgamesh: Sex, Love and the Ascent of Knowledge," in John Maier ed., *Gilgamesh: A Reader* (Wauconda, Illinois: Bolchazy-Carducci, 1997), p. 68.

长老们的反对,坚持要与恩启都一同远征雪松林之后,他们在临行前觐见了吉尔伽美什的母亲女神宁荪,寻求建议和祝福。宁荪向诸神祈祷完毕后,将恩启都收养为儿子,让他与吉尔伽美什结为兄弟(III:127—128)。对此一种可能的解读是,宁荪深谙恩启都对亲情的渴望。她通过收养恩启都从而给予他所缺少的亲人和家庭,以换取他在远征途中对朋友兼兄弟的吉尔伽美什的保护。①

　　对恩启都而言,虽然莎姆哈特是他结识的首个人类,但不能算作他的朋友,他需要一个旗鼓相当的对手兼朋友。因此,他同意莎姆哈特的提议并宣告了自己的意图:

> "我将挑战他(吉尔伽美什),因为我力大无边。
>
> 我将在乌鲁克自豪宣布'我力大无边'。
>
> 在那我将把事物秩序改变,
>
> 出生在荒野之人力大无边。"(I:220—223)

这是恩启都在"史诗"中首次张口说出的话语,也是他拥有理性和智慧的又一表现。

　　掌握理性和智慧,能够与人交谈并渴望友情,这些特点尽

---

① Nathan Wasserman, "Offspring of Silence, Spawn of a Fish, Son of a Gazelle," pp. 597 – 598.

管标志着恩启都已经脱离自然,但距离文明社会的一员仍有差距。在莎姆哈特的指引下,恩启都继续跨越他与文明社会的差距。

在前往乌鲁克的路上,他们在一个牧羊人营地借宿,牧羊人用面包和啤酒招待恩启都,但他不知所措。莎姆哈特开口鼓励:"尝面包吧,恩启都! 这与生活相匹配。喝啤酒吧! 这是国家之必然。"(II: P 96—99)听到规劝后,恩启都才大吃大喝,直至餍足。面包和啤酒都属于人工制品(artifact),[①]有别于他在荒野中食用的自然生长的青草和饮用的池塘水。恩启都不仅从文明社会的食物和饮料中得到生理满足,心理上也获得快感,开始大声歌唱,满面红光。学会吃喝的基本习俗后,他紧接着在外形上为进入文明社会做好准备。理发师打理他身上的毛发,在他身上涂油,使他变得如同人一般。[②] 他还穿上了衣服(II: 110)。

除上述外在变化外,恩启都内在的道德价值观也发生了根本转变,从对抗人类、保护动物变为对抗动物、保护人类。这与他之前在荒野生活时破坏猎人的营生大相径庭。

> 他穿上衣服,如同武士,

---

① Keith Dickson, "The Wall of Uruk: Iconicities in Gilgamesh," p.34.

② 阿卡德语 *awīliš īwe*,参见 A. R. George, *The Babylonian Gilgamesh Epic*, vol. I, p.176, col. iii: 108。"史诗"的阿卡德语原文不再用 *lullû*("原始人")来形容恩启都,他已经蜕变为 *awīlu*("人")。详见本章第四部分的讨论。

拿起武器,搏击狮子。

牧羊人晚上安然入睡,

他杀死狼群,把狮子击退。

牧羊人一夜好眠,

他守夜整整一晚。(II:110—111,59—62)

恩启都帮助牧羊人击退猛兽的进攻是他内在价值观发生的第一重变化:在野生动物与人之间,他选择与人为伍,与动物为敌。

　　恩启都价值观的第二重变化则表现为他被文明社会的道德标准所同化,对吉尔伽美什的暴行感到义愤填膺。他和莎姆哈特在去往乌鲁克的路上遇到一名行色匆匆的旅人。恩启都命莎姆哈特把他带上前来问话。这名旅客正前往乌鲁克参加一场婚宴,并向他们透露了吉尔伽美什行使初夜权的特权:"他先与新娘同床共枕,①随后才轮到新郎本人。此乃根据神的旨意。他脐带刚被剪断,她注定为他所有。"(II:P159—164)②恩启都听罢脸色发白,暗示他极有可能对其所作所为感到生气和愤怒。此时的恩启都不仅在外貌形体和语言习俗上得到教化,而且在意识形态上也

---

① 关于此习俗的讨论,详见第四章的"远征归来与再次'加冕'"。

② 吉尔伽美什的这一行径在"史诗"标准版开篇乌鲁克居民对他的控诉中并未明确出现,那里只模糊提及他不放乌鲁克的闺女回到母亲身边,不让姑娘回到新郎身旁。

被文明社会的主流价值观同化,高度不认可吉尔伽美什强占新娘的行径。更关键的是,恩启都还把他对吉尔伽美什暴行的义愤化为具体行动,直接前往新房门口堵截吉尔伽美什。他们从新房一路扭打到大街,场面激烈,以至门框摇晃,墙体震动(II:111—115)。吉尔伽美什率先停战,两人互相亲吻过后,成为好友。吉尔伽美什随后把恩启都引见给母亲宁荪。

恩启都在去往乌鲁克城途中所经历的教化过程,在后文中也得到呼应。他与吉尔伽美什合力杀死天牛后,众神集会决定以死亡对恩启都进行惩罚。恩启都知道自己死期将至后,先诅咒最初发现他的猎人,后又诅咒妓女莎姆哈特。[①] 此时太阳神沙马什出场干涉,质问恩启都为何如此:

> 哇,恩启都,为何诅咒妓女莎姆哈特?
> 谁为你提供那神品尝的面包,
> 谁替你斟满那神饮用的啤酒,
> 谁给你穿上光芒四射的衣裳,

---

① 关于诅咒和随后祝福内容的具体分析,详见本书第十一章和 W. G. Lambert, "Prostitution," in Volkert Haas ed., *Aussenseiter und Randgruppen*: *Beiträge zueiner Socialgeschichte des Alten Orients* (Konstanz: Universität Verlag Konstanz, 1992), pp. 129 – 132。G. S. Kirk 提出,恩启都诅咒猎人和妓女的原因是他们引导他进入文明社会,导致他缠绵病榻而死;但在荒野中,死亡来得既快又突然,不会令他如此痛苦。参见其 *Myth*: *Its Meaning and Functions in Ancient and Other Cultures* (Cambridge University Press, 1970), p. 149。

谁让吉尔伽美什成为你同伴?(VII:134—138)。①

太阳神的这一连串责问强调了恩启都在莎姆哈特引导下所享受的教化的益处。恩启都也表示默认,转而祝福莎姆哈特(VII:151)。

至此,随着"史诗"情节的发展,恩启都的教化在生理、智力和价值观等层面已基本完成。但这是否意味着他完全成为了人类社会的一员呢?在下文中,笔者根据恩启都挑衅女神伊施塔的细节推断,教化过后的他和真正意义上的文明人之间依然横亘着不可逾越的差距。

挑衅神威:教化的边界

吉尔伽美什与恩启都辞别前者的母亲女神宁荪后,离开乌鲁克城,踏上远征雪松林之路。最终他们在太阳神沙马什的援助下,成功杀死守林怪兽芬巴巴,大肆砍伐雪松这一珍贵木材。吉尔伽美什提着芬巴巴的头,两人乘船沿幼发拉底河顺流而下,凯旋而归,回到乌鲁克城。吉尔伽美什梳洗完毕,戴上王冠,其英雄风采招致女神伊施塔的无限爱慕。女神主动向吉尔伽美什求婚,但不仅被拒,还遭到他无情嘲讽。②

① Benjamin R. Foster 认为其中的内容读来有讽刺的意味:恩启都即将死亡,他不是神,也不是国王;国王是吉尔伽美什。参见其"Gilgamesh:Sex, Love and the Ascent of Knowledge," in *Gilgamesh:A Reader*, p. 73。
② 详见后文第十二章。

伊施塔不堪吉尔伽美什的羞辱，直上天庭，向父亲天神安努告状，并讨来天牛作为武器进行报复。天牛到达乌鲁克城后，造成巨大的灾难。它汲干树林、芦苇荡和沼泽中的水，使幼发拉底河的水面下降7个"肘长"（约合3.5米）。它打个喷嚏，地上就出现一个大洞，吞没数以百计的乌鲁克居民，连恩启都也陷入其中。恩启都出谋划策，最终与吉尔伽美什合力杀死天牛。两人还把牛心挖出，献祭给太阳神沙马什。

伊施塔到达乌鲁克城墙上，见此场景捶胸顿足："天哪！挖苦我的吉尔伽美什，已经把天牛杀死。"（Ⅵ：153）恩启都听到后，扯下天牛的一条后腿扔向伊施塔，并对她恶言相向："如果我逮住你，将对你如同对它（即天牛）一般，把它内脏挂你旁边！"（Ⅵ：156—157）①依据原文并联系上下文语境，此处可理解为恩启都在威胁伊施塔的人身安全：他如果擒住伊施塔，同样会取其性命。恩启都不仅主动攻击神，而且威胁神的生命。

诚然，吉尔伽美什对伊施塔的求婚和恶劣情史极尽讽刺挖苦之能事，同样构成对神祇权威的挑衅，但相较于恩启都的言行来

---

① 阿卡德语原文为 u kâši lū akšudki kī šašūma lū ēpuški erršu lū alula ina ahiki，参见 A. R. George, *The Babylonian Gilgamesh Epic*, vol. I, pp. 628 - 629。George 把最后部分翻译为"I would have draped its guts on your arms（我将把它的内脏挂于你手臂）"，将 ahiki 中属格 ahi 的主格形式 ahu 理解为"手臂、胳臂"的意思。笔者认为 B. R. Foster 在其 *The Epic of Gilgamesh*, p. 50 上的翻译更为贴切："I'd drape the guts beside you"；Foster 把 ahu 理解为"旁边"的意思，似乎更强调挂内脏的行为将发生在伊施塔死后。

说还是颇有节制,就连伊施塔的父亲天神安努也不觉得构成冒犯(VI:87—91)。① 然而,恩启都继吉尔伽美什之后对伊施塔的进攻和生命威胁,不可谓不是对两河流域传统人神关系的一种颠覆。据笔者所知,在两河流域流传至今的文献中,没有其他任何案例如"史诗"中的这寥寥数句一般,公然僭越人神界限,威胁神祇的人身安全。根据两河流域研究巨擘奥本海默的总结,该文明把个人与神祇间的关系理解为奴仆与主人、子女与父亲之间的关系。② 另一位研究两河流域宗教的大家博泰罗也对人神关系有类似表述:"在美索不达米亚宗教中绝对不存在任何神秘色彩。它的神祇被认为是高不可攀的权威,个人完全谦卑地依赖他们,有义务服侍他们。他们是遥不可及和傲慢无礼的'老板'、主人和统治者,绝非朋友。"③

当然,两河流域文献中不乏神被杀死的先例,但仅限于创世神话这类特定作品;④而且神只能死于神之手,不能被凡人所杀。

① Aage Westenholz and Ulla Koch-Westenholz, "Enkidu-the Noble Savage?," p. 443.

② A. L. Oppenheim, *Ancient Mesopotamia: Portrait of a Dead Civilization* (Chicago & London: The University of Chicago Press, 1977), p. 198.

③ Françoise Bottéro, *Religion in Ancient Mesopotamia*, trans. Teresa Lavender Fagan (Chicago and London: The University of Chicago Press, 2001), p. 37.

④ 关于此类创世神话的概述,参见国洪更:《古代两河流域的创世神话与历史》,载《世界历史》2006 年第 4 期,第 79—88 页;W. G. Lambert, "Myth and Mythmaking in Sumer and Akkad," in J. M. Sasson, J. Baines, G. Beckman and K. S. Rubinson eds., *Civilizations of the Ancient Near East* (Peabody, Massachusetts: Hendrickson, 1995), pp. 1825 - 1835。

以最著名的创世神话《埃努玛—埃利什》为例,其中叛乱一方的得力干将钦古(Qingu)被另一方杀死后,血液用于创造人类,以代替神进行劳作。[①] 在一则独立的洪水故事《阿特腊哈希斯》中,同样有一位参与叛乱的低等神被杀,其血肉混合泥土用于造人。[②] 在两河流域的观念体系中,生命只能源于已存在的生命。神的血液赋予了无生气的泥土以生命力,二者结合才能创造人类。[③]

如此说来,恩启都对伊施塔的攻击和生命威胁就一定是个僭越两河流域人神关系的特例么?笔者认为不一定。如果有证据支持教化后的恩启都并未成为一个严格意义上的人,那么他的言行就不构成对传统人神关系的颠覆。

首先,恩启都名字的写法暗示他并非凡人。在"史诗"标准版中他的名字写作 ^{dingir}en-ki-dù,[④]其中的限定符 dingir 是苏美尔

---

① 该神话讲述了原初的第一代神阿普苏(Apsu)和提阿玛特(Tiamat)被他们后代中的第四代神埃阿和第五代神马尔杜克(Marduk)杀死后,马尔杜克荣登众神之首的经过。其最新评注本参见 W. G. Lambert, *Babylonian Creation Myths* (Winona Lake:Eisenbrauns, 2013);普及译本参见 Stephanie Dalley, *Myths from Mesopotamia*, pp. 228 - 277。神被杀死用于造人的情节出现在文本记录的第六块泥板中。

② 该神话的评注本参见 W. G. Lambert and A. R. Millard, *Atra-Hāsis:The Babylonian Story of the Flood*(Winona Lake, Indiana:Eisenbrauns,1999);普及译本参见 Stephanie Dalley, *Myths from Mesopotamia*, pp. 1 - 38。神被杀以造人的情节出现在记录该神话的第一块泥板第四列中。另见本书第六章。

③ W. G. Lambert, "Myth and Mythmaking in Sumer and Akkad," p. 1833.

④ 关于恩启都名字的其他写法,包括限定符 dingir 不出现的情况,详见 A. R. George, *The Babylonian Gilgamesh Epic*, vol. I, pp. 138 - 144。

语,意为"神",通常只出现在神的名字或神格化的国王名字之前。① 无独有偶,在同一版本中,守卫雪松林的怪兽芬巴巴(^{dingir} *hum-ba-ba*)的名字前也出现了这一限定符。② 该限定符在这两个名字中的用法显然有别于其一般用法。或许可以总结为,它表示恩启都和芬巴巴二者都是介乎人神之间的一种存在,但他们既不是神(因为他们会死),也算不上人。

更具启发性的是,细究恩启都威胁伊施塔生命时的具体用词,可以体会到"史诗"行文时对传统人神关系界限的坚守。同样表达"杀死"的意思,标准版在描述天牛之死时,措辞直接明确。当吉尔伽美什与恩启都合力杀死天牛时,相应的阿卡德语动词形式 *inārū*(VI:147)是一般过去时的第三人称阳性复数,③动词原形为 *nârum*。随后女神伊施塔控诉吉尔伽美什杀死天牛时,使用的动词形式 *idūk* 为一般过去时的第三人称单数,动词原形为

---

① 两河流域国王生前自我神化的做法始于首个统一王朝阿卡德时期的国王纳拉姆辛(约公元前2254—前2218年在位)。根据他在位时一篇铭文的叙述,他于危难之际保卫了首都阿卡德城,因此首都居民向众神(包括战神和爱神伊施塔、主神恩利尔、智慧神恩基、太阳神沙马什和月神辛这五位两河流域历史早期最重要的神祇)祈求,让纳拉姆辛成为阿卡德城的保护神,并在城中修建他的神庙。关于纳拉姆辛自我神化的较新讨论,参见 Benjamin R. Foster, *The Age of Agade*:*Inventing Empire in Ancient Mesopotamia*(London and New York:Routledge, 2016), pp. 13,140。

② 关于芬巴巴名字的不同写法,包括限定符 dingir 不出现的情况,详见 A. R. George, *The Babylonian Gilgamesh Epic*, vol. I, pp. 144-147。

③ A. R. George, *The Babylonian Gilgamesh Epic*, vol. I, p. 626.

dâkum（VI：153）。① 这两个动词的本意即为"杀死"。与此相反，"史诗"在表达恩启都发出的威胁时却采取避讳的做法。恩启都并未直接表明要杀死伊施塔，而只是间接表达说要对待她如同对待天牛那般。他使用的动词形式 *ēpuš*，是动词原形 *epēšum* 的一般过去时第三人称单数，但其本意为"干，做，从事"，没有"杀死"的含义。

因此，笔者认为恩启都攻击女神伊施塔并口头威胁其生命，恰恰透露了他没有完全蜕变为人的线索。换言之，在恩启都从"自然"到"教化"的蜕变中，他的人类化并不彻底，他并未成为严格意义上的人。

吉尔伽美什和恩启都杀死女神伊施塔派来的天牛后，加上之前又杀死了守卫雪松林的怪兽芬巴巴，因而受到众神惩处。恩启都随后病死，吉尔伽美什则伤心欲绝，远走天涯以找寻永生的秘密。

终不是人

本章从"史诗"原文入手，通过整理并分析文本证据，论证了恩启都从最初被神创造于荒野到最终病死床榻的一生，可解读为他从一个身处自然、但智力又高于动物的生物到一名人类社会成员的蜕变，即"教化"的过程。此过程中的关键人物包括首次发现

---

① A. R. George, *The Babylonian Gilgamesh Epic*, vol. I, p. 628.

他的猎人、教会他性爱的妓女莎姆哈特和与他结为挚友的乌鲁克城邦国王吉尔伽美什。在他们的共同作用下,恩启都获得理性,增长智慧,学会语言,习得人类生活习惯,接受文明社会的价值观,结识挚友,挑战神祇,乃至最终建功立业,以求声名不朽、流芳千古。他的教化不可谓不彻底。

但是,教化过后的恩启都终究无法摆脱其自然之子的身世。在远征雪松林的情节中,守林怪兽芬巴巴以嘲讽或共情或哀求的语气,反复强调恩启都出生荒野、无父无母、与野兽为伍的过去。此举激怒了恩启都,很可能成为他劝说吉尔伽美什杀死芬巴巴的重要原因。

还须强调的是,恩启都的教化并不等同于他的人类化。笔者细致入微地考察了恩启都攻击女神伊施塔并威胁其生命的貌似僭越人神关系的言行,以及文本在叙述该情节时的关键措辞(意为“做”的动词取代了意为“杀”的动词)。据此推测,在“史诗”的叙事框架中恩启都并没有通过教化成为一个完全意义上的人,他充其量只达到一种接近于人的存在状态。换言之,他的人类化过程并不彻底。由此可进一步揣测,“教化”和“人类化”在两河流域的思想意识体系中内涵并不一致。前者侧重后天习得,后者则要求先天条件。神祇一旦在创世阶段完成人类始祖的创造,那么之后出现的人类都必须是这些始祖的后代。恩启都作为神祇的创造物,显然不符合该项人之所以为人的条件。况且神祇在创造他时仅使用了泥土,并没有混入神的血液这一关键要素。此项缺失也注定他无法成为严格意义上的人。恩启都所经历的种种教化,终究不能改变他"非人"的本质,充其量只能使他达到一种"类似于人"的状态。

第六章　冥府情境与生死观

恩启都梦游冥府

　　"史诗"第七块泥板记录了恩启都梦游冥府的所见所闻。此前，他先梦见了安努、恩利尔、智慧神埃阿和太阳神沙马什在开会商议，他与吉尔伽美什杀死守卫雪松林的芬巴巴和破坏乌鲁克城的天牛后应当遭受何种惩罚。商议的结果是恩启都必须赴死，但吉尔伽美什可以独活。恩启都醒来后，先诅咒了初次发现他的猎人和对他施以教化的妓女，后来在太阳神的劝慰下又祝福了他们。① 随后，他又做了第二个梦。梦中天地轰鸣，一个长着狮掌和鹰爪的人将恩启都擒住后变成一只鸽子带往冥府。

　　　　他绑住我双臂，如同绑住鸟儿翅膀，

　　　　把我掳到黑暗之屋，伊尔卡拉神的住处，②

---

① 关于诅咒和祝福的具体内容，详见第十一章的"恩启都诅咒妓女"。
② 该女神的名字写作 ^d*ir-kal-la*，与冥府一词的苏美尔语 iri-gal 有关；*RlA* 5，p. 164，s. v. "Irkalla"。

111

去往那有进无出之屋,踏上那有去无回之路。

屋里的居民不见天日,以土为食,鸟羽为衣,身居黑暗。

大门和门闩积满尘土,一片死寂笼罩这屋,我一脚踏入。

我环顾四周,见若干"王冠"挤作一堆。

头戴王冠、住在屋里的国王们,亘古以来把这土地统治,

他们曾为安努和恩利尔的餐桌奉上烤肉和面包,从皮囊中斟凉水。

在我进入的灰尘之屋,住着"恩"祭司①和"拉杳尔"祭司,②

住着洁净祭司③和"鲁马胡"祭司,④

---

① 苏美尔语 en,最初在乌鲁克城市革命晚期作为祭司王(priest-king)的头衔出现。祭司王既是乌鲁克的首领,又是城邦庇护神伊楠娜的高级祭司。到阿卡德王朝时期,"恩"的内涵逐渐泛化,成为高级祭司的一般头衔。详见 Piotr Steinkeller, *History*, *Texts and Art in Early Babylonia*: *Three Essays* (Berlin: De Gruyter, 2017), pp. 103 – 104。

② 阿卡德语 *lagaru*,属级别较高的一类祭司;*RlA* 10, p. 628。

③ 阿卡德语 *išippu*,主管洁净的祭司;*RlA* 10, p. 631。

④ 阿卡德语 *lumahhu*,来自苏美尔语 lú-mah 的借词。Piotr Steinkeller 收集了两河流域公元前三千纪关于这一头衔的证据,提出其重要性与"恩"(en)这一职务的重要性相当;见其"The Question of Lugalzagesi's Origins," in Gebhard J. Selz ed., *Festschrift für Burkhart Kienast* (Münster: Ugarit-Verlag, 2003), pp. 621 – 637。根据 Johannes Renger 在"Untersuchungen zum Priestertem der altbabylonische Zeit: 2. Teil," *Zeitschrift für Assyriologie und vorderasiatische Archäologie* 59(1969), pp. 126 – 129 的论述,这一头衔的级别高于膏礼祭司(gudu₄)。担任该职务的人员肯定为男性,通常服务于一个城市的主神。

住着大神们的"古达坡苏"祭司,[1]

住着埃塔那,[2]住着沙坎,[3]还有那冥府女王埃蕾什基伽勒。

冥府书吏贝勒特·采瑞[4]端坐于女王之前,

她手持泥板,正大声宣读。

她抬头见我,"是谁把此人带来?"(VII：183—207)

梦醒后,恩启都辗转病榻十余天,最终死去。

　　以上描述浓缩了古代两河流域文明对于冥府的一般看法。首先,就其环境和生活条件而言,冥府绝非一处令人向往之地。

---

① 苏美尔语 gudu₄ . abzu,其职能与膏礼祭司类似,掌管献祭和其他重要活动；*RlA* 10, p.631。

② 阿卡德语写作 *e-ta-na*。根据《苏美尔王表》的记载(参见本书第十章的"其他案例"),他是基什第一王朝的第十一位国王,统一各地后升天了；在两河流域早期的国王中,他与吉尔伽美什是仅有的两位冥府居民。参见 Dina Katz, *The Image of the Netherworld in the Sumerian Sources*（Bethesda, MD：CDL, 2003）, p.118。关于埃塔那乘坐在鹰背上升天的故事,英译本详见 Stephanie Dalley, *Myths from Mesopotamia*, pp.189 - 202。

③ 太阳神沙马什之子,野生动物的保护神；详见第四章中"分隔'野蛮'与结束漂泊"部分的注解。

④ 阿卡德语 *Bēlet-ṣēri*,意为"沙漠女主人",为天神安努之子 Amurru 之妻；Amurru 神的特点是如同风暴一般席卷大地、摧毁城市。参见 Jeremy Black and Anthony Green, *Gods, Demons and Symbols of Ancient Mesopotamia*, pp.129 - 130。她在冥府的职能对应于苏美尔神话中杜穆孜的姐妹埃什提楠娜：未经其许可的人不能进入冥府。沙漠和冥府的共同点在于它们都属于恶魔的地盘；参见 Dina Katz, *The Image of the Netherworld in the Sumerian Sources*, pp.81,84。

它被称为"黑暗之屋",积满灰尘,不见天日;居民们以鸟羽为衣,以尘土为食。其次,冥府对死者似乎一视同仁,没有社会等级的区分:无论他们生前贵为国王还是担任不同级别的祭司,死后都共享同一空间。最后,统治冥府的是女王埃蕾什基伽勒(Ereshkigal),她手下有其他若干位神。

恩启都身陷冥府

冥府见闻也是"史诗"第十二块泥板中的主题(详见第一章)。当恩启都自告奋勇前往冥府为吉尔伽美什取回掉入其中的那套球具时,后者对他告诫如下:

> 如果今天你要下到冥府,我将给你指示,你当遵照我的指示。
>
> 我有话语对你说,你要注意听好!
>
> 不要穿上干净的衣服,他们会认出是陌生人的标识。
>
> 不要涂抹瓶里的香精,他们闻到气味会团团包围你。
>
> 不要在冥府里扔棍子,被它砸中的人会团团包围你。
>
> 不要手拿山茱萸的棍子,亡魂①会在你面前颤抖。

---

① 苏美尔语 gidim,对应于阿卡德语 *eṭemmu*,指人死后的亡魂。它需要生者提供饮料和食物作为祭品,否则就会从冥府来到人间进行骚扰;Jeremy Black and Anthony Green, *Gods*, *Demons and Symbols of Ancient Mesopotamia*, pp. 88 - 89。

不要脚穿凉鞋，以免那冥府震动。

不要亲吻你心爱的妻子，不要击打你讨厌的妻子；

不要亲吻你心爱的儿子，不要击打你讨厌的儿子；

否则冥府的抱怨会困住你。①

至于那躺下之人，至于那躺下之人，

至于那躺下的宁阿朱②之母（即埃蕾什基伽勒），

没有衣物遮住她闪耀的双肩，没有亚麻遮住她闪耀的

胸口，

她的指甲如同耙子，她的头发就像葱韭。（XII：182—

205）

不幸的是，恩启都反其道而行之，凡吉尔伽美什告诫他要避免的事

他都一一践行，结果被困冥府无法脱身。最终智慧神埃阿出手相

助：他令太阳神沙马什在冥府打开一道缝隙，③使恩启都的魂魄④得

---

① 此处吉尔伽美什对恩启都的警告类似于下文《内尔伽勒与埃蕾什基伽勒》中
  智慧神埃阿对内尔伽勒的警告。
② 名为 Ninazu，他形象较为复杂，兼武士、蛇神和英年早逝的神于一身。关于此
  神的文献记录，详见 Dina Katz, *The Image of the Netherworld in the Sumerian
  Sources*, pp. 428 - 442。
③ 此为魂魄得以往返冥府与人间的通道；参见 Wayne Horowitz, *Mesopotamian
  Cosmic Geography* (Winona Lake, Indiana：Eisenbrauns, 1998), p. 353。
④ 阿卡德语 *utukku*，指一类精灵或守护神，其性质不确定，可危害或保护人类；
  Jeremy Black and Anthony Green, *Gods, Demons and Symbols of Ancient Meso-
  potamia*, p. 179。Alhena Gadotti 在其 *"Gilgamesh, Enkidu, and the Netherworld"
  and the Sumerian Gilgamesh Cycle*, pp. 86 - 88 中指出，在苏美尔语版本（转下页）

以离开冥府回到人间与吉尔伽美什相聚。[①]

吉尔伽美什依次询问恩启都拥有不同数量子嗣的死者在冥府的生活状况,恩启都一一作答:有一个儿子的人因为被钉进他房子墙上的木桩而痛苦地哭泣;有两个儿子的人坐在两块砖上吃面饼;有三个儿子的人从一个驮驴鞍勾着的皮革水袋中喝水;有四个儿子的人高兴得像套用骡驴驾车出行的人;有五个儿子的人如同一位灵巧书吏,直接走入宫殿;有六个儿子的人高兴得像犁田的农夫;有七个儿子的人坐在宝座上,与低等神一起聆听讼诉。最为凄惨的是没有子嗣的人,他啃着坚硬如烧过的砖一般的面包。[②] 可见,死者的子嗣越多,他在冥府的生活状况就越好。

吉尔伽美什还询问了其他人的生活状况,恩启都也逐一回

(接上页)中位置与之对应的词为 šubur,意为"仆人";她据此论证根据苏美尔语版本中的恩启都活着离开了冥府,并未死去成为一道魂魄。笔者不同意这一观点。首先,无论恩启都活着还是死去,在苏美尔语版本中他都可以被称为吉尔伽美什的仆人;换言之,从其仆人身份不能推断出他是生是死。此外,根据两河流域传统,冥府乃"有去无回之地"。女神伊楠娜/伊施塔尚且需要提供替身才能逃离冥府,恩启都何以能安然无恙地脱身呢? Gadotti 并未对此进行解释。

① Stephanie Dalley 提出,摩尼教的基本教义之一,即神为肉身的凡人提供了一个精神替身(spiritual double),有助于理解吉尔伽美什与恩启都之间的关系,尤其是第十二块泥板中二者相聚的情节;详见其"The Gilgamesh Epic and Manichaean Themes," *ARAM* 3(1991):p. 28 和本书最后一章的"'史诗'与摩尼教"。Dalley 认为摩尼教的教义受到了"史诗"的影响。

② Andrew George, *The Epic of Gilgamesh*, pp. 187 - 188, lines 255 - 268。另见陈艳丽、吴宇虹:《古代两河流域苏美尔人的地下世界观》,《史学月刊》2015 年第 8 期,第 73—74 页。

复。其中,由于各种原因没有子嗣的人生活状况总体不佳:王室宦官如同一根无用的棍杖倚靠在角落;未生育过的女性就像一只被丢弃的破陶罐,没有男人喜欢;未与妻子行过敦伦之礼的年轻男子因为要编完一根绳子而哭泣;未与丈夫行过敦伦之礼的年轻女子则因为要编完一床芦苇席而哭泣。患传染病而死和意外身亡的人情况更为凄惨:麻风病患者必须隔离饮水和进食,吃的是草,喝地上的水且住在城外;某种其他疾病的病患、从屋顶坠落的死者以及溺死的人都像牛一样抽搐,身体则被蛆虫侵蚀;丧命于狮子之口的人大喊:"噢! 我的手! 我的脚";被定锚杆击中的人大呼:"我的妈呀!"与父母发生冲突之人也遭受各种惩罚:不尊重父母意见的人喝着称量的水,但总觉得不够;被父母诅咒的人则没有子嗣,其亡魂整日游荡。未能得到妥善安葬的人,境况令人同情:战死的人被父母搂着头,妻子在一旁哭泣;没有得到祭品的亡魂则在街上吃着残羹剩饭;被烧死之人的亡魂不在冥府,而是升到天空。境遇较好的仅有两类:尚未命名的流产胎儿在金制和银制的桌上玩弄糖浆和奶油,自然死亡的人得以躺在诸神床上。①

---

① Andrew George,*The Epic of Gilgamesh*, pp. 188 - 189, lines 271 - 303."流产的胎儿"苏美尔语为 nìgin(-gar),见 Andrew George, *The Babylonian Gilgamesh Epic*, vol. II, p. 768, r1. Jerrold Cooper 认为,流产的胎儿尚未发育到具有意识($t\bar{e}mu$)的阶段,其亡魂($e\underline{t}emmu$)因而不需要依靠祭品获得滋养;这是它们待遇较好的原因。详见 Jerrold S Cooper, "Wind and Smoke: Giving up the Ghost of Enkidu, Comprehending Enkidu's Ghosts," in Mu-chou Poo ed., *Rethinking Ghosts in World Religions* (Leiden • Boston: Brill, 2009), p. 30。

此外，恩启都还提及了一些其他人的情况：对神不敬、在神面前起誓又欺骗神的人不能靠近冥府中摆放祭酒之处；某个吉尔苏城的居民，在他父母的叹气之所要面对一千个阿摩利特人，①他的亡魂无法将他们推开；阿摩利特人在冥府摆放祭酒的地点享有优先权；苏美尔和阿卡德的子民，包括吉尔伽美什的父母，都在一个发生了大屠杀的地方饮用脏水。② 吉尔伽美什与恩启都魂魄的会面便以这段叙述作为结尾。

在《荷马史诗·伊利亚特》中，战死的帕特罗克洛斯的魂灵出现在挚友阿基琉斯的梦中。他嘱咐阿基琉斯尽快将他埋葬，以便他能尽快进入哈德斯，避免被亡魂和幽灵赶走；另外，他希望将来能与阿基琉斯合葬，骨灰一起装进阿基琉斯母亲送给阿基琉斯的那只黄金双耳罐。阿基琉斯表示将一一照办。最后，他向帕特罗克洛斯伸出双手想抱住他，不料"那魂灵悲泣着去到地下，有如一团烟雾。阿基琉斯惊跳起来"。③ 阿基琉斯与挚友魂灵相会的场

---

① 阿摩利特人（Amorites）最初生活在两河流域以西的叙利亚—阿拉伯沙漠地带，是一个操闪语的族群。他们从公元前三千纪晚期开始迁入两河流域，到公元前两千纪早期已控制了两河流域南部的诸多城市，并最终统一南部，建立了古巴比伦王朝。该王朝的著名国王汉穆拉比就是阿摩利特人。详见 Robert M. Whiting, "Amorite Tribes and Nations of Second-Millennium Western Asia," in J. M. Sasson, J. Baines, G. Beckman, and K. S. Rubinson eds., *Civilizations of the Ancient Near East*, pp. 1231 - 1242. "史诗"此处提及阿摩利特人，可能暗示他们作为外来者曾与两河流域的本土居民（即吉尔苏城的居民以及下文提到的苏美尔和阿卡德的子民）之间发生冲突。

② Andrew George, *The Epic of Gilgamesh*, p. 190.

③ ［古希腊］荷马著，罗念生、王焕生译：《荷马史诗·伊利亚特》，人民（转下页）

景,与吉尔伽美什和挚友恩启都的魂魄相会有着异曲同工之妙,①支持了第一章介绍过的把第十二块泥板释读为恩启都所做之梦的观点。

人死后的亡魂

根据"史诗"第十二块泥板的叙述,人死后其亡魂(苏美尔语gidim,阿卡德语 *eṭemmu*)进入冥府存活。它栖生于活人体内,活人死后离开,依靠死者后代提供的祭品存活。② 著名的《阿特腊哈希斯》③中关于人类创造的情节,为理解 *eṭemmu* 这一概念提供了关键线索。

故事伊始,七位阿努那基神④(包括天神安努、恩利尔、埃阿、尼努尔塔、灌溉之神恩努吉等)让伊吉吉众神⑤承担繁重的劳作,

————————

(接上页)文学出版社 2018 年,第 570 页:23.100。

① G. S. Kirk, *Myth*, p. 108.

② Jo Ann Scurlock 认为在两河流域传统中,人死后有两种存在,阿卡德语分别称为 *zaqīqu* 和 *eṭemmu*。前者似与做梦相关,或可称为梦魂(参见本文第八章);见其"Soul Emplacements in Ancient Mesopotamian Funerary Rituals," in Leda Ciraolo and Jonathan Seidel eds., *Magic and Divination in the Ancient World* (Leiden • Boston • Köln: Brill • Styx, 2002), p. 1.

③ 该作品的详细讨论见第十章的"洪水故事《阿特腊哈希斯》"。

④ 阿卡德语 *Anunnaki*,早期为两河流域众神的通称,自公元前两千纪晚期始起更多地指称地上和冥府之神;位居其首的是天神安努。见 Jeremy Black and Anthony Green, *Gods, Demons and Symbols of Ancient Mesopotamia*, p. 34。

⑤ 阿卡德语 *Igigi*,自公元前两千纪晚期始起常作为天界之神的统称;见 Jeremy Black and Anthony Green, *Gods, Demons and Symbols of Ancient Mesopotamia*, p. 106。

负责清理底格里斯河和幼发拉底河的河道。伊吉吉神劳作了3600年之久后,积怨爆发。他们烧毁工具,一路奔到尼普尔城①并围困了恩利尔的神庙。恩利尔火速命人请来安努商量对策,智慧神埃阿也到场出谋划策。后者向诸神建议由母神贝莱特·伊丽创造人类,以代替伊吉吉进行劳作。具体做法就是杀死叛乱诸神中的一位,由母神用其血肉混合泥土来创造人类。母神②混合完毕后,各位阿努那基神和伊吉吉神都吐唾沫到泥土上。她再取十四撮泥土创造了七位男性和七位女性,此为人类始祖。

埃阿向众神发话,指示如下:

在本月的第一、第七和第十五天,③让我沐浴净身,

让一位神被杀死,使诸神得以净化。

让宁图(生育女神)混合他的血肉和泥,

① 尼普尔(Nippur)位于两河流域南部,距巴格达西南方向约180公里。它作为恩利尔神的驻地,是两河流域传统的宗教中心。其简介参见拱玉书:《日出东方——苏美尔文明探秘》,第75—81页。
② 在创造人类的这一场景中,有三位女神的名字交替出现:贝莱特·伊丽、妈咪(Mami)和宁图(Nintu)。她们都司掌母神的职能,见 Jeremy Black and Anthony Green, *Gods, Demons and Symbols of Ancient Mesopotamia*, pp. 132 - 133。为避免混淆,此处都用母神代指,省略其具体名字。
③ 这三天是两河流域传统中每个月最为神圣的日子。在历史文献中,洁净仪式经常在每个月的第一天举行;William L. Moran, "The Creation of Man in Atrahasis I 192 - 248," *Bulletin of the American Schools of Oriental Research* 200 (1970): p. 51。

以便神与人在泥中合为一体。

让我们从此听见鼓声,让亡魂(*eṭemmu*)留在该神体内,

让她(生育女神宁图)在他(被杀之神)活着时告知其象
征(鼓声),

让其亡魂不被忘记。①

埃阿明确指出,平息眼前叛乱和长远解决问题的办法是创造人类,使之承担低等神的劳作。负责创造人类的神祇是母神宁图,她使用的要素包括被杀之神的血液(*dāmu*)和肉体(*šīru*),再加上两河流域随手可得的粘土(*ṭiṭṭu*)。如此这般,源于自然界的要素和源自神的要素就共同创造了人。而 *eṭemmu* 的来源便是这位被杀之神的肉体:他被杀后,要确保其亡魂留在体内。②"鼓声"则来自一种用于哀悼仪式的特定的鼓(*uppu*),以慰藉这位被杀之神其经历和亡魂将不被遗忘。③

随着埃阿的计划开始实施,神祇创造人类的细节一一展现。被杀的神名为 Wê-ila(ᵈ*we-e-i-la*),是一位有谋略的神(*ša īšû*

① W. G. Lambert and A. R. Millard, *Atra-Hāsis: The Babylonian Story of the Flood*, pp. 56 - 59.

② 关于神祇死后存在亡魂的其他证据,详见 William L. Moran, "The Creation of Man in Atrahasis I 192 - 248," p. 54。通常情况下,亡魂并不留在尸体中而是四处游荡,直到适当的安葬仪式结束后才进入冥府;同上,p. 55。

③ 此段解释参见 William L. Moran, "The Creation of Man in Atrahasis I 192 - 248"。

ṭēma）。两河流域的其他文献中从未提及一个名为 Wê 的神,因此 Wê-ila 这个名字很可能是双关语。它的前半部分可理解为一个完整的阿卡德语词 awīlu（"人"）的缩略形式,后半部分是 ilu（"神"）的宾格形式。这样一来,Wê-ila（awīlu ilu）不仅暗示该神被杀、其血肉用于造人的事件,而且使读者联想到《阿特腊哈希斯》的开篇第一句,inūma ilū awīlum（两词顺序恰好与 awīlu ilu 相反）,"当神如同人一般时,（他们身负重担,痛苦劳作)"。① 神祇创造人类的目的就是使其代替神承担劳作之苦,解除神的负担。这位被杀之神的亡魂 eṭemmu 也可解读为一个双关语:Wê + ṭēmu "谋略、计划"。Wê-ila 的谋略体现在他率领伊吉吉神揭竿而起,反抗他们所遭受的永无止境的劳作之苦。他的"谋略"藉由其亡魂传递给了人类。②

　　以上便是阿卡德语神话中人类"亡魂"的来龙去脉。创造人类的情节也出现在苏美尔神话《恩基与宁玛赫》中,③其始作俑者依然是智慧神恩基,动机同样是为了平息承担劳作之苦的低等神所发动的叛乱。他在母亲的敦促和九位母神（包括宁玛赫）的帮

① Bendt Alster, "ilū awīlum: we-e i-la, 'Gods: Men' versus 'Man: God': Punning and the Reversal of Patterns in the Atrahasis Epic," in Tzvi Abusch ed. , *Riches Hidden in Secret Places: Ancient Near Eastern Studies in Memory of Thorkild Jacobsen* (Winona Lake, Indiana: Eisenbrauns, 2002), pp. 35 - 40.
② Bendt Alster, "*ilūawīlum: we-e i-la*, 'Gods: Men' versus 'Man: God'," p. 37.
③ 宁玛赫（Ninmah）是智慧神恩基的姐妹。

助下完成了这一使命。① 但这篇神话并未涉及神或人死后的"亡魂"。

　　总体而言，人的亡魂与其物理遗体联系密切，甚至可视为遗体的一部分，需要得到祭品的滋养。在王室成员的祭拜中，新月和满月时分都须提供祭品。对普通人而言，每个月末提供即可。一年中最盛大的祭拜发生在七八月间。一般人的祭品包括面包、热汤、啤酒、面粉、食用油和肉类等。液态食品灌入一根管子后流入地下。②

　　没有得到体面安葬的死者不仅无法享受葬礼和哀悼仪式的益处，而且尸骨还可能被野兽蚕食。这类死者的亡魂对亲人的态度将从友好变为憎恨。暴死者的亡魂也属于这一类型。当国王

---

① 由于文本残缺和解读困难，学界对于具体的创造过程仍存在争议。Herbert Sauren 认为，恩基和女神娜穆交媾后诞下人类；详见其 "Nammu and Enki," in Mark E. Cohen, Daniel C. Snell and David B. Weisberg eds., *The Tablet and the Scroll: Near Eastern Studies in Honor of William W. Hallo* (Bethesda, Maryland: CDL, 1993), pp. 198-208。W. G. Lambert 则提出，恩基的母亲用"地下泉水"（恩基住所）的粘土混合恩基的鲜血创造了人类，其他母神也参与了这一过程；详见其 "The Relationship of Sumerian and Babylonian Myth as Seen in Accounts of Creation," in Dominique Charpin and F. Joannès eds., *La circulation des biens, des personnes et des idées dans le proche-orient ancient* (Paris: Editions Recherche sur les Civilisations, 1992), pp. 129-135。

② Jo Ann Scurlock, "Death and the Afterlife in Ancient Mesopotamian Thought," in J. M. Sasson, J. Baines, G. Beckman and K. S. Rubinson eds., *Civilizations of the Ancient Near East* (Peabody, Massachusetts: Hendrickson, 2006), p. 1889.

死于宫廷政变或战死沙场时,有时需要采取极端措施来慰藉死者的亡魂。新亚述帝国国王亚述巴尼拔在其祖父辛纳赫里布被暗杀的地点屠杀了大批被俘的巴比伦尼亚居民作为祭品,以安抚辛纳赫里布躁动不安的亡魂。①

各种驱邪文献中提及了不同种类的、亟待安抚的亡魂:

没有下葬的畸形胎儿或流产胎儿的亡魂;

因胸部感染而病逝的奶妈的亡魂;

从椰枣树上滑落之人的亡魂;

被武器杀死之人的亡魂;

冒犯神祇和国王而死之人的亡魂;

死于饥渴和囚禁之人的亡魂;

死于火灾或寒冷之人的亡魂;

溺死于海里或河里之人的亡魂;

遭雷神劈死之人的亡魂。②

以上列举的各种亡魂中,有一部分也出现于上文所列举的,恩启都在"史诗"第十二块泥板中向吉尔伽美什报告的情况。如:死

---

① Jo Ann Scurlock,"Death and the Afterlife in Ancient Mesopotamian Thought," pp. 1889 - 1890.

② Jo Ann Scurlock,"Death and the Afterlife in Ancient Mesopotamian Thought," p. 1890.

于火灾之人的亡魂不在冥府而是升至天空;对神不敬者的亡魂不能靠近冥府中摆放祭酒之处;从屋顶坠亡之人的亡魂像牛一般抽搐,身体被蛆虫侵害。不同种类的文献在强调恰当地处理死者遗体的重要性方面是一致的,否则会导致死者的亡魂与生者为敌。

冥府神话之一:《伊施塔/伊楠娜入冥府》

在"史诗"的第六块泥板中,女神伊施塔受到羞辱后向父亲天神安努首次索要天牛作为报复的武器,却遭到拒绝。她发出了如下威胁:

> 若你不把天牛给我,我将砸开冥府大门,直通它的住所。
> 我将解放冥府,把死者带上来吃掉活人,使死者数量超过生者。[①](VI: 96—100)

伊施塔为何胆敢这般威胁她的父亲呢?原因就在于她是唯一能够进出冥府的神祇。在苏美尔神话中与伊施塔相对应的女神名为伊楠娜,后者是《伊楠娜入冥府》这一神话的主角。它用苏美尔语写成,全文长 400 余行。现存抄本约三十份左右;绝大部

---

① 此处伊施塔的威胁与下文《内尔伽勒与埃蕾什基伽勒》中冥府女王发出的威胁完全一致;后者参见 Stephanie Dalley, *Myths from Mesopotamia*, p. 173。

分出土于尼普尔,少量抄本源自乌尔。①

《伊楠娜入冥府》的主要情节如下:女神伊楠娜有天突发奇想,决定下到冥府去,以成为那里的女主人并使死者复活。她收集相关的神界法律,穿上女王的衣服,戴上搭配的首饰,准备进入"有去无回"之地。冥府的主宰是她的姐姐和劲敌、女王埃蕾什基伽勒(Ereshkigal),她掌管不幸与死亡。临行前为防不测,伊楠娜指示她的总管宁舒布尔(Ninshubur):如果她三天后没有回来,宁舒布尔应在众神集会的场所为她举行哀悼仪式,并随后前往尼普尔城,请求两河流域主神恩利尔对她施以援手,勿让她命丧冥府;若恩利尔拒绝帮助,那她应该前往乌尔城去哀求月神南那(Nanaa);如再遭拒绝,她应该前往埃利都城寻求智慧神恩基的援手。恩基掌握"生命之食"和"生命之水",一定会拯救她。

如此这般安排后,伊楠娜便下到冥府,走近她姐姐所在的青金石王宫。冥府的守门人在大门口恭候她,质问她的身份和来访目的。伊楠娜编造了一番理由,而守门人在冥界女王的指示下,让伊楠娜通过七座大门。每通过一座大门,她就要交出一部分衣

---

① Dina Katz, *The Image of the Netherworld in the Sumerian Sources*, p.251;作者在第251—287页也提供了该苏美尔神话的翻译和评注。关于《伊施塔/伊楠娜入冥府》神话的中文研究和国内外较新成果,详见贾妍:《"逾界"与"求诉"——从〈伊施塔入冥府〉神话的两大主题看古代两河流域伊施塔崇拜的一些特质》,《丝绸之路研究》2017年第一辑,第26—41页。这篇神话的权威评注本仍为 William R. Sladek, "Inanna's Descent to the Netherworld," PhD thesis of The Johns Hopkins University, 1974;牛津大学苏美尔语文学网的翻译见 http://etcsl.orinst.ox.ac.uk/cgi-bin/etcsl.cgi?text=t.1.4.1#。

服和珠宝。等到通过最后一座大门时，她已脱得精光，被带到冥界女王和冥府的七位法官前下跪。这七位法官用他们的死亡之眼把伊楠娜变成一具干尸，悬挂在柱子上。作为掌管植物生长和牲畜繁衍的女神，伊楠娜的死亡对人间的影响可想而知。

三天三夜过去，伊楠娜的总管见她还未返回，便遵嘱前去向其他神祇求助。恩利尔和南那都拒绝出手相助，只有恩基神施以援手。他创造了两个无性别的生物，①把"生命之食"和"生命之水"给予他们。他们下到冥府后，用上述食物和水换回伊楠娜的尸体，并使之复活。

伊楠娜复活后，问题并没有到此结束。冥府有一条不可违背的规则：除非提供一个替身，否则没人进去后能够再出来。伊楠娜回到人间后，一群无心无肺的恶魔跟随着她，准备随时捉拿她的替身。这群恶魔"不知食物与饮料，不尝谷物与祭酒，不收精美礼品，不谙鱼水之欢，不吻甜美孩童；把行敦伦之礼的妻子从丈夫身边夺走，把孩童从父亲膝上抢走，把新娘从新房带走"②。

---

① 苏美尔语名称分别为 kur-gar-ra 和 gala-tur-ra，是依附于神庙的两类表演者。前者很可能经历了生理上的阉割，后者活跃于哀悼仪式中，使用流行于女性间的一种苏美尔语方言（Emesal）进行吟唱。详见 William R. Sladek, "Inanna's Descent to the Netherworld," pp. 93 - 99。

② "恶魔"的苏美尔语为 gal$_5$-lá，其特点见 William R. Sladek, "Inanna's Descent to the Netherworld," pp. 140 - 141, 175 - 176, lines 297 - 305。在符咒文献中，gal$_5$-lá 是七大恶魔之一；在公元前三千纪晚期的经济管理文献中，（转下页）

得知伊楠娜入冥府后,她的总管宁舒布尔、温马(Vmma)城主神沙腊(Šara)和巴德·提比腊(Bad-Tibira)城主神鲁拉勒(Lulale)都坐在灰尘里,身着脏衣以示哀悼。因此她拒绝随行的五个恶魔把他们带入冥府作为自己的替身。然而,他们一行到达杜穆孜所在地乌鲁克城的库拉巴时,却发现他依然身着华服端坐在王座上,没有任何哀伤之意。伊楠娜一怒之下,命恶魔把他带入冥府。杜穆孜赶紧向伊楠娜的兄长、太阳神乌图求情,乞求他把自己变为一条蛇,以躲避这些恶魔。杜穆孜的姐妹埃什提楠娜(Geshtinanna)是一位与农业和乡村生活有关的女神,对他特别忠诚,先后把他送到四个不同的地方躲藏,自己屡受折磨也拒绝透露他的下落。尽管乌图和埃什提楠娜倾尽全力,杜穆孜还是被带入冥府以取代他的妻子伊楠娜。最后的安排是,杜穆孜和他的姐妹每人每年轮流在冥府中度过六个月。① 两河流域考古遗址乌尔王陵(约公元前 2600—前 2500)出土的一对著名文物"灌木丛

（接上页）它作为一个世袭职位的名称而出现；详见 Dina Katz, *The Image of the Netherworld in the Sumerian Sources*, pp. 127‑154。

① 此段的情节也记录在苏美尔神话《杜穆孜与埃什提楠娜》(Dumuzi and Geshtianna)中。该神话部分内容的评介可参见 Dina Katz, *The Image of the Netherworld in the Sumerian Sources*, pp. 289‑300。在此作品中,galla 扮演了更为主动的角色,他们专程来到乌鲁克城,命令伊楠娜返回冥府。另一相关神话则为《杜穆孜之梦》(Dumuzi's Dream):杜穆孜做了一个梦,他的姐妹埃什提楠娜为他解梦。他梦见自己将在羊圈中死于匪徒之手。因此,他试图躲避想取他性命的那些人,成功地逃脱一系列追捕。他的朋友将其藏身之所泄露给那些追捕者。杜穆孜最终被抓,死于五个恶魔之手。这一不祥之梦最终得到应验,杜穆孜无法摆脱其命运。

中的山羊",可能就影射了伊楠娜与杜穆孜的这段故事。①

《伊施塔入冥府》是《伊楠娜入冥府》的阿卡德语版本,长度仅为后者的三分之一左右。它精简了伊施塔复活后寻找替身的经历,仅保留了她丈夫杜穆孜被抓这一主线;同时增补了她出冥府时再度穿越七重门并逐步恢复着装的情节。

著名的伯尼装饰板上(Burney Relief,约公元前19—前18世纪)②的女神形象很可能就是进入冥府后的伊施塔:③她双手举过肩头,各执一套"环与杖",裸体站立在两只相对而卧的狮子上;大腿以下部分为一对鸟爪,后背长有一对翅膀;还有两只猫头鹰分立于两侧。有一种解释认为,这块装饰板出土于一个家庭神龛,刻画的就是伊施塔在冥府中的形象。④ 装饰板底部的鳞片状

---

① 欧阳晓莉:《灌木丛中的公羊》,上海博物馆编《文物的亚洲》,译林出版社2019年,第12—17页。
② 该装饰板的大小为49.5×37厘米,厚2.3厘米,现藏大英博物馆,藏品号2003,0718.1,图片见:https://www.britishmuseum.org/research/collection_online/collection_object_details.aspx? objectId=1355376&partId=1(2019年1月12号);简介见前引贾妍的论文,第37页。关于该作品的真伪之争,详见Pauline Albenda, "The 'Queen of the Night' Plaque: A Revisit," *Journal of the American Oriental Society* 125(2005): pp. 171-190。
③ 该女性形象也可能是一位女恶魔或者冥府女王、伊施塔的姐妹Ereshkigal;见Pauline Albenda, "The 'Queen of the Night' Plaque: A Revisit," pp. 177-178。
④ 详见Caitlín Barrett, "Was Dust Their Food and Clay Their Bread?: Grave Goods, the Mesopotamian Afterlife, and the Liminal Role of Inanna/Ishtar," *Journal of Ancient Near Eastern Religion* 7(2007): pp.41-42。对伯尼装饰板的另一解释认为,此作品中女神的裸体加之猫头鹰的存在,强调了伊(转下页)

花纹在两河流域艺术作品中是表现山峦的传统手法，①而苏美尔语中的"山"(kur)也可指代冥府。伊施塔的鸟爪和双翅使观者联想到《伊施塔入冥府》中对冥府居民"像鸟一样，身着羽毛服"的描述；②其裸体则对应于她通过冥府的第七道门后被剥去外袍的细节；③她佩戴的珠链和手持的环与杖也与她进入冥府前的装束相吻合。④

　　古希腊神话中珀尔赛福涅的故事也表达了类似主题。她是宙斯与丰收女神德墨忒尔的女儿，容貌美丽，因此被母亲藏在深山，不与其他神接触。有一天她采花时摘了一朵水仙，而这正是代表冥王哈德斯的圣花。哈德斯驾着战车把她掳到冥界，她从此成为那里的女王。德墨忒尔失去女儿后悲伤过度，发疯似地四处

（接上页）施塔掌管爱欲的职能和充当妓女保护神的角色：因为妓女的活动模式与猫头鹰类似，都是天黑后变得活跃起来。在《吉尔伽美什史诗》中，当伊施塔发现吉尔伽美什和恩启都杀死她派来报复的天牛后，还召集妓女在天牛尸首旁举行了哀悼仪式（Andrew George, *The Epic of Gilgamesh*, p. 53, Ⅵ: 158 - 160）。因此，伯尼装饰板原本可能安放在一家妓院中；详见 Thorkild Jacobsen, "Pictures and Pictorial Language," in M. Mindlin, M. J. Geller and J. E. Wansbrough eds., *Figurative language in the Ancient Near East* (London: University of London, 1987), pp. 3 - 4。

① 这一手法也见于《汉穆拉比法典》石柱上的浮雕图案：太阳神沙马什端坐在宝座上，双脚则放置于一个基座上，该基座由三排鱼鳞状的花纹组成。因为两河流域以东是伊朗境内的扎格罗斯山脉，所以用沙马什脚踏山陵的手法来寓指太阳升起。

② 拱玉书：《伊施塔入冥府》，《北京大学学报·外语语言文学专刊》，1995 年，第59 页第 10 行。

③ 拱玉书：《伊施塔入冥府》，第 60 页第 60—62 行。

④ Thorkild Jacobsen, "Pictures and Pictorial Language," pp. 3 - 4.

寻找她,以至于大地上万物都停止生长。最后太阳神告知她女儿的下落。宙斯于是派遣赫尔墨斯去把珀尔赛福涅接回,但她在哈德斯的劝说下吞了四颗石榴籽。结果,珀尔赛福涅每年有四个月留在冥界,其余八个月则在人间与母亲一起度过。后一时期便构成人间的春季和秋季。①

冥府神话之二:《内尔伽勒和埃蕾什基伽勒》

根据"史诗"第七块泥板的叙述,恩启都梦游冥府时遇见了冥府女王埃蕾什基伽勒。关乎这位女王的作品主要有神话《内尔伽勒和埃蕾什基伽勒》(Nergal and Ereshkigal),但该神话仅见于阿卡德语,并没有与之相应的苏美尔语版本。② 较早的阿卡德语版本出土于埃及的阿马尔纳遗址,长约 90 行,在公元前 15—前 14 世纪之间成书。神话的主要情节如下:天上的众神举行宴会。由于天界和冥界的神不能互相往来,所以他们就送信给冥府女王埃蕾什基伽勒,请她派使者前来取走她的那份食物。当她的使者那姆塔尔到达时,③众神纷纷起立鞠躬表示敬意,唯独内尔伽勒神除外。女王得知后大怒,决意派使者去捉拿内尔伽勒并处死

① Mark P. O. Morford and Robert J. Lenardon. *Classical Mythology* (New York/Oxford: Oxford University Press, 2007),8th ed. , pp. 334 - 338.

② 其通行英译本见"Nergal and Ereshkigal," Sephanie Dalley, *Myths from Mesopotamia*, pp. 165 - 181。

③ 那姆塔尔通过天庭与冥府间的一道阶梯(阿卡德语 *simmilat šamāmī*)而往返于两处;参见 Wayne Horowitz, *Mesopotamian Cosmic Geography*, p. 353。

他。这时,内尔伽勒的父亲智慧神埃阿出手相助,派遣十四个恶魔(实为拟人化的十四种瘟疫)与他一同下到冥府。见到女王后,内尔伽勒开始主动进攻:

> 他在屋里一把抓住埃蕾什基伽勒,
>
> 揪住头发将她从王座上拉下,摁倒在地,准备砍头。
>
> "我的兄弟,别杀我,让我告诉你!"
>
> ……
>
> "你可做我的丈夫,我做你妻子。
>
> 我让你获取统治大地的王权,把智慧泥板交至你手里!
>
> 你做男主人,我做女主人。"
>
> 内尔伽勒听完此言,一把抓住并亲吻她,抹去她的眼泪,
>
> "你对我有何要求?许多个月过后,事情本该如此!"①

这则神话还有一个篇幅更长(约 350 行)、年代更晚(约公元前 7 世纪)的版本,出土于土耳其境内的遗址(Sultantepe)。在此版本中,内尔伽勒两度进入冥府。他第一次造访时,根据智慧神埃阿的指示制作了一把椅子带入冥府。埃阿还警告他不要接受冥府的任何待客礼节——不要坐在那里的椅子上,不要食用那里的面包和肉,不要饮用那里的啤酒,不要在那里进行足浴;最重要

---

① Stephanie Dalley,*Myths from Mesopotamia*,p. 180.

的是不要受冥府女王引诱去窥探她沐浴后的身体。① 内尔伽勒通过冥府的七道大门后觐见女王,跪下并亲吻她前方的土地。最初他尚能严守埃阿的禁令,一一拒绝了冥府的各种待客礼节。然而,当女王沐浴更衣后,他未能抵抗诱惑,窥探了她的身体,结果两人在一起巫山云雨了整整六天。事后内尔伽勒想再度回到天界,对冥府的守门人谎称他乃女王所委派,得以顺利返回天庭。

女王得知内尔伽勒离开后,"发出哀嚎,从宝座跌落在地。她站起身来,泪眼盈盈,泪流双颊。'埃拉(内尔伽勒的别名),我喜悦的爱人,他离开前我尚未满足!'"②她再度派出信使那姆塔尔前往天庭,借信使之口威胁三位主神——天神安努、众神之首恩利尔和智慧神埃阿:"如果你们不把那内尔伽勒送来,根据冥界和'大地'的礼数,我将把死者带上来吃掉活人,使死者数量超过生者。"③她的信使最初未能找到内尔伽勒,因为埃阿在内尔伽勒身上洒了泉水,把他变成了秃头。信使返回冥府向女王报告情况。埃蕾什基伽勒马上看穿了埃阿的诡计,再次命令信使前往天界,终于把秃头的内尔伽勒带回了冥府。内尔伽勒揪住女王的头发把她从宝座上拉下后,俩人又一次巫山云雨了整整六天。故事的

---

① 此处埃阿对内尔伽勒的警告使读者联想到上文"史诗"的第十二块泥板中吉尔伽美什对恩启都的警告。

② Stephanie Dalley,*Myths from Mesopotamia*,p. 172.

③ Stephanie Dalley,*Myths from Mesopotamia*,p. 173. 这两句威胁与"史诗"Ⅵ:99—100 中伊施塔对天神安努的威胁完全一致。

最终结局由于泥板残缺不得而知。

　　学界对这则神话提出了多种解读。一种解释认为它说明了内尔伽勒如何成为冥府国王。另有解释则认为它体现了苏美尔时代过后女神地位的下降趋势：埃蕾什基伽勒最初是冥府独掌大权的女王，到结局时却降格为冥王内尔伽勒的配偶。还有解释认为该神话体现了智慧神埃阿的足智多谋。在阿卡德语中，"死亡"的名词（mūtu）和丈夫一词（muti）的读音几乎相同。冥府女王想以死亡来惩罚内尔伽勒对她的不敬，但埃阿施以巧计，使内尔伽勒成为了她丈夫。①

葬礼安排

　　恩启都死后，曙光初现之时，吉尔伽美什开始哀悼恩启都，追溯了后者生于荒野、长于荒野、与野兽为伴的经历：

> 恩启都啊！你的羚羊母亲和野驴父亲把你养大，
> 野驴给你哺乳，野兽教你牧场（信息）。（VIII：3—6）

随后他号召山川、树木、动物以及乌鲁克全城上下哀悼恩启都，包括雪松林中的小径、乌鲁克的长者们、曾祝福过恩启都和吉尔伽

---

① 详见 Rikvah Harris, *Gender and Aging in Mesopotamia*: *The Gilgamesh Epic and Other Ancient Literature* (Norman: University of Oklahoma Press, 2000), pp. 131–132。

美什的人们、山脉和山岭、牧场、黄杨、柏树、雪松、熊、鬣狗、黑豹、猎豹、雄鹿、胡狼、狮子、野牛、鹿、大角山羊和所有的野生动物。他还号召河流(乌拉伊河①和幼发拉底河)，乌鲁克的年轻人(曾目睹他们杀死天牛的英雄事迹)、犁田的农夫、牧者(曾向恩启都提供香甜的牛奶和黄油)、牧童(提供香甜的奶油)、酿酒人(提供啤酒)和妓女(曾为恩启都涂抹气味香浓的油)哀悼恩启都。②

　　该悼念仪式很可能是公开举行的，因为吉尔伽美什昭告乌鲁克的长者和年轻人要认真倾听：

> 听着，乌鲁克的年轻人，听我说！
> 听着，乌鲁克的长者，听我说！
> 我要为恩启都，我的朋友哭泣！
> 我要痛苦地哀悼，就像一位雇来的职业哭丧女！
> 我身边的斧头，我的手臂所信任；
> 我腰间的匕首，脸上的盾牌，
> 我节日的华服，我喜爱的腰带，

---

① 今伊朗境内的卡伦河(Kārūn)。此处提及这条河流意在喻指伽美什与恩启都的雪松林之旅。在苏美尔文学传统中，雪松林不是位于两河流域以西的黎巴嫩，而是在以东的札格罗斯山区。从苏美尔通往札格罗斯山脉南麓的通道之一便经过卡伦河。详见 Andrew George，*The Babylonian Gilgamesh Epic*，vol. I，p. 485。

② 此处提及的食品和用品使读者回想起恩启都在离开荒野、去往乌鲁克城邦的路上所经历的教化过程；见第五章的"饮食穿衣与道德"。

一阵邪恶的风刮起，把我洗劫一空。

我的挚友恩启都，一头奔跑的野驴，

一头山里的驴子，一头荒野的黑豹。

而今何种睡眠将你掳走？

你失去意识，听不见我。（VIII：42—56）①

口头哀悼结束后，吉尔伽美什蒙住恩启都的脸，如同蒙住新娘的脸一般。他像鹰一样绕着恩启都的尸体打转，像失去幼崽的母狮一样四处徘徊。他一团团地揪下自己的头发，撕扯并扔掉身上的华服美饰。②

　　此处吉尔伽美什的表现与《伊楠娜入冥府》中宁舒布尔（伊楠

---

① 吉尔伽美什此处的悼词意在称颂恩启都，也有其他悼词以对话形式重在强调生者与死者间的深厚感情。例如，公元前一千纪一位亚述人对妻子的悼词采用的是对话形式。"为何你在河中如船一般随波逐流，轮辐破碎，绳子断开？""我怎能不随波逐流，我的绳子怎能不断？当我分娩那天，我多么幸福！我的夫啊，我感到幸福！我阵痛那天，脸色变黑；我分娩那天，双眼迷离。我张开双手，向贝莱特·伊丽祈祷：'你是产妇的母亲，救我一命吧！'当她听到时，她蒙上面纱：'……你为何一直向我祈祷？'……在我和我夫共度的日子里，当我和所爱之人在一起时，死亡悄悄溜进了我的卧室。他使我离家，与丈夫分离，前往那有去无回之地。"参见 Jo Ann Scurlock，"Death and the Afterlife in Ancient Mesopotamian Thought，" p. 1890 和 Benjamin R. Foster, *Before the Muses: An Anthology of Akkadian Literature* (Bethesda, Maryland: CDL, 2005)，3ʳᵈ ed., p.949。

② Andrew George，*The Epic of Gilgamesh*，p.65，VIII：59-64. Michael L. Barré 把吉尔伽美什四处徘徊的动作解读为一种因好友逝世而产生抑郁的表现；"'Wandering about' as a *Topos* of Depression in Ancient Near Eastern Literature and the Bible，" *Journal of Near Eastern Studies* 60(2001)：pp. 179-180。

娜的总管）、温马城主神沙腊和巴德·提比腊主神鲁拉勒的表现一致：他们知晓伊楠娜入冥府后，都坐在灰尘里，身着肮脏的衣服，以示哀悼。借助伊楠娜对宁舒布尔的描述，我们间接了解了两河流域的哀悼仪式："她在废墟上为我哀哭，在圣殿中为我把鼓敲响，在众神的神庙周围徘徊。她抓破自己的眼睛，抓破自己的鼻子，抓破自己的臀部——隐私部位。她身着单衣，如穷人一般。"①因此，当随行的五个恶魔想把他们带入冥府作为伊楠娜的替身时，遭到她拒绝。然而，他们一行到达杜穆孜所在地库拉巴时，却发现他依然身着华服端坐在王座上，没有表现出任何哀伤之意。伊楠娜一怒之下，命恶魔把他带入冥府。

当曙光再次出现之际，吉尔伽美什召来铁匠、金匠、铜匠、珠宝匠和石匠为恩启都制作一尊雕像，其眉毛②和胸部分别用青金石和黄金制成。此举的目的可能在于把死者的雕像与遗体一同下葬，为其亡魂提供依附；日后摆放祭品时，便于死者的亡魂飨用

---

① William R. Sladek，"Inanna's Descent to the Netherworld," pp. 142 - 143,177, lines 316 - 321.

② 此处对应阿卡德语原文为 *inika*，"你（恩启都）的眼睛"，见 Andrew George， *The Babylonian Gilgamesh Epic*，Vol. I，p. 656，VIII：e71. 不知为何 George 将它译为"眉毛"，其实翻译为"眼睛"才符合原文。在两河流域造型艺术中，青金石经常用于塑造人像和神像的眼珠、眉毛或胡子，与其他部位使用的黄金构成最佳的材质组合。关于这一工艺传统，详见贾妍：《神采幽深：青金石在古代美索不达米亚使用的历史及文化探源》，《器服物佩好无疆：东西文明交汇的阿富汗国家宝藏》，上海书画出版社 2019 年，第 217—234 页和 Andrew George，*The Babylonian Gilgamesh Epic*，Vol. II，p. 857.

祭品。①

　　当曙光又一次出现之际,吉尔伽美什打开宝库,为恩启都提供了丰厚的随葬品,包括大量的黄金、白银、象牙、红玉髓以及它们制成的各种物件,并宰杀了大批牛羊。吉尔伽美什还向太阳神展示了进献给冥府各神的供品:②一根用发亮的木材制成的棍棒给女王伊施塔,一件名称缺失的物品给月神那姆腊·采特(Namra-ṣīt),③一个青金石的瓶子给冥府女王埃蕾什基伽勒,一根红玉髓的笛子给伊施塔之夫杜穆孜,一把青金石椅子和一根青金石杖给冥府总管那姆塔尔,一件名称缺失的物品给冥府服务员胡什比莎(Hušbiša),④一个银制别针和一个质地不明的手镯给冥府洒扫者(名为 Qāssu-ṭābat),⑤一件嵌有青金石和红玉髓的石膏物品给冥府清洁工(名为 Nin-šuluḫḫa);一把青金石柄的双刃匕首给冥府屠夫(名 Bibbu);⑥一件背面为石膏的物品给冥府的替

---

① 此类雕像多见于国王的葬礼,但高官也可享受这一特权。献祭时呼唤死者的名字也可达到同一目的。见 Jo Ann Scurlock,"Death and the Afterlife in Ancient Mesopotamian Thought," p. 1889; "Soul Emplacements in Ancient Mesopotamian Funerary Rituals," pp. 1 - 2。

② Andrew George, *The Epic of Gilgamesh*, pp. 66 - 69, VIII: 96 - 188.

③ 月神的别名,其常见的苏美尔语名为南那(Nanna),阿卡德语名为辛(Sîn);Jeremy Black and Anthony Green, *Gods, Demons and Symbols of Ancient Mesopotamia*, p. 135。

④ 冥府总管那姆塔尔之妻;Andrew George, *The Babylonian Gilgamesh Epic*, vol. II, p. 859。

⑤ 该神信息详见 Andrew George, *The Babylonian Gilgamesh Epic*, vol. II, p. 859。

⑥ 该神详见 Andrew George, *The Babylonian Gilgamesh Epic*, vol. II, pp. 860 - 861。

罪羊杜穆孜·阿布朱（名 Dumuzi-abzu）。①

　　吉尔伽美什向冥府诸神进献礼品后，还在一个红玉髓的碟子里倒上蜂蜜，在一个青金石的碟子里盛满奶油，在太阳神沙马什面前展示。② 随后恩启都葬礼的细节因为泥板残缺未能保存下来。

"乌尔王陵"的随葬品

　　上文所列的吉尔伽美什为恩启都提供的丰厚随葬品，从侧面反映了两河流域社会上层的墓葬习俗。在该地区实际发掘的早期墓葬显示，其随葬品的奢华程度有过之而无不及。

　　1926—1927 年间，英国考古学家伍利在两河流域南部的乌尔遗址发掘了一处墓地。他在三个月不到的时间内发现了六百处左右的墓葬，在随后三年间发现的墓葬更多达一千余处。最终的发掘结果表明，这处墓地大小约为 70×55 米，保存相对完好的墓葬有 1,850 处。伍利把其中十六处称为"王陵"，因为它们的墓坑底部都建有石砌的墓室，而且出土了人殉和数量庞大的宝石、黄金和白银质地的随葬品。此外，考古发现中还包括两个圆柱印章，上面刻有苏美尔语的人名和国王这个头衔。王陵中陪葬品最丰富的是编号为 PG789、PG800 和 PG1237 的三处墓葬；王陵所属的年代是两河流域早王朝三期的上半段（约公元前 2600—前

---

① 该神详见 Andrew George, *The Babylonian Gilgamesh Epic*, vol. II, p.861；此处指作为伊楠娜/伊施塔替身而被捉进冥府的杜穆孜。
② Andrew George, *The Epic of Gilgamesh*, VIII: 208‑219.

2500）。这一时期是两河流域历史上城邦争霸的时代，统一国家的出现要等到公元前 2350 年左右阿卡德王朝的建立。

PG1237 的殉葬者人数是所有王陵中最多的，有 68 名女性和 5 名男性，但该处墓葬的墓室已被彻底破坏。PG789 的墓主是位不知名的国王。其墓坑大小为 10x5 米，墓室在古代便已遭到盗掘，可能发生在毗邻的 PG800 修建时。逃过此劫的文物包括一个银制的船模和一个棋盘，现存伊拉克国家博物馆。幸运的是，该墓葬的殉葬坑保存完好，共发现 63 具尸骸。入口处是六具士兵的尸体，皆手持长矛，头戴铜盔，似乎担任守卫一职。他们身后是两辆牛车的残骸，每辆配三头牛；牛车旁边有三具尸骸，可能是驭手或照看牛的仆人。牛车东北方向的地面上发现了 54 具残骸，大多为女性。殉葬坑中还出土了大堆未经加工的青金石。

PG800 是与 PG789 相邻的一处墓葬，墓主为女性，身高一米六左右，年龄约四十岁。学者们推测，她可能是 PG789 中所葬国王的王后，晚于国王去世。墓中发现的一枚圆柱印章上刻有"普阿比，王后"的铭文，我们因此得知墓主人的名字和身份。根据考古学家的复原，她下葬时头上戴有精美绝伦的头饰；上身覆盖着一件缀满珠子的披肩，珠子由金、银、青金石、红玉髓和玛瑙制成；腰间则是一根宽腰带，同样缀满金、青金石和红玉髓的珠子，腰带下方坠有小型金环；手上戴满十个金戒指；身上还横放着一个银杯。此外，她右臂上方处还发现三个两河流域特有的圆柱印章，其中一个便刻有她的名字和头衔。她本人下葬的墓室中还出土了三具陪葬者的残骸,有男有女。除南面外,墓室的其他三面都放置了数量庞大的随葬品。

较之 PG789,PG800 的人殉数量不到其三分之一。五名男性尸骸出现在殉葬坑的入口处,周围散落着铜制的匕首和七十个陶制的杯子。殉葬坑的中部发现了两头牛牵引的一副滑板,牛的残骸与四具男性的尸体混合一起。其中三名男性持有匕首,一名携带长矛,他们有可能担负着守卫墓室的职能。在殉葬坑的东北端则发现一个大小为 2.25×1.1 米的木柜的遗迹,表面嵌有青金石和贝壳作为装饰。木柜中原来可能存放了大量纺织品,但现在已完全腐烂,不可辨识。木柜周围还发现了数量惊人的陪葬品,其中包括金银质地的各种容器。另有十具女性的尸骸出现在殉葬坑的西南端:她们相对排成两列,每位女性都戴有精巧雅致的头饰。在她们附近还出土了两架弦乐器的残存部件。①

"重生不重死"

两河流域的传统中不存在救世主弥赛亚,没有最后的审判和身体的复活,没有天堂或地狱,也没有末世到来之后的新纪元。在"史诗"及其相关文本的描述中,冥府的生活环境和饮食起居丝毫不令人向往,所以两河流域文明的生死观可一般概括为"重生

---

① 详见 Richard L. Zettler and Lee Horne eds., *Treasures from the Royal Tombs of Ur*, pp.21 – 38 和欧阳晓莉:《乌尔遗址展现上古生活场景》,《中国社会科学报》2016 年 5 月 23 日第 4 版。

不重死"。古巴比伦时期留存至今的一块残片记录了流浪途中的吉尔伽美什与酒馆女店主施杜丽邂逅的场景。他们之间的对话通常被视为浓缩了两河流域生死观。

吉尔伽美什首先开口：

> 我那深爱的挚友，与我共历险境，
>
> 我深爱的恩启都，与我共历险境，
>
> 他走向了凡人注定的命运。
>
> 我日夜哭泣，不把他下葬，
>
> "唯愿我的哭喊能唤醒他！"
>
> 七天又七夜，直到蛆虫从他鼻孔掉出。
>
> 他死后我了无生趣，如猎人般在荒野游荡。
>
> "酒馆店主啊！我看见了你的脸，但愿我不要见到令我恐慌的死亡！"[①]

---

① Andrew George, *The Epic of Gilgamesh*, pp. 123-124, Si ii 1'-13'. Tzvi Abusch 认为吉尔伽美什这段话可使人联想到《圣经·撒母耳记下》中大卫对扫罗之子约拿单的哀悼："英雄何竟在阵上仆倒！约拿单何竟在山上被杀！我兄约拿单哪，我为你悲伤！我甚喜悦你！你向我发的爱情奇妙非常，过于妇女的爱情。英雄何竟仆倒！战具何竟灭没！"(1：25—27)；详见其"Mourning the Death of a Friend: Some Assyriological Notes," in John Maier ed., *Gilgamesh: A Reader* (Wauconda, Illinois: Bolchazy-Carducci Publishers, 1997), p.119. 本书所引《圣经》皆依据《圣经·中英对照》，中文和合本(New International Version, NIV 新国际版)，中国基督教三自爱国运动委员会/中国基督教协会 2007 年版。

施杜丽回应如下：

> 吉尔伽美什啊！你要在何处流浪？
>
> 你寻找的永生①绝不可得。
>
> 当神祇创造人类，他们安排了死亡，永生留给自己。②
>
> 但你，吉尔伽美什，就填饱肚子，日日夜夜寻欢作乐吧！
>
> 白天作乐，夜晚跳舞嬉戏！
>
> 保持衣着整洁，沐浴洗头！
>
> 端详那牵着你手的孩童，让妻子享受你的拥抱！
>
> 这就是凡人的命运……③

吉尔伽美什向施杜丽倾诉了挚友恩启都去世后自己所经历的悲痛以及对死亡的恐惧。施杜丽劝慰他，神创造人类的同时也安排了其必有一死的命运，人追求永生的努力徒劳无益。既然如此，人就应活在当下，享受食物、家庭生活和娱乐活动带来的快乐。这与《圣经·传道书》中的规劝在主旨上是一致的："你只管去欢欢喜喜吃你的饭，心中快乐喝你的酒，因为神已经悦纳你的作为。你的衣服当时常洁白，你头上也不要缺少膏油。在你一生

---

① 阿卡德语原文为 *balā ṭum*，"生命，健康"；Andrew George，*The Babylonian Gilgamesh Epic*，vol. I，p. 278，iii 2.

② "史诗"通过施杜丽和乌特纳皮施提之口对此反复进行了强调，但在两河流域涉及人类创造的神话中（如《阿特腊哈希斯》）并未出现这一观点。

③ Andrew George，*The Epic of Gilgamesh*，p. 124，Si iii：1'-15'.

虚空的年日,就是神赐你在日光之下虚空的年日,当同你所爱的妻快活度日,因为那是你生前在日光之下劳碌的事上所得的份"(9:7—9)。①

也有学者提出,除享乐主义的内涵外,施杜丽的回应代表着入会礼的考验,而不是古巴比伦的道德哲学。就如同在几世纪后的印度,当学生向教师求教长生不死的奥秘时,教师往往用描绘人世欢乐的话来加以劝阻。只有当学生坚持时,才允许他进入传授奥秘的下一阶段。②

美国学者奇卫·阿布施(Tzvi Abusch)则对吉尔伽美什与施杜丽的对答进行了更深层次的意义发掘。在他看来,吉尔伽美什的自述透露出他在恩启都死后,未能遵守传统丧葬和哀悼习俗:他没有立即下葬恩启都,而是留住其尸体长达七天七夜;他不是在葬礼后哀悼死者,而是在葬礼前进行哀悼。此外,吉尔伽美什还歪曲了哀悼仪式的作用,因为他期待着自己的哀悼能够唤醒恩启都。上述行为导致了吉尔伽美什未能与死者恩启都分离,哀悼仪式的目的也没有实现。然而,当吉尔伽美什看见施杜丽之后,他认出后者是一位女神,于是产生了停止流浪、与她一同生活的念头。借助施杜丽作为神的地位和属性,他将得以摆脱死亡、获得永生。这就解读了吉尔伽美什所说的关键话语:"酒馆店主啊!

---

① Tzvi Abusch, "Mourning the Death of a Friend: Some Assyriological Notes," p. 112.
② [美]约瑟夫·坎贝尔著,张承谟译,《千面英雄》,第 201 页,注解 162。

我看见了你的脸，但愿我不要见到令我恐慌的死亡！"

然而，吉尔伽美什与施杜丽的结合并不可行。从本体论的角度而言，他们之间的结合将意味着人与神、生命与死亡的混杂。死亡和神性在绝对性和永恒性上是相似的，它们都存在于非人类的、绝对的平面上。对人类而言，死亡和不死都代表死亡。吉尔伽美什试图通过与施杜丽的结合达到以下目的：一方面回归正常生活，另一方面又同时保有对恩启都的无尽哀思，仿佛依旧与他朝夕相处。

正因为施杜丽意识到他们之间的结合绝无可能，所以她在回复中不仅断然拒绝了吉尔伽美什，而且试图引导他去追求凡人的婚姻家庭生活。只有这样，吉尔伽美什才能摆脱死亡（眷恋已死的恩启都）与幻想（试图与女神共同生活）。施杜丽鼓励他参与娱乐活动，享受与妻子的鱼水之欢以生育子嗣。她希望吉尔伽美什借助自己后代的诞生能够接受作为凡人必有一死的命运，同时意识到通过血缘在子孙后代的传递也能够实现一定程度的不朽。施杜丽此处对吉尔伽美什的拒绝，动机类似于此前的情节中吉尔伽美什对伊施塔求婚的拒绝。前一场景中施杜丽拒绝吉尔伽美什的目的在于避免造成对方的死亡，而后一场景中吉尔伽美什拒绝伊施塔的原因是恐惧对方给自己带来死亡。

施杜丽具体提及的填饱肚皮和嬉戏娱乐等活动，和丧葬仪式也有所关联。宴会通常在生者的节庆时分举办，但也可在葬礼或献祭的场合举办，与死者相关。施杜丽提及这类既关乎生、又关乎死的活动,不仅认可了吉尔伽美什在面对挚友之死时的哀悼和挣扎,而且旨在帮助他区分生死、向死而生,把对恩启都的哀悼转化为在今世继续生活的力量和动力。施杜丽在对话中不仅把吉尔伽美什与她的邂逅以及和死者恩启都的纠缠代之以他与一位凡人女性的婚姻和家庭关系,而且也把为死者举办的筵席转化为今世的宴会。生者参加这类宴会以确认自己的生机。①

无论何种解释路径,施杜丽的劝说在"史诗"中都未能说服吉尔伽美什。他执着依旧,想探听如何才能找到乌特纳皮施提:

> 酒馆店主啊！你何出此言？我依旧为了朋友心痛。
> 酒馆店主啊！你何出此言？我依旧为了恩启都心痛。
> 酒馆店主啊！你住在这大海之滨,熟悉渡海之路。
> 告诉我怎么走！请告诉我！
> 可行的话我要横渡大海！②

施杜丽试图让他知难而退:"吉尔伽美什啊,从未有人如你一般！除沙马什外,谁能踏上这一旅途?"③之后的几行残缺不全。当泥板再次清晰可读时,情节就进展到吉尔伽美什渡海时与船夫

---

① 以上论述详见 Tzvi Abusch, *Male and Female in the Epic of Gilgamesh*, pp. 58 - 118。

② Andrew George, *The Epic of Gilgamesh*, p. 124, Si iii 17'- 24'.

③ Andrew George, *The Epic of Gilgamesh*, p. 124, Si iii 26'- 27'.

的对话了。

有学者提出,吉尔伽美什与施杜丽会面的场景,不禁使人联想到《奥德赛》中奥德赛与神女卡吕普索(Calipso)的邂逅。[①] 后者居住在一座名为奥古吉埃的海岛上,与神祇和凡人均无来往。她救起了遭遇海难的奥德赛,照顾其饮食起居,且允诺让他长生不老。奥德赛在那里滞留了七年,到第八年时才在宙斯和雅典娜的干预下得以离开。离开时,神女为奥德赛提供了船只和充足的给养,还送来温和的气流以便船只顺利航行。[②] 卡吕普索与世隔绝的住所,以及她为奥德赛下段旅程提供的帮助,的确与施杜丽的住所和行动具有一定的可比性。

奥德赛离开卡吕普索居住的海岛后遇到了海难,经由斯克里埃国王、勇敢的阿尔基诺奥斯(Alkinoos)的女儿获救。阿尔基诺奥斯的角色就相当于乌特纳皮施提。

随葬品与生死观

如上所述,"史诗"及其相关文本所描绘的冥府生活毫无吸引力甚至令人绝望,那么如何解释考古活动发掘而出的大量随葬品呢?出土于两河流域墓葬的物品其种类和可能的用途丰富多样,

① Stephanie Dalley, "Gilgamesh in the Arabian Nights," *Journal of the Royal Asiatic Society*:*Third Series* 1(1991),p. 2.
② [古希腊]荷马著,王焕生译:《荷马史诗·奥德赛》,人民文学出版社 2018 年,第 132 - 133 页;7·240 - 266。

它们包括：日常生活用品（陶器、工具、圆柱印章、化妆品）、器物模型、葬礼用具（容器和饮器）、个人饰物和珠宝、家具、武器、乐器、小雕像、乃至人殉（如乌尔王陵）等等。[①] 上文就列举了恩启都死后吉尔伽美什为其准备的奢华随葬品，以进献给冥府的各位神祇。考古发掘还显示了随葬品是一种广泛接受的习俗，在富人和穷人的墓葬中都有发现。

一种解释认为，"史诗"中关于冥府凄惨景象的叙述是死者可能遇到的最坏情况：这类死者下葬时缺少随葬品，而且没有后代来祭拜他们。多数死者在冥府的生存状况要优于这类死者。随葬品的作用不在于取悦神祇以期改善在冥府的生存处境，而在于随葬品本身就能够增加幸福指数。一项对两河流域不同时期随葬品的取样研究还表明，女神伊楠娜/伊施塔的象征符号普遍使用于随葬品中。这或许是因为女神实现了死者"明知不可期而期之"的愿望——摆脱冥府中痛苦悲惨和毫无希望的境况。[②] 但凡人绝无可能实现这一愿望，神祇中也仅有这位女神成功了。

"史诗"第十二块泥板还体现了人死后在冥府的生活状况与供品数量密切相关的这样一种信仰。但问题在于，祖先崇拜带有不可持续的风险。死者的第一二代传人尚能做到定期祭拜，更后

---

① Caitlín Barrett, "Was Dust Their Food and Clay Their Bread?," p.19.
② Caitlín Barrett, "Was Dust Their Food and Clay Their Bread?," pp.7 - 65.

来的传人则更有可能会忘却他们并减少乃至停止祭拜，导致死者享用的供品逐渐减少和变得匮乏。两河流域文明对于冥府的悲观看法可能也部分地源于这种焦虑。①

---

① 参见 Caitlín Barrett, "Was Dust Their Food and Clay Their Bread?," pp. 51 - 56。

第七章　吉尔伽美什与恩启都的同性之爱？

梦中的暧昧场景

　　早在 1930 年发表的一篇论文中,丹麦裔学者托基尔·雅各布森(Thorkild Jacobsen)就基于吉尔伽美什在恩启都到来前所做的两个梦提出了二者间存在性关系的见解。[①] 两河流域研究学界对二者间关系的争论也主要集中于对这两个梦的阐释。[②] 在"史诗"第一块泥板的结尾处,恩启都在莎姆哈特带领下前往乌鲁克。与此同时,吉尔伽美什向母亲——女神宁荪——讲述了自己

---

① 关于雅各布森这一观点的提出及其变化,参见 Jerrold S. Cooper, "Buddies in Babylonia," pp. 73 - 76。雅各布森在同一论文中基于吉尔伽美什与恩启都之间的性关系进一步解读了吉尔伽美什在乌鲁克实施的暴政。"史诗"开篇控诉道:"他的竞技让同伴们脚不停歇,他毫无理由折磨乌鲁克的年轻人,不把儿子放回父亲身旁,日日夜夜他的统治愈发残暴"(I：66—69);"他不把闺女放回母亲身旁,……不把姑娘放回新郎身旁"(I：72,91)。在雅各布森看来,这实为吉尔伽美什对城中年轻男女任意施暴。不过,当前学术界倾向于把吉尔伽美什对乌鲁克城男性的压迫理解为强迫他们参加一种类似于马球的体育竞技,对女性的压迫可能是一种劳役或宫廷服务;详见本书第四章的"远征归来与再次'加冕'"。

② Jerrold S. Cooper, "Buddies in Babylonia," pp. 73 - 85.

做的两个梦。他在第一个梦中梦见：

> 天空的星星出现在我上方，一颗如陨石般坠落在我面前。
>
> 我(试图)抬起它,但它太重了;我试图滚动它,但不能移动丝毫。
>
> 乌鲁克居民环绕它周围,聚在它周围。
>
> 一群人围在它周边,挤在它四周。
>
> 他们亲吻它的双脚,如同对待抱在怀中的婴儿。
>
> 我爱它如同爱妻子一般,对它又搂又抱。
>
> 我把它举起,放在你脚边;
>
> 母亲啊! 你让它与我旗鼓相当。（I：247—258）

他的母亲如此解说道：

> 一个强大的同伴将来到你身边,成为他朋友的救星。
>
> 他有的是力气,在这片土地上无人能比,如同天上的陨石。
>
> 你爱他如同爱妻子一般,对他又搂又抱。
>
> 他孔武有力,经常来救你。（I：267—272）

此处的梦境描写预示了恩启都即将来到乌鲁克城与吉尔伽

美什会面。无论是吉尔伽美什对梦境的叙述,还是他母亲宁苏对梦境的解说,都显示了吉尔伽美什与恩启都之间非同寻常的亲密关系:吉尔伽美什将如同对待妻子一般爱上(阿卡德语动词 *râmu*)恩启都并与他亲热(阿卡德语动词 *habābu*)。① 后一动词也出现在此前恩启都与妓女莎姆哈特巫山云雨的场景描写中,用于表达前者对后者的动作。借用社会建构学派的话语来表达,在二者关系中吉尔加美什将发挥主动作用,而恩启都将居于被动。"史诗"中还有一处把二者的关系比喻为夫妻关系:恩启都因病逝世后,吉尔伽美什在他脸上盖上面纱,如同对待新娘一般。②

上述两段描写中出现的 *kiṣru* 一词也可能语意双关。恩启都在梦境中以 *kiṣru ša* ᵈ*Anim* 的形象出现,"天空之神安努所打之结",结合上下文应理解为"陨石"。③ 同一词还出现在女神阿鲁鲁用泥土创造恩启都的场景中:恩启都被称为"战神尼努尔塔所

---

① 阿卡德语动词参见 Andrew George, *The Babylonian Gilgamesh Epic*, vol. I, p.554, I: 267,271。关于 *habābu* 一词的性内涵,详见 Andrew George, *The Babylonian Gilgamesh Epic*, vol. II, pp.796 – 797。此处吉尔伽美什和恩启都亲密关系的分析详见 Susan Ackerman, *When Heroes Love*, pp.51 – 59。

② "脸上盖上面纱"的原文为阿卡德语 *iktumma pānush*,其同根词也用于描述女店主施杜丽戴着面纱的状态;详见第十一章的"女店主邂逅吉尔伽美什"。"新娘"的原文为苏美尔语 é. gi₄. a,对应为阿卡德语 *kallātu*。原文都出自 Andrew George, *The Babylonian Gilgamesh Epic*, vol. I, p.654, VIII: 59。

③ Andrew George, *The Babylonian Gilgamesh Epic*, vol. I, p.552, I: 248.

打之结”，*kiṣir* *ᵈNinurta*。① 与该词读音类似的一个词，*kezeru*，意为“头发卷曲的男性”，可进一步推断为“发型带有性暗示的男性”；该名词的阴性形式 *kezertu* 可理解为妓女。②

吉尔伽美什的第二个梦以及宁苏对其的解读都与第一个梦高度相似，只不过是恩启都的象征物从一块陨石变为一把斧头（*haṣṣinnu*）。该词的读音类似于 *assinnu*，出现在下文即将讨论的占卜文献的第一条中，通常理解为“男妓”的意思。因此，这两个双关语的解读暗示了恩启都将对吉尔伽美什产生的性的吸引力，以及在二者关系中他所处的被动和客体地位。

英国学者维尔弗里德·兰伯特（Wilfried G. Lambert）反对依据梦中的场景推断吉尔伽美什与恩启都之间的性关系。他首先质疑了关键动词 *habābu* 的性内涵。其次，他认为吉尔伽美什“爱他（它）如同爱妻子一般”这一表达强调的是二者间的忠贞感情而不是性关系，因为在古代社会中妻子往往并非最优的性伴侣。③ 本杰明·福斯特（Benjamin Foster）同样否认二者间存在性关系。④ 多数学者更为谨慎地表示不排除这一可能。⑤

---

① Andrew George，*The Babylonian Gilgamesh Epic*，vol. I，p. 544，I：104.
② 在第六块泥板结尾处，当女神伊施塔看见死去的天牛后，她作为妓女的庇护者召集了乌鲁克城的妓女们为天牛哀悼，其中就包括了 *kezertu*。参见 Andrew George，*The Babylonian Gilgamesh Epic*，vol. I，p. 628，VI：158。
③ Wilfried G. Lambert，"Prostitution," p. 156，note 31.
④ Benjamin Foster，"Gilgamesh：Sex，Love and the Ascent of Knowledge,"pp. 65 - 66；但他仅提出观点没有论述。
⑤ Jerrold S. Cooper，"Buddies in Babylonia," pp. 75 - 76.

在古巴比伦时期留存至今的一块残片中，吉尔伽美什向途中遇到的酒馆女店主施杜丽倾诉了恩启都之死带给他的悲痛。这段自白被认为佐证了吉尔伽美什对恩启都非同一般的深情。

> 我那深爱的挚友，与我共历险境，
>
> 我深爱的恩启都，与我共历险境，
>
> 他走向了凡人注定的命运。
>
> 我日夜哭泣，不把他下葬，
>
> "但愿我的哭喊能唤醒他！
>
> 七天又七夜，直到蛆虫从他鼻孔掉出。
>
> 他死后我了无生趣，如猎人般在荒野游荡！"①

有学者还提出，在"史诗"的第十、第十一块泥板中出现的新角色——船夫乌尔沙纳比——或许可被解读为恩启都的替身来取代他充当吉尔伽美什的同性爱人和旅伴。二者都具有强烈的阈限特征：恩启都是介乎动物与人类之间的存在，乌尔沙纳比则摆渡于生死有命的人间和不死之人居住的小岛。他们之间存在着诸多相似之处，如原本都生活在远离人类社会的地点：恩启都住在荒野，乌尔沙纳比则摆渡于人迹罕至的海边和乌特纳皮施提

---

① Andrew George，*The Epic of Gilgamesh*，pp. 123－124，Si ii 1'－11'. Tzvi Abusch 认为吉尔伽美什这段话可使人联想到《圣经·撒母耳记下》中大卫对扫罗之子约拿单的哀悼，详见本书第六章的"'重生不重死'"。

所居住的小岛。吉尔伽美什与他们的相识都借助了阈限女性的帮助：妓女莎姆哈特带领恩启都前往乌鲁克城，女店主施杜丽则指点了吉尔伽美什找到乌尔沙纳比。① 他们都引导吉尔伽美什经过了旅途中的危险路段：恩启都带领吉尔伽美什到达了怪兽芬巴巴驻守的雪松林，乌尔沙纳比带领吉尔伽美什渡过了"死亡之海"，到达永生之人乌特纳皮施提所居住的小岛。他们与吉尔伽美什初次见面时都一言不发就互相扭打。② 他们与吉尔伽美什旅行时速度都相同：恩启都和吉尔伽美什在去往雪松林的途中，每20里格用餐一次，再走30里格就准备过夜（IV：1—4）；乌尔沙纳比陪伴吉尔伽美什返回乌鲁克时也是这个节奏（XI：301—302）。最终，乌尔沙纳比陪伴吉尔伽美什回到乌鲁克城，就如同恩启都结束雪松林的远征后曾经陪伴吉尔伽美什回到乌鲁克城。诚然，"史诗"除了记叙吉尔伽美什和乌尔沙纳比在渡海前和渡海过程中的简短对白外，并未对后者进行更多的形象刻画，更谈不上正面描写二者间的感情。他们间的同性之爱在文本解读层面有着更大的不确定性。③

---

① 详见第十一章的"女店主邂逅吉尔伽美什"。
② 原文使用了 ṣabātu，"抓住"和 egēru，"横躺"两个动词来描述吉尔伽美什与恩启都之间的交锋，参见 Andrew George, *The Standard Babylonian Epic*, vol. I, pp. 562 - 563, II：113 - 114；同一个动词 ṣabātu 也被用于描写吉尔伽美什对乌尔沙纳比的攻击，同前，pp. 684 - 685, X：101。
③ Neal H. Walls, *Desire*, *Discord and Death*：*Approaches to Ancient Near Eastern Myth*（American Schools of Oriental Research, 2001）, pp. 72 - 73.

对异性恋的排斥？

在"史诗"第一块泥板中，吉尔伽美什在恩启都出现前加诸于乌鲁克百姓身上的"暴政"，无论是强迫年轻男子参加一种类似于马球的运动，还是欺压众多的年轻女性，①都散发着浓烈的雄性气概，没有背离两河流域传统对男性行为的预期。但吉尔伽美什仍然"日日夜夜，狂躁不安"（I：69），体育运动和异性间的性行为都不能使他的内心得到满足。然而，一旦与恩启都相遇后，吉尔伽美什便放弃了暴政，转而萌生了追求功业不朽的目标。有学者提出，恩启都之于吉尔伽美什正如妓女莎姆哈特之于恩启都：神祇创造出恩启都以引诱和驯化吉尔伽美什，而国王吉尔伽美什派遣了妓女前去引诱和驯化恩启都。②

吉尔伽美什和恩启都的初次相遇，与恩启都和莎姆哈特的初次相遇有着异曲同工之妙。当事人双方开始都一言不发，恩启都用双脚堵在新房门口，无意间向吉尔伽美什展现了自己的身体。在交锋过程中，他们的身体互相接触交缠，加上墙体的震动和门楣的晃动，这些描写都充满了性暗示。争斗过后，恩启都的第一番话大肆颂扬了吉尔伽美什："你母亲生下你独一无二，（她是）牛栏的野牛、女神宁荪。你的赞美超过其他武士，恩利尔命你为百

---

① 见第四章的"远征归来与再次'加冕'"。
② Neal H. Walls, *Desire, Discord and Death*, pp. 51 - 76. 除另有注明外，本节论述都基于此。

姓之王"(II：P 235—240)。这使人联想到莎姆哈特第一次开口说话时对恩启都身形的夸赞。[①] 随后吉尔伽美什与恩启都还互相亲吻、结为好友,从此形影不离。这类似于莎姆哈特在兽群拒绝恩启都后,一路陪伴他到了乌鲁克城。

吉尔伽美什对恩启都的感情不妨理解为一种自恋或镜像之爱,因为后者身上映射了吉尔伽美什本人的美和力量。"史诗"行文中多次出现暗示二者互为镜像的描写。众神召来母神阿鲁鲁,命她创造出足以抵挡吉尔伽美什内心风暴的创造物,以便二者旗鼓相当(I：97—98)。[②] 恩启都遭到兽群排斥后,"他心智开启,在寻找朋友"(I：214)。[③] 在吉尔伽美什对梦境的叙述和宁苏的解梦中,恩启都除了被称为吉尔伽美什的朋友外,还被称为他的同志(*tappû*)和建议者(*māliku*);宁苏也表示将使二人不相上下。[④] 在古代两河流域的传统父权社会中,异性间的关系是基于等级的。如果吉尔伽美什爱恋的对象是异性,那么双方绝无成为朋友和同志的可能;这种相互平等的关系只可能存在于男性之间。"史诗"一方面借用异性恋和婚姻的文学形象来描写二者间

---

① 见第十一章"妓女教化恩启都"。
② 原文使用的两个动词,*maḫārum* 和 *šanānum*,都具有对抗、竞争、不相上下的意思;Andrew George,*The Babylonian Gilgamesh Epic*,vol. I,p. 544。
③ 原文用 *ibru* 表示朋友的意思;Andrew George,*The Babylonian Gilgamesh Epic*,vol. I,p. 550。
④ Andrew George,*The Babylonian Gilgamesh Epic*,vol. I,pp. 556‑557,I：290‑291,296.

的深厚感情,另一方面又在貌似不经意间透露了二者间有别于通常夫妻的关系。正是在这一平等关系的前提下,吉尔伽美什与恩启都才得以互相激励和扶持,共同成就流芳百世的功业。①

两人成为好友后,各自都完全摈弃了异性恋,这与他们此前沉湎于女色的行为构成了强烈的反差:吉尔伽美什曾经不把闺女放回母亲身旁,不把姑娘放回新郎身旁;恩启都更是与妓女莎姆哈特一度巫山云雨长达六天七夜。然而,当吉尔伽美什和恩启都结束了雪松林的远征回到乌鲁克城后,前者不惜惹怒女神伊施塔,断然拒绝了她的大胆求爱。② 恩启都更是在与吉尔伽美什合力杀死女神派来报复的天牛后,扯下牛的后腿扔向伊施塔并威胁要取她性命。③ 恩启都的举动固然是与挚友同仇敌忾的表现,但也不排除他担心自己在吉尔伽美什心里的位置将被代表着异性恋的女神伊施塔取而代之。

而吉尔伽美什在恩启都死后浪迹天涯时,与酒馆女店主施杜丽的对答似乎也透露出些许对异性恋的排斥。施杜丽劝说他道:"你寻找的永生绝不可得……端详那牵着你手的孩童,让妻子享

---

① 古希腊人同样认为男性之间的爱能够激发相爱双方的勇气;黄洋:《从同性恋透视古代希腊社会——一项历史学的分析》,《世界历史》1998 年第 5 期,第 77—79 页。

② 当然,吉尔伽美什拒绝的并非一位普通女性,而是两河流域以多情且滥情著称的女神伊施塔。他的拒婚也可理解为避免重蹈女神旧情人的覆辙,避免自己可能会遭到的不幸,而并非一般意义上的对异性恋的排斥。关于吉尔伽美什拒婚原因的多种可能,详见第十二章中"断然拒婚的吉尔伽美什"。

③ 详见第五章的"挑衅神威"。

受你的拥抱！这就是凡人的命运……。"①但吉尔伽美什并未接受施杜丽的劝说，依然执念于找到乌特纳皮施提以求得永生。②

总之，"史诗"全文对异性恋的描写也充满了负面色彩：异性恋要么充当了国王吉尔伽美什对乌鲁克臣民的欺压手段，要么体现了性工作者为客人提供的服务，要么强调了缺乏人性的女神伊施塔对情人的引诱和残害。

吉尔伽美什与恩启都之间并非纯粹的柏拉图式精神之恋，而是发生了一定的身体接触。他们曾牵过手，也互相亲吻。在"史诗"第十二块泥板中，当恩启都的亡魂离开冥府，与吉尔伽美什重逢时，他哀叹自己曾被吉尔伽美什抚摸过的身体："我作为你欢喜触摸的朋友，我的躯体如旧衣服般被虱子吞噬；我作为你欢喜触摸的朋友，我的躯体如地上裂缝般充满灰尘"（XII：97—100）。与此呼应，"史诗"在前文中描述了恩启都死后，其身体由于长时间未下葬所遭受的恐怖变化："我为他痛哭了整整六天七夜，不把他的尸体下葬，直到蛆虫从他鼻孔爬出。"③当恩启都的肉身不可避免地要归于尘土之际，吉尔伽美什只能借助黄金和青金石等材料命令工匠制作一尊恩启都的雕像，借以保存他的身体之美

---

① Andrew George, *The Epic of Gilgamesh*, p. 124，Si iii 1'–15'.
② 当然，酒馆女老板提到的夫妻敦伦和天伦之乐不仅是异性恋的体现，也象征着现世的快乐生活。而吉尔伽美什拒绝的重点不在于异性之恋，而是以它为中心的现世生活，转而去追求他孜孜以求的生命不死。关于此段对白的多种解读，详见第六章的"'重生不重死'"。
③ X：58—60；出自吉尔伽美什向酒馆女店主施杜丽的倾诉。

（VIII：67—72）。

在 19—20 世纪的男同性恋文学中，最常见的表达同性间爱欲的手法就是诉诸于战友间的语言和使用悼词。"史诗"同样通过这两种手法表达了吉尔伽美什与恩启都之间的欲望和情感。在第七块泥板开篇处，恩启都梦见天神安努、恩利尔、埃阿和沙马什集会讨论如何惩罚他与吉尔伽美什：安努首先提议二者中有一人必死，恩利尔则明确了恩启都必须死，吉尔伽美什可以独活。考虑到二者在出生入死间结下的深情厚谊，上述决定不啻为对他们最为严厉的惩罚。而吉尔伽美什在恩启都死后的举止和悼词无疑证实了这一点。

"本质主义"与"社会建构"

在"同性恋"（homosexual/homosexuality）这一术语是否适用于讨论古代近东和希腊—罗马的文本这一问题上，学术界存在两派基本观点。[①] 一派可称为"本质主义"（essentialist）学派，其理论预设是：用于描述某一特定现象的术语不存在，并不意味着这一现象不存在。经典的例子包括"重力"和"血型"这两个术语的适用性：在牛顿使用科学术语描述重力的特性之前，它就一直存在于自然界；在人的血型被发现并分类之前，不同血型也一直存在于人体

---

① 关于这两派观点在古典学和《圣经》研究中的论争，详见 Susan Ackerman, *When Heroes Love*, pp. 1 - 30。下文概述主要源自于此。

中。以此类推,在"同性恋"和"异性恋"这两个术语出现于19世纪晚期之前,它们所指代的两类人就已经存在于人类社会中了。[1] 因此,"同性恋"这一术语适用于讨论古代文本是毋庸置疑的。

另一派观点则属于"社会建构"(social constructionist)学派。该派认为,尽管同性间的爱欲关系或许普遍存在于不同文化中,但在古代社会中并不存在着参与这种关系即标识了参与人的同性恋身份这一认知。[2] 换言之,进行同性恋行为是一回事,但自我认定或被他人认定为一名同性恋者则完全是另外一回事。[3] 同性恋作为欧美社会建构的产物,其证据主要来自语言学:1892年,"同性恋"和"异性恋"这两个术语首次出现在英语出版物中,前者指凭借与同性间的关系以满足其性欲需求的个人。其他的非西方文化是否把"同性恋"视为一类与众不同的个人需要具体辨析。

在古代社会,"性"的内涵并非现代观念中个体间的相互行为,而是处于主动角色的一方对处于被动角色的另一方所实施的单向行为,实为社会等级关系的反映。在希腊—罗马世界中,是否遵守主动和被动角色间的区分决定了性行为的自然与否(natural vs. unnatural)。自由的男性成年公民绝不应当以被动角色出现,承担被动角色的男性仅可以是男孩(未成年男子)和奴

---

[1] Susan Ackerman, *When Heroes Love*, pp. 5 - 6.

[2] Susan Ackerman, *When Heroes Love*, p. 4.

[3] Susan Ackerman, *When Heroes Love*, p. 6.

隶；而女性绝不可以承担主动角色。希腊—罗马文化谴责发生于自由的男性公民间的性行为，因为它颠覆了当时社会的等级秩序，置一个男性公民于另一公民的控制和掌握下。

古代以色列传统把性行为中的被动一方视为女性化的角色，强迫男性身处这一角色威胁了其性别身份，是对男性最严重的侮辱之一。①《圣经·创世记》中所多玛的故事有力地证实了这一观点。有两个天使晚上到达所多玛城，亚伯拉罕的外甥罗得热情邀请他们到家中留宿并设宴款待。然而所多玛城的居民把罗得的住所团团围住，让他交出这两位客人以便他们为所欲为（实为发生性关系）。罗得提出自己有两个女儿仍为处女，可以交给城中居民处置，但居民们仍不答应。最终，耶和华因为城中居民企图冒犯天使，降下硫磺与火把他们都毁灭了，仅有罗得一家得以幸免于难。②

类似的故事也记录在《圣经·士师记》第19章中。一个利未人到伯利恒从岳父家接回了自己的妾之后，一行人晚上在基比亚城留宿，住在一位热心的老人家里。不料城中的匪徒围困了老人的住所，要求他交出这个利未人以便他们与之发生关系。老人愿意献出自己的女儿以代替作为客人的利未人，但匪徒们不答应。利未人最终把自己的妾交出，妾遭受了整夜凌辱后于天亮时死

---

① Susan Ackerman，*When Heroes Love*，p. 29.

②《圣经·创世记》第19章。

去。利未人回到家中后把妾的尸首切成十二块分别送往以色列全境,要求征讨基比亚城。在这一故事中,匪徒们不仅对利未人的妾直接施以暴行,而且通过强暴她进而间接攻击了对她享有权威和控制的利未男子。①

两河流域研究的学者在讨论同性恋是否存在于该地区的文学作品时,同样认为重点不在于讨论其中的角色是同性恋还是异性恋,而在于区分主动和被动角色及其所反映的社会等级结构。② 此外,两河流域还有少量的占卜文献和法律条文涉及同性间的性关系。

在公元前一千纪两河流域的占卜文献中,涉及同性关系的有如下几条:

　　　如果一个男人(即自由民)与"男妓"③发生性关系,④困

---

① Susan Ackerman, *When Heroes Love*, pp. 26 - 28.

② Martti Nissinen, "Are There Homosexuals in Mesopotamian Literature?," p. 73.

③ 阿卡德语 *assinnu*,是活跃于女神伊施塔崇拜中的表演者,其服饰打扮偏女性化,本人可能是异性装扮癖者、双性人或者阉人;Ann K. Guinan, "Auguries of Hegemony: The Sex Omens of Mesopotamia," *Gender & History* 9(1997): p. 469. 在阿卡德语版的《伊施塔入冥府》神话中,智慧神埃阿所创造的一名 *assinnu* 就借助其隐晦的性别特征进入冥府帮助伊施塔逃脱;William R. Sladeck, "Inanna's Descent to the Netherworld," p. 247, line 92。

④ 文献中均用苏美尔语动词 TE,本意为"接近、靠近",表示发生性关系;参见 Ann K. Guinan, "Auguries of Hegemony: The Sex Omens of Mesopotamia," p. 479, notes 40 - 43。

苦将远离他。如果一个男人与王宫或神庙的男侍从①发生性关系，他遭受的困苦将远离一年。如果一个男人与家生的男奴发生性关系，困苦将会降临他身上。如果一个男人与同等地位的男性发生性关系，他将走在兄弟和同事前面。

在上述四种预设的情形中，除第三种外，其余都被视为吉兆，因为与家庭之外的"男妓"、"男侍从"或地位相当的男性发生性行为意味着占据主导地位并获取社会权力。不同于希腊—罗马传统，两河流域文化认为与家生奴隶发生性关系是不祥之兆，原因可能在于该行为发生在家庭中，与社会权力无关。反之，如果男性间的性行为发生在家庭之外，那么即使发生在两个自由民之间也可被接受。② 不过也有学者指出，上述占卜条文不关乎道德，更非鼓励男性间性行为；它们涉及的仅仅是男性个体突破风俗习惯约束的极端情况。③

　　在成文于公元前两千纪下半期的《中亚述法典》中，有一则条款规定：如果一个男人（即自由民）与地位相当的男人发生性关

---

① 阿卡德语 *gerseqqû*。

② Ann K. Guinan, "Auguries of Hegemony: The Sex Omens of Mesopotamia," p. 469. Jerrold Cooper 对上文所引的最后一条占卜文献另有理解：在他看来，主动实施性关系的男人将走在前面，因为他的兄弟或同事不会站在他前面成为下一个受害者；"Buddies in Babylonia," p. 85。笔者以为此说缺乏直接证据，难以成立。

③ Martti Nissinen, "Are There Homosexuals in Mesopotamian Literature?," p. 75.

系①且被证实,那么这个男人有罪,他们(执法者)将与之发生性关系并把他变为阉人。有学者提出,这反映了当时的一种看法——与社会地位相当的人发生性关系等同于强奸。②

吉尔伽美什和恩启都的阈限性

根据特纳的阐释,"阈限或阈限人('门槛之处的人')的特征不可能是清晰的,因为这种情况和这些人员会从类别的网状结构中躲避或逃逸出去。阈限的实体既不在这里,也不在那里;他们在法律、习俗、传统和典礼所指定和安排的那些位置之间的地方。作为这样的一种存在,他们不清晰、不确定的特点被多种多样的象征手段在众多的社会之中表现了出来"。③

吉尔伽美什就是一个具有强烈阈限色彩的形象。④ 他的名字最早在苏美尔语中写作 ᵈBìl-ga-mèsh,bìl-ga 本意为"老人",mèsh 为"年轻人",在一起连用表明吉尔伽美什兼具二者的特点。他三分之二是神,三分之一为人(I:46),神性与人性在他身上共存。他足长近三"肘"(约 1.5 米),腿长约六米,一步就能跨三

---

① 阿卡德语动词原形 *niāku*;Martha T. Roth,*Law Collections from Mesopotamia and Asia Minor*(Atlanta,Georgia:Scholars Press,1997),p. 160,A20。

② Martti Nissinen,"Are There Homosexuals in Mesopotamian Literature?," p. 75.

③ [英]维克多·特纳著,黄剑波、柳博赟译:《仪式过程》,中国人民大学出版社 2006 年,第 95 页。

④ Susan Ackerman,*When Heroes Love*,pp. 105 – 106.

米。① 这般身材显然不是凡人所拥有的。文中还多次把他比喻为野牛,暗示他也横跨人类和动物界。此外,吉尔伽美什虽为乌鲁克城邦的国王,却对其统治下的臣民施以暴行。② 这样的统治方式显然有悖于文明社会的惯例而趋于野蛮。

恩启都的阈限性较吉尔伽美什有过之而无不及。③ 自女神阿鲁鲁在荒野中创造他之日起,他便是介乎动物与人类之间的存在。④ 他身上也不乏神性:与妓女莎姆哈特初次云雨后,后者夸赞他俊美得如同神祇一般。⑤ 他是男性,但又具有一些女性的表象:头发长长像女性,最初用于遮体的布料还是莎姆哈特从自己的衣服上撕下的。⑥ 他所生活的荒野在两河流域的文化意象中就是一个阈限场所,既不属于人类社会,也不属于自然界。他最初的外貌体型和生活习性与野生动物无异,但认知水平远高于它们,得以有意识地破坏猎人的狩猎工具。他与妓女莎姆哈特巫山云雨长达六天七夜,说明他是一个生理完全成熟的雄性。然而在一同前往乌鲁克城的途中,莎姆哈特把自己的衣服给他穿上,还教会他吃面包、喝啤酒、梳妆打扮的习俗。恩启都如孩童在母亲的教导下一般学习如何成为人类社会的一员。这是他居于成人

① I:56—57.

② 见第四章的"远征归来与再次'加冕'"。

③ Susan Ackerman, *When Heroes Love*, pp.106 - 108.

④ 见第五章的"神造恩启都"。

⑤ I:207.

⑥ I:106 和 II:70.

与孩童间的阈限状态。在从路人口中得知吉尔伽美什先于新郎与新娘洞房的暴行后，恩启都在乌鲁克城中的新房外拦截吉尔伽美什，昭示了他对传统婚姻制度的维护。与此同时，他又在婚姻框架外与妓女莎姆哈特多次发生性关系。① 他对待婚姻制度的矛盾行为同样影射了他自身的阈限性。

分析吉尔伽美什与恩启都各自形象的阈限性有助于讨论二者是否为同性恋的问题。尽管他们在特定情境中承担了女性化的角色乃至对待对方如同妻子一般，但这类描写并非关键所在。在古代两河流域，夫妻间的关系遵循严格的等级秩序，并不符合吉尔伽美什和恩启都在"史诗"中相互平等的关系。这一平等关系的力证就是吉尔伽美什的母亲宁荪两次为他解梦时，都把恩启都称为他的同伴（tappû）和朋友（ibru），而且她要让两人旗鼓相当（动词 mahārum 的 Št 形式）。②

两河流域的占卜和法律文献则表明，同性间的肉体关系反映了当事双方社会地位的高下，同样不符合吉尔伽美什与恩启都之间的平等关系。"史诗"使用带有等级色彩的语言来刻画二者间实则平等的关系，这一看似矛盾的手法恰恰强调了吉尔伽美什与恩启都关系的阈限特征：他们既不是同性恋又不是异性恋，或者说，他们既是同性恋又是异性恋。

---

① 妓女是传统社会中最典型的阈限女性；详见第十一章的"阈限女性"。
② I：266，268，290－291.

长期以来,关注吉尔伽美什和恩启都关系的学者往往陷入"他们是否为同性恋"的死胡同,却忽视了它并非"史诗"关注的问题。"史诗"文本提出的问题是"他们是否具有阈限性"？文本对此持肯定回答,因为阈限可视为贯穿全文的一个基本主题。①

---

①　Susan Ackerman，*When Heroes Love*，pp. 121 - 123.

第八章 《吉尔伽美什史诗》中的梦境描写

在古代两河流域传统中,宇宙是一个有序空间,生命个体在其间的经历和作用都由神祇事先决定。人类得以窥视未来的途径之一就是经由神灵传达的梦境。梦是一个广泛出现的主题,包括专门的解梦书在内的几乎所有类型的楔形文字文献都涉及到该主题和释梦的专家。[1] 奥本海姆(A. L. Oppenheim)发表于 1956 年的长篇论文《古代近东梦的解析》[2]依然是该问题的权威论述。学术界在面对梦境描写时基本将其视为文学手法,从具体内容和上下文中的功能进行分析,不倾向于从心理分析的角度来考察。原因在于,我们无从判断文献材料所涉及的主人公的确做过记录在其中的梦,还是梦境叙述仅为文学描写。

---

[1] S. A. L. Butler, *Mesopotamian Conceptions of Dreams and Dream Rituals* (Münster: Ugarit-Verlag, 1998), pp. 1 - 8.

[2] A. L. Oppenheim, "The Interpretation of Dreams in the Ancient Near East, with a Translation of an Assyrian Dream-Book," *Transactions of the American Philosophical Society* 46(1956): pp. 179 - 373.

自然发生的梦

"史诗"中记录的梦都可归类为预测型的梦（prognostic dreams），它又可进一步区分为信息型的梦（message dreams）和游历型的梦。根据奥本海姆的总结，信息型的梦其做梦者往往具有较高的社会地位，经常是国王；文献不仅记录了梦境本身和对它的解释，而且提供了做梦的时间、地点（通常是神庙或其他神圣场所）和相关情境等方面的信息。[①]

上章中吉尔伽美什梦见恩启都到来的两个梦，就属于典型的信息型的梦。[②] 这两处梦境描写也存在不同于奥本海姆所总结的一般模式之处。吉尔伽美什在梦境中并不只是被动地接受信息，而是有主动作为——他试图移动掉落的陨石和斧头。梦醒后他没有感觉到满意或愉悦，而是沮丧和郁闷。此外，他并不了解梦境中陨石和斧头的含义，所以还需要母亲宁荪解梦。鉴于古代近东文献中多数梦境描写意在强调国王统治的合法性和神祇的恩宠，"史诗"开篇对吉尔伽美什这两个梦的描写可能意在质疑他

---

① A. L. Oppenheim, "The Interpretation of Dreams in the Ancient Near East," pp. 185 – 186.
② 《圣经·创世记》第 41 章中，埃及法老所做的两个梦也属于信息型的梦：第一次他梦见七只又丑又瘦的母牛吃掉了七只又美又肥的母牛，第二次梦见七个又细又焦的麦穗吞吃了七个又大又肥的麦穗。他召来约瑟为他解梦。约瑟说埃及先迎来七个丰收的年份，随后要遭受七个饥荒的年份。

统治的合法性：①"他的竞技让同伴们脚不停歇，他毫无理由折磨乌鲁克的年轻人，不把儿子放回父亲身旁，日日夜夜他的统治愈发残暴"（I：66—69）。②

虽然吉尔伽美什的梦暗示了神祇对其统治的不满，但母亲宁荪的成功解梦发挥了净化作用，不仅捕捉到了梦境的含义，还化解了梦境所预兆的、可能降临在吉尔伽美什身上的负面后果。她进而指示，吉尔伽美什应像对待妻子一般对待恩启都。③ 母亲释梦之后，吉尔伽美什对恩启都的到来充满期盼："母亲啊！让它依恩利尔之令降落我身上，让我获得一个诤言直谏的朋友！我将获得一个诤言直谏的朋友！"（I：294—297）

并非所有的不详之梦其后果都能通过解梦人的准确解读而得到化解。在苏美尔畜牧之神塔穆孜（Tammuz，阿卡德语杜穆孜 Dumuzi，女神伊楠娜之夫）的神话中，塔穆孜从梦中醒来后，请来姐妹埃什提楠娜为他解梦。后者告诉他，梦是凶梦，预示他即将死亡。④

---

① Kelly Bulkley，"The Evil Dream of Gilgamesh：An Interdisciplinary Approach to Dreams in Mythological Texts，" in Carol S. Rupprecht ed.，*The Dream and the Text：Essays on Literature and Language*（Albany：State University of New York Press，1993），pp. 161‑162.

② 见第四章的"远征归来与再次'加冕'"。

③ Kelly Bulkley，"The Evil Dream of Gilgamesh，" pp. 162‑163.

④ 根据埃什提楠娜的解释，塔穆孜梦见的灯心草正在生长，预示匪徒将攻击他；一株芦苇为他摇摆，预示他的母亲将因他摇头；两株芦苇中的一株被拔，预示兄妹中的一人将被除掉；⋯⋯他挂在钉子上的喝水容器被取下，预示他将从母亲的膝上摔下⋯⋯；A. L. Oppenheim，"The Interpretation of Dreams in the Ancient Near East，" p. 246。

结果正如梦中情形所预示的那样,塔穆孜难逃一死,被恶魔带入冥府作为伊楠娜的替身。①

在游历型的梦中,做梦者身体的一部分离开了熟睡的躯体前去拜访参观梦中出现的人或地点。梦中的事件会再现于做梦者的将来,所以这类梦通常不需要解释。但事件本身并不作为信息或警告传达给做梦者。② "史诗"第七块泥板记录的两个恩启都的梦都可归为此类。二人合力杀死女神伊施塔派来的天牛后,恩启都梦见天神安努、恩利尔、智慧神埃阿和太阳神沙马什举行会议。安努首先对恩利尔说,吉尔伽美什与恩启都先后杀死了守卫雪松林的怪兽芬巴巴和破坏乌鲁克城的天牛,二者之间有一人必死。恩利尔提出应当让恩启都死去,吉尔伽美什可以不死。沙马什向恩利尔指出,他们杀死天牛和芬巴巴乃是遵照了恩利尔的旨意。③ 恩利尔勃然大怒,指责沙马什曾如同志一般与他们同行。④ 恩启都向吉尔伽美什叙述完自己的梦境后,泪流满面:"我的兄弟,我亲爱的兄弟!他们绝不会让我再起来见到我兄弟。我将坐在死者之间,我将跨过死者的门槛,我再也看不见我亲爱的兄弟。"⑤

---

① 见第六章的"冥府神话之一"。
② A. L. Oppenheim, "The Interpretation of Dreams in the Ancient Near East," p. 196.
③ 详见第三章的"长老与年轻人——最早的'两院制'?"。
④ 此句意指沙马什曾兴起十三种风,帮助吉尔伽美什和恩启都打败守卫雪松林的芬巴巴(V: 137—144)。
⑤ Andrew George, *The Epic of Gilgamesh*, p. 55.

《圣经·创世记》28：10—14 中，雅各辞别父母前往外祖父家中的路上所做的梦，也具有游历型梦的部分要素。"（雅各）到了一个地方，因为太阳落了，就在那里住宿，便拾起那地方的一块石头枕在头下，在那里躺卧睡了。梦见一个梯子立在地上，梯子的头顶着天，有神的使者在梯子上，上去下来。耶和华站在梯子以上，说：'我是耶和华你祖亚伯拉罕的神，也是以撒的神，我要将你现在所躺卧之地赐给你和你的后裔。你的后裔必像地上的尘沙那样多，必向东西南北开展，地上万族必因你和你的后裔得福'。"①雅各后来育有十二个儿子，他们分别成为以色列十二支派的祖先。

恩启都还做了第二个游历型的梦，发生在太阳神沙马什驳斥了他对妓女莎姆哈特的诅咒之后。他醒来后向吉尔伽美什详细描述了梦中所见的冥府情形（详见第五章），并叮嘱后者："我与你经历千辛万苦。记住我，我的朋友，别忘了我所经历的一切！"（VII：251—252）梦醒的那天恩启都就病倒了，从此卧床不起直至去世。

上述对恩启都梦境的描写同样有脱离一般模式之处：首先，他不是坐等神祇来访，而是身体的一部分离开了去参观其他地点。其次，他梦中所到之处极不寻常——众神议事的场所和冥府。最后，他梦醒后的反应非同一般——他不接受既定的命运，

---

① A. L. Oppenheim 认为，此处的梦境描写也带有信息型梦的成分，见其"The Interpretation of Dreams in the Ancient Near East," p. 196。

而是狠狠诅咒了猎人和妓女莎姆哈特。① 此时换由吉尔伽美什来解梦,但他已经无力回天。

就吉尔伽美什和恩启都所做的梦而言,二者并没有采取任何行为主动求梦,也没有特定问题需要在梦中求解。相反,他们被动地承受了梦的发生,对梦所预测事件到来深信不疑,认为它代表了神祇不可忤逆的旨意。②

吉尔伽美什所求之梦

与恩启都一道前往雪松林的途中,吉尔伽美什还做了五个梦。较之上文所讨论的梦,这些梦不仅发生在特定的时间点,而且吉尔伽美什与恩启都还大费周章地举行了特定仪式以祈求梦的到来。

> 他们向着太阳,挖了一口井,把淡水注入……
> 吉尔伽美什爬到山顶,洒下面粉作为供品。
> "大山啊! 请赐我一个梦,让我看见好兆头。"
> 恩启都为吉尔伽美什建了一间梦神的小屋,③
> 安上门以挡风遮雨。

---

① Kelly Bulkley, "The Evil Dream of Gilgamesh," p. 165.
② 上述讨论皆出自 S. A. L. Butler, *Mesopotamian Conceptions of Dreams and Dream Rituals*, pp. 15 - 23。
③ 原文写作 É zaqīqi, zaqīqi 的本意不确定,可指微风或行动时如微风般悄无声息的恶魔和人的魂魄;参见 S. A. L. Butler, *Mesopotamian Conceptions of Dreams and Dream Rituals*, pp. 78 - 83。

他画了一个圈,让吉尔伽美什躺在里面。

自己躺在门口,如一张摊开的网。

吉尔伽美什把下巴搁膝上,睡眠降临他身上。

夜半时分他醒来,起身对朋友说:

"我的朋友,你没唤醒我么? 我为何醒来?

你没触碰我么? 我为何惊起?

没有神祇经过么? 我为何冻僵?

我做了第一个梦。"(IV:5—21)

同样的叙述出现在每一处梦境描写的开始,随后吉尔伽美什向恩启都讲述了自己的梦境,后者则向他解说梦境的含义。如此这般,"史诗"共反复了五次。

表3　吉尔伽美什去往雪松林路上的梦境与恩启都的解梦①

	吉尔伽美什的梦境	恩启都的解梦
第一次	在山谷中……山体倒塌	吉梦:我们将杀死芬巴巴,将它抛尸战场
第二次	山把我扑倒,抓住我的脚;灿烂光芒中一人显现,把我从山下拖出,给我喝水,扶我站立	泥板残缺
第三次	天空轰鸣,大地震动,黑暗笼罩;闪电霹雳,火焰窜出,死亡降临;火焰熄灭,化为灰烬	吉梦;其余内容残缺

---

① 根据 Andrew George, *The Epic of Gilgamesh*，pp. 30 - 37 的内容整理而成。

	吉尔伽美什的梦境	恩启都的解梦
第四次	雷鸟出现,面目狰狞, 嘴巴是火焰,呼吸致死亡; 怪人出现,绑住雷鸟翅膀把它扔 在我前方,牵着我手	吉梦:怪人为太阳神沙马什; 我们将捆绑……的翅膀
第五次	我抓住一头野牛,它奋力挣扎; 有人救我,给我喝水	吉梦:野牛是太阳神沙马 什,将救我们于危难之际;给 你喝水的是神卢伽尔班达

在奔赴雪松林的路上,吉尔伽美什与恩启都一天可行走 50
里格(约合 540 公里):走完 20 里格用餐一次,再走 30 里格停下
休息。如此赶路三天后,他们先是对着太阳挖了一口井,随后吉
尔伽美什登上山顶以面粉献祭,并祈祷大山给他带来吉梦。恩启
都则建造了一间小屋让吉尔伽美什入睡,自己守卫在门口。

不同于"史诗"中其他梦的记载,吉尔伽美什并非被动地等待
梦的到来,而是与恩启都一起通过献祭、祈祷、建造房屋的孵梦仪
式,主动寻求梦的到来并希望梦中出现吉兆。这可能也反映了他
对即将发生的、与守林怪兽芬巴巴间的战斗缺乏胜利把握的忐忑
心理。在苏美尔语版的《吉尔伽美什与胡瓦瓦》中,[①]二人与胡瓦
瓦(芬巴巴的苏美尔语名字)第一次交锋后落败,导致吉尔伽美什
对于战胜胡瓦瓦的自信有所动摇。或许这种不自信就保留在了
标准版吉尔伽美什孵梦的情节中。

---

① 见第一章的"相关苏美尔语组诗"。

古代近东的文献虽经常记载梦境的描写,却鲜有关于孵梦仪式的信息。幸运的是,《阿特腊哈希斯》的一块残片记录了洪水英雄阿特腊哈希斯向智慧神埃阿求梦的仪式。此前,众神之首恩利尔苦于不断繁衍的人类发出的噪音干扰,下令封锁了天界、陆地和地下的各处水源,不仅导致降雨缺乏,而且原有的水源也无法利用。旱灾和饥荒前所未有的严重。[1]

阿特腊哈希斯终日以泪洗面,带着 *maššakku* 粉到河边草地。

水面平静,夜已过半,他献上供品。

将睡之时,他对水流说:

"让水流带走它,让河流带走它!

让我的礼物被送到我主人埃阿面前!

让埃阿看见它就想起我,以便晚上我能做梦!"

他对水流说完后,面对河坐下流泪……

他正对河流……

他的殷勤直达"地下泉水",[2]埃阿听见了他的话。[3]

---

① 见第十章的"洪水故事《阿特腊哈希斯》"。
② 即智慧神埃阿的住所;见第一章的"相关苏美尔语组诗"。
③ A. R. George and F. N. H. Al-Rawi, "Tablets from the Sippar Library VI. Atra-hāsis," *Iraq* 58(1996): p. 183, lines 59 – 71; S. A. L. Butler, *Mesopotamian Conceptions of Dreams and Dream Rituals*, pp. 228 – 229.

之后的行文似乎就是对阿特腊哈希斯梦境的描述：埃阿派他的若干随从渡过大海找到阿特腊哈希斯，通知说埃阿已经收到他的供品并知晓人类正在遭受旱灾和饥荒的打击。

恩启都的解梦则体现了他作为咨询建议者（mᾱliku）的角色。这是"史诗"反复强调的他作为吉尔伽美什的朋友、同志和建议者的三种身份之一。当吉尔伽美什首次提议前往雪松林远征时，恩启都极力强调芬巴巴的可怕之处，质疑吉尔伽美什的提议："那芬巴巴，他的声音是洪水，言辞是烈火，呼吸是死亡！你为何想干此事？芬巴巴的埋伏无人能敌！"（III：110—115）但在后来的征途中，他对于吉尔伽美什的五个梦却都做出了乐观的解释。这一态度转变的原因不明。恩启都本可借助解梦的机会劝说吉尔伽美什放弃进攻雪松林的念头，但他陷入了国王或贵族的解梦人的经典陷阱：他的解释是为了迎合吉尔伽美什的想法。[1]

吉尔伽美什梦中所见场景恐怖骇人，他每次梦醒后的反应也暗示了梦中所见并非吉兆："我的朋友，你没唤醒我么？我为何醒来？你没触碰我么？我为何惊起？没有神祇经过么？为何我肉体冻僵？"（IV：17—20）在古代近东对梦的记录中，鲜有提及做梦者连续做两个以上的梦。吉尔伽美什连做五个梦，暗示他与解梦者恩启都一直未能领会到梦境的真实含义。恩启都解梦时虽然一再强调他们将战胜芬巴巴，却忽视了另外一层影响更深远的含

---

① David Damrosch，*The Buried Book*，p.213.

义——杀死芬巴巴后,他们触怒了众神,直接导致了恩启都死去、吉尔伽美什浪迹天涯的悲痛结局。[①]

泥板 XII——吉尔伽美什的梦境?

如本书第一章所述,有学者把"史诗"第十二块泥板中吉尔伽美什与恩启都的魂魄交谈的情节解读为前者所做的一个梦,并认为这是作品中最典型的一处梦境描写。在见到恩启都的魂魄之前,吉尔伽美什经历了一个复杂的孵梦过程,先后向三位神灵祈求。他首先来到主神恩利尔的神庙中:"噢! 我父恩利尔,今天我的球掉入冥府,我的球棒掉入冥府。恩启都下去捡回它们,冥府擒住了他! 那姆塔尔没擒住他,阿萨库没擒住他,[②]冥府擒住了他! 内尔伽勒的管家没擒住他,冥府擒住了他! 他没倒在战场上,冥府擒住了他!"[③]但恩利尔毫无反应,一言不发。随后,吉尔伽美什来到月神辛位于乌尔的神庙,辛神的反应如出一辙。最终,他来到位于埃利都的智慧神恩基的神庙,恩基出手相助,命太阳神沙马什在冥府打开一个出口,供恩启都的魂魄返回人间。

关于孵梦的描写是古代近东多数梦境记录的基本框架。虽然吉尔伽美什孵梦的过程并非一帆风顺,但目的最终得以实现。

---

① Kelly Bulkley, "The Evil Dream of Gilgamesh," p. 165.

② 阿卡德语 *Asakku*,可指单个或一群恶魔,他(们)攻击人类,后被尼努尔塔神击败;见 Jeremy Black and Anthony Green, *Gods, Demons and Symbols of Ancient Mesopotamia*, pp. 35 - 36。

③ Andrew George, *The Epic of Gilgamesh*, p. 193, XII: 57 - 62.

他既没有做噩梦，神灵对他的祈求也有所反应，让他在梦中与恩启都相会。二者对答的内容直截了当，吉尔伽美什理解了梦中传递的信息，不需要解梦人介入。此处的梦境描写符合一般模式，昭示了吉尔伽美什在浪迹天涯、参悟生死后回到乌鲁克城邦，重返王位，重新确立其统治的合法性。[1] 此外，恩启都重返人间的魂魄被形容为如同 *zaqīqu* 一般，该用语在其他语境中也用于描写梦神的出现。[2]

笔者以为，上述分析虽然有一定的说服力，但不能据此认为第十二块泥板的内容就是"史诗"的有机组成部分。原因在于，根据该块泥板的开篇所述，恩启都自告奋勇入冥府去为吉尔伽美什捡回球具。此举与他早在第八块泥板中因病逝世的情节之间相互矛盾，并未通过上文分析得到解决。

《亚述王子的冥府幻象》

在公元前一千纪流传下来的作品《亚述王子的冥府幻象》[3]中，一位名为库马亚（Kumaya）的太子孵了一个梦，希望藉此知道自己的死期。这一动机可能与王位继承的不确定因素有关。冥府女王埃蕾什基伽勒在梦中现身，许诺将揭示他想知道的

---

① Kelly Bulkley, "The Evil Dream of Gilgamesh," p. 167.

② A. L. Oppenheim, "The Interpretation of Dreams in the Ancient Near East," pp. 233 – 235；参见上文所述恩启都在去往雪松林途中为吉尔伽美什所建造的用于孵梦的小屋 É *zaqīqu*。

③ 该作品的英译见 Benjamin R. Foster, *Before the Muses*, pp. 832 – 839。

信息。库马亚醒来后祈祷,随即做了第二个梦。在梦中他进入冥府,看见了十五个恶魔,一个比一个骇人恐怖:

> 我看见那姆塔尔,冥府的信使,他发布命令。
>
> 一人站他前面,左手拿着自己的头发,右手握剑。
>
> 那姆塔尔图,那姆塔尔的女伴,有着保护神的头,还有人的手脚。
>
> "死神"长着龙头,①人手和……脚。
>
> "邪神"长着人头人手,戴着王冠,长着鹰脚,左脚踩在鳄鱼上。
>
> 阿鲁哈普(Aluhappu)长着狮头,四肢像人。
>
> "邪恶的支持者"长着鸟头,他张开双翅飞来飞去,长着人的手脚。
>
> "疾疾走",冥府的船夫,长着安祖鸟头,②四只……手脚。
>
> ……长着牛头,四肢像人。
>
> "邪恶的幽灵"长着狮头和安祖鸟的手脚。

---

① 两河流域的"龙"则兼有蛇头、鹰爪、狮子的躯干和前腿,是巴比伦城主神马尔杜克(Marduk)的象征;Joachim Marzahn, "Koldeway's Babylon," in I. L. Finkel and M. J. Seymour eds., *Babylon* (Oxford University Press, 2008), p.50。

② 安祖形象为一只长着狮头的巨鸟。在第一章概括的苏美尔语作品《吉尔伽美什与冥府》中,它霸占了女神伊楠娜种植的柳树,在上面筑巢孵蛋。

舒拉克（Šulak）①是一头后腿竖起的狮子。

皮图（Pituh），冥府的守门人，长着狮头、人手和鸟爪。

"恶神"有两个头，一个狮头，一个……

穆赫腊（Muhra）有三足，两只前脚是鸟爪，后脚是牛脚，光芒恐怖。

还有两位神的名字我不知：一位长着安祖鸟的头、手和脚，左……

另一位长着人头，戴着王冠，右手握有权标头，左手……

十五位神（笔者注，不包括那姆塔尔）悉数在场。②

之后他看见一个披着红斗篷的黑色人形，最后他遇见了冥王内尔伽勒。后者揪住他的头发要杀死他。此时战神伊顺（Išum）出现，③请求冥王放过王子，让王子在人间赞颂他。内尔伽勒接受了这一建议，问王子为何想知道自己的死期。他随即预言，困难、反叛和焦虑将会降临在王子身上。

---

① 该神活动于房屋的盥洗室内，被认为会导致老年人如厕时中风；参见 Jo Ann Scurlock，"Ancient Mesopotamian House Gods," *Journal of Ancient Near Eastern Religions* 3(2003)：p. 106。

② Benjamin R. Foster, *Before the Muses*, pp. 835 – 836.

③ 他虽为冥府之神，却心地仁慈；见 Jeremy Black and Anthony Green, *Gods, Demons and Symbols of Ancient Mesopotamia*, p. 112。

第九章　吉尔伽美什浪迹天涯

从马舒山到宝石花园

埋葬好恩启都后,吉尔伽美什悲痛欲绝因而浪迹天涯。他在名为马舒(*Māšu*)①的两座山峰前遇见一位蝎人②和他妻子:

> 他到达马舒双峰前,它们每日守候日出,
>
> 山顶支撑天庭,山脚通到冥府。
>
> 蝎人把守大门,恐怖至极,
>
> 一眼就致人于死地,骇人光芒笼罩山岭。
>
> 日出日落之际他们守候太阳。(IX:38—45)

---

① 在阿卡德语中意为"双生,孪生"。该山未见于其他楔形文字文献,吉尔伽美什穿越马舒山的情节在"史诗"的苏美尔语版本中也没有提及。Andrew George 推测它很有可能位于两河流域以东的方位,见其 *The Babylonian Gilgamesh Epic*, vol. II, pp. 863 - 864。

② 阿卡德语 *girtablullû*,根据神话传统是太阳神沙马什的侍从,长着一条蝎尾。它的形象出现在源于乌尔王陵(年代为早王朝 IIIb)的牛头竖琴侧面的装饰图案中(https://www.penn.museum/collections/object _ images.php? irn = 4466,藏品号 B17694A;2019 年 11 月 20 日)。

吉尔伽美什一见他们就吓得把脸蒙住，定神后才敢靠近。蝎人大声质问他如何到达此地，吉尔伽美什回复说是为了寻找乌特纳皮施提以打探永生的奥秘。蝎人再度开口：

> 吉尔伽美什啊！从未有人如你般，来到这山中穿行。
> 它内部延绵十二'双时'，①漆黑一片，没有光亮。
> 日出【……】，日落【……】。（IX：80—85）

此处泥板有四十行左右的残缺。随后蝎人三度开口，昭告群山敞开大门让吉尔伽美什安全通过。吉尔伽美什在黑暗中跋涉十二"双时"后，在日出前到达了宝石花园。此时展现在他眼前的是绚烂美景：②

> 他径直走向那属于神祇的树木。
> 一棵红玉髓树结着串串葡萄，美不胜收。
> 一棵青金石树枝叶繁茂，果实累累，令人目瞪口呆。
> （IX：171—176）③

---

① 两河流域长度单位，1"双时"≈10.8公里。
② Stephanie Dalley 提出，吉尔伽美什在黑暗过后迎来光明就如同摩尼教徒经历黑暗后抵达光明之境一般，因而"史诗"是摩尼教的教义来源之一；详见其"The Gilgamesh Epic and Manichaean Themes," p.29。
③ 在两河流域文献中，红玉髓（红色）与青金石（蓝色）两种宝石经常成对出现，可能暗示女神伊楠娜/伊施塔与男神杜穆孜的配偶关系以及他们结（转下页）

184

残缺的下文中还提到了玛瑙和赤血石等石头。这座宝石花园就位于酒馆女店主施杜丽居住的海边。

有一种解读把吉尔伽美什这段旅行视为根据两河流域传统观念，日落后太阳自西向东运动，直到日出之时的行程。[①] 他在黑暗中走过的长达十二"双时"的道路可能是条隧道，或许反映了两河流域居民对北极地区冬天发生极夜现象的认知。[②] 最后出现的宝石花园则与两河流域的宝石都来自域外不无关系。宝石通常与远方的异域发生关联，而它为树或为果，又取决于宝石自身的形态和色泽。[③]

渡过"死亡之海"

吉尔伽美什在海边邂逅了酒馆女店主施杜丽，向她倾诉了自己的丧友之痛，继而哀求她告知如何才能找到乌特纳皮施提。施

（接上页）合所产生的繁殖和生育力，也可能喻指伊楠娜/伊施塔集女性和男性气质于一身的特点；参见 Caitlín Barrett, "Was Dust Their Food and Clay Their Bread?", p. 27.

[①] Raymond J. Clark, "Origins: New Light on Eschatology in Gilgamesh's Mortuary Journey," in John Maier ed., *Gilgamesh: A Reader* (Wauconda, Illinois: Bolchazy-Carducci, 1997), pp. 135, 138.

[②] Wayne Horowitz, *Mesopotamian Cosmic Geography*, p. 100.

[③] Wayne Horowitz, *Mesopotamian Cosmic Geography*, p. 102. 《一千零一夜》中的国王布鲁庚亚阁顾蛇女王的警告，试图取下已故所罗门大帝的戒指遇险后，也到达了一个类似的宝石花园："他行了一程，才知道那是一个无比广阔的大岛，见番红花代替了地上的泥土，红玉和各种名贵宝石成为泥土中的砂砾"；纳训译：《一千零一夜》（三），人民文学出版社1982年，第484页。

杜丽先是警告他路途凶险,但后来又对他指点迷津:

哦,吉尔伽美什! 从未有过渡海之路,

亘古以来从未有人渡过这海。

只有英雄沙马什(太阳神)渡过大海,除他以外,谁还
能够?

渡海凶险,危机四伏,之间"死亡之水",①挡住前行
之路。

还有,吉尔伽美什,一旦渡过大海,

到达"死亡之水",你将如何是好?

哦,吉尔伽美什! 那边有乌尔沙纳比,乌特纳皮施提的
船夫。

有石头和他一起,他在林中剥雪松。

去那见他,可行就一起渡海,不行就掉头回来。(X:
79—91)

听完这番话,吉尔伽美什举起斧头、拔出匕首、冲入树林,把那
些石头都砸碎了。它们不受"死亡之水"伤害,原本可助他渡过大
海。吉尔伽美什与乌尔沙纳比会面后,同样向他倾诉了自己的丧
友之痛。后者让他到林中砍树制成了 300 根船篙,每根长约 30 米。

---

① 阿卡德语 *mû mūti*。

他们二人一起登船启航,三天内就完成了原本需要一个半月的航程,到达了"死亡之水"。在渡过这片水域时,乌尔沙纳比叮嘱吉尔伽美什逐根使用船篙,避免用手接触到水面。当船篙告罄后,他们脱下衣服制成工具用来撑船,终于到达乌特纳皮施提的住处。

其他楔形文字文献均未提及"死亡之水"存在于大海的说法。从吉尔伽美什和乌尔沙纳比仅借助船篙就渡过了这片水域来判断,它应当不是很深。它与死亡相关的原因可能是根据当时的观念,人通过海洋尽头的水域可以进入冥府,就如同太阳从海平面升起又落下一般。[1] 太阳神因而与冥府产生了密切的联系,并在死者崇拜中被赋予了一个活跃的角色。在《吉尔伽美什与冥府》中就是太阳神乌图打开了冥府的一个出口,让恩启都的魂魄得以和吉尔伽美什相会。[2]

关于乌特纳皮施提住所的详细位置,"史诗"指明在河流的入海口。[3] "史诗"开篇又说吉尔伽美什曾渡海到达那日出之地(I:40),苏美尔版洪水故事的主人公孜乌苏德腊同样住在东方。[4] 因此,乌特纳皮施提的住所很可能对应于今天的巴林,两河流域文献称

---

[1] Wayne Horowitz, *Mesopotamian Cosmic Geography*, pp. 103 – 104.

[2] Raymond J. Clark, "Origins: New Light on Eschatology in Gilgamesh's Mortuary Journey," pp. 135,138. 该作者进而提出,吉尔伽美什浪迹天涯、寻找乌特纳皮施提之旅实为一次入冥府之旅;它与恩启都入冥府的经历都可视为《伊楠娜/伊施塔入冥府》的翻版。

[3] 阿卡德语 *pī nārāti*; Andrew George, *The Babylonian Gilgamesh Epic*, vol. I, p. 716, XI:205。

[4] 见第十章的"两河流域其他洪水故事"。

其为迪勒蒙(Dilmun)。[1]

　　吉尔伽美什从乌鲁克城邦出发,穿越马舒山到达海边,渡过大海和"死亡之水"后到达乌特纳皮施提的住处。他的浪迹天涯之旅揭示了两河流域的传统地理观:本土位于中央大陆,周围被海域所环绕,之外还有隔海相望的土地。这一认知就反映在一幅著名的"世界地图"中。

两河流域的"世界地图"

　　现藏于大英博物馆(藏品号 BM 92687)的一块泥板(图 1、图2)记录了两河流域独一无二的一幅"世界地图"。[2] 其年代为公元前 8 世纪末或 7 世纪,出土地点不详,很可能是南部的西帕尔遗址。地图上的两个同心圆表示地球表面,内圈表示两河流域所在的大陆,两圈之间是被称为"苦海"的海洋,[3]从外圈向外突出三角形表示遥远的异域。内圈里的小圆圈表示不同城市;始于

① Wayne Horowitz, *Mesopotamian Cosmic Geography*, pp. 104 - 105.

② 该地图的概述见 Francesca Rochberg, "The Expression of Terrestrial and Celestial Order in Ancient Mesopotamia," in Richard J. A. Talbert ed., *Ancient Perspectives: Maps and Their Place in Mesopotamia, Egypt, Greece & Rome* (Chicago and London: The University of Chicago Press, 2012), pp. 32 - 34;详细评注见 Wayne Horowitz, "The Babylonian Map of the World," *Iraq* 50 (1988): pp. 147 - 165 和同一作者的 *Mesopotamian Cosmic Geography*, pp. 20 - 43。

③ 在公元前一千纪的文献中,"苦海"(阿卡德语 *marratu*)是"海洋"(*tâmtu*)的同义词;Wayne Horowitz, "The Babylonian Map of the World," p. 156。

"高山"(1)终于"河道"(9)与"沼泽"(7)的两条垂直方向的平行线表示幼发拉底河;穿过这两条平行线的扁形方块代表巴比伦城(13)。幼发拉底河在公元前一千纪时流经巴比伦城的中心。这一地理信息确立后,那么河流源头的"高山"就对应土耳其的南部山区。"沼泽"与"河道"分别指幼发拉底河下游地区的沼泽和连接该河的河口与波斯湾之间的水道。底格里斯河要么在地图上完全没有显示,要么上述两条平行线分别代表了底格里斯河与幼发拉底河。除巴比伦城之外,地图上还注明了苏萨(8)和德尔(5)这两座城市,以及乌拉尔图(3)和亚述(4)这两个地区/国家。

这幅地图不同地点间的相对位置存在问题。例如,"高山"位于中央大陆的北面,但在实际地理中,它(札格罗斯山脉)位于两河流域以东;亚述地区应当位于巴比伦城的南面而非北面。表示特定地点的形状其大小与实地也不成比例:德尔城的圆圈和亚述的圆圈在大小上相差无几。它还有个别图示含义不清,如从幼发拉底河东岸延伸出来的新月形状。

表示"苦海"的环形之外(14—17)原有八个向外伸出的三角形,现存五个(18—22)。每个三角形在阿卡德语中都称为 *nagû*,①距离已知世界(中央大陆)都是七个"双时"的路程。泥板背面的 27 行文字依次描述了每个三角形所标识的"异域"的情况:有

---

① 根据"史诗"XI:140—141 的叙述,乌特纳皮施提在洪水过后打开舱门,看见海岸附近有十四处地方露出了 *nagû*,因此该术语很可能指称岛屿。

鸟儿无法飞越之处,有生长珍奇树木之所,有出产"角牛"①之地,有位于遥远东方、太阳升起之所,还有被称为"天下四方"的地点。

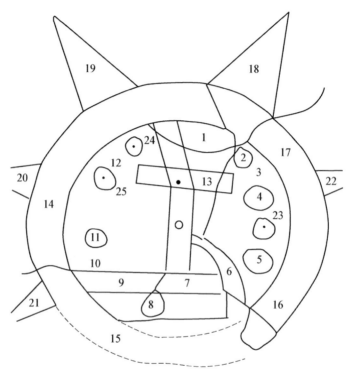

图 1　两河流域的"世界地图"线条版②
1. 高山　2. 不知名城市　3. 乌拉尔图　4. 亚述　5. 德尔　6.【…】　7. 沼泽　8. 苏萨　9. 河道　10. 迦勒底部落所在地　12. 哈班城　13. 巴比伦城　14—17. 海洋　18—22. "异域"　23—25. 无铭文,意义不详

---

① 此处的"角牛"(horned cattle)很可能指来自印度河流域的水牛,其艺术形象在两河流域最早出现于阿卡德王朝时期(约公元前三千纪晚期)。参见欧阳晓莉:《伊贝尼·萨拉姆滚筒印章》,上海博物馆编《文物的亚洲》,译林出版社2019年,第18—23页。

② Wayne Horowitz, *Mesopotamian Cosmic Geography*, pp. 21 - 22.

除地图外，泥板正面还保存了十一行楔形文字，但内容残缺不全、晦涩难懂。其中列举了诸多珍禽异兽，包括鹰隼、蝎人、羚羊、水牛、豹、狮子、狼、鹿、鬣狗、猴子、大角山羊、鸵鸟、猫和蜥蜴。三位在两河流域传统中与"异域"联系密切的人物也出现了，他们是阿卡德王朝开国君王萨尔贡大帝、洪水英雄乌特纳皮施提以及努尔·达干（Nūr-Dagan）。①

图 2　两河流域的"世界地图"泥板正反两面②

---

① 萨尔贡大帝的远征南面直达波斯湾，西北方面到达叙利亚和土耳其，东面直抵埃兰。努尔·达干是传说中一位地处远方的国王，与萨尔贡为敌。

② 左图来自 Paul Delnero, "A Land with No Borders: A New Interpretation of the Babylonian 'Map of the World'," *Journal of Ancient Near Eastern History* 6 (2018): p. 12; 右图来自大英博物馆官网 www. britishmuseum. org（2019 年 11 月 20 日）。

综上所述，这幅地图的主要用意在于对遥远的"异域"进行定位和描述，确定它们与人们熟悉之处（巴比伦城、亚述和幼发拉底河）的相对位置。泥板正面的文字记录把它们和有名的历史/文学角色联系起来，反面则提供了更为详细的相关信息。地图的出现，反映了公元前一千纪上半期两河流域对远方异域的强烈兴趣，与这一时期新亚述帝国和新巴比伦王朝的扩张不无关系。

最新发表的一篇相关论文不仅详细回顾了该地图的研究成果，而且提出应该动态地读取地图上的内容。内圈阅读的起点是哈班城（12），沿逆时针方向一直读到"高山"（1）；随后跨越分隔内外圈的"海洋"到达外圈的"异域"（18）；最后再顺时针依次阅读，结束位置在哈班城上方的"异域"。不过，作者本人坦言他无法解释这一读法背后的深意，更多地是把它作为一种与传统的静态读法相对的主张。①

冥府之旅抑或入会礼？

吉尔伽美什穿越马舒山的黑暗通道后到达宝石花园，在海边得到施杜丽指点后渡过死亡之海，最终见到乌特纳皮施提的这段旅程，有学者将其解读为一次冥府之旅。② 旁证就是《荷马史诗》中奥德赛在神女基尔克的指引下前往冥府哈德斯会见特拜的盲

---

① Paul Delnero，"A Land with No Borders," pp. 1 - 19.
② 下文讨论主要基于 Raymond Clark 的论文"Origins: New Light on Eschatology in Gilgamesh's Mortuary Journey"。

预言者特瑞西阿斯(Tiresias)的魂灵,以求得自己是否能够顺利返乡以及途中注意事项的预言。奥德赛和同伴们航行到达幽深的奥克阿诺斯岸边,就是基墨里奥伊人的国土所在地。以下是神女基尔克的指示:"火河与哀河在那里一起注入阿克戎,哀河是斯提克斯流水的一条支流,两条汹涌的河流有一块共同的巨岩,勇敢的人啊,你如我吩咐前去那里,在那里挖一个洞,长阔各一肘尺,然后在洞旁给所有的亡灵举行祭奠,首先用搀蜜的奶液,然后用甜蜜的酒酿,再用净水,最后撒些洁白的大麦粉。你要向亡故者的虚渺的魂灵好好祈祷……"①

奥德赛和同伴们依据指示,在指定地点献祭后,遇见了若干想要飨用牲血的亡故者的魂灵,包括埃尔佩诺尔(从神女基尔克的王宫屋顶上坠落,尸体还未下葬)和奥德赛母亲的魂灵,随后才是特拜的特瑞西阿斯的魂灵。他吮吸过牲血后,开始预言奥德赛返乡途中的注意事项。随后奥德赛和同伴们还遇见了诸多希腊城邦贵族的妻子或爱女。② 奥德赛从特瑞西阿斯处获取了他需要的信息,就如同吉尔伽美什从乌特纳皮施提那里得到了所需要的信息。③

吉尔伽美什到达马舒山时,守卫的蝎人告诉他从未有人从此

---

① [古希腊]荷马著,王焕生译:《荷马史诗·奥德赛》第 203 页:10.513—521。

② [古希腊]荷马著,王焕生译:《荷马史诗·奥德赛》,第 206—220 页:11.1—332。

③ Raymond Clark, "Origins: New Light on Eschatology in Gilgamesh's Mortuary Journey," p. 132.

经过。他得以通过后进入了山的地下通道,如同从地面下降到冥府一般,随后到达了阳光普照的宝石花园。这一花园是太阳神沙马什每日早上的散步场所。沙马什警告他,他所寻求的永生绝不可能,但吉尔伽美什反驳道:

> 在荒野中漫游、流浪过后,
> 当我进入冥府时休息还会匮乏么?
> 我将经年累月地躺在那儿沉睡。
> 让我的眼睛看着太阳享足光明,
> 黑暗隐藏,光明还剩多少?
> 死人何时能见到太阳的光辉?[①]

当吉尔伽美什遇见乌特纳皮施提时,后者同样告诉他没有生者曾经来到过。在早期苏美尔语诗歌中,吉尔伽美什与乌特纳皮施提并无联系。二者的关联是标准版作者的创新,就如同恩启都之死和葬礼是作者的创新一般。吉尔伽美什整个浪迹天涯的旅程,从穿过马舒山到渡过大海,在苏美尔语相关作品中都没有先例。

恩启都入冥府是比"史诗"更为古老的冥府神话,吉尔伽美什前往乌特纳皮施提所在之地是其一个变异本。但吉尔伽美什并

---

① Andrew George, *The Epic of Gilgamesh*, p. 123, Si i 10'-15'.

非通过地下进入冥府,而是往西穿过马舒山后渡过"死亡之水"。需要注意的是,乌特纳皮施提居住的"冥府"并不同于恩启都在梦中造访的冥府,也不是奥德赛一度造访的哈德斯,而更像是荷马笔下的埃琉西昂原野(Elysian Plain):"宙斯抚育的墨涅拉奥斯,你已注定不是死在牧马的阿尔戈斯,被命运赶上,不朽的神明将把你送往埃琉西昂原野,大地的边缘,金发的拉达曼提斯(Rhadamanthys)①的住所,居住在那里的人们过着悠闲的生活,那里没有暴风雪,没有严冬和淫雨,时时吹拂着柔和的西风,轻声哨叫。奥克阿诺斯(河神)遣它给人们带来清爽,因为你娶了海伦,在神界是宙斯的佳婿。"②少数受神宠爱之人离开现世后就居住在那里,可享永生。

吉尔伽美什的"冥府"之旅在一定程度上也呼应了第七块泥板中恩启都的冥府梦境和第十二块泥板中他的魂魄所报告的冥府情形。不同的是,恩启都被困冥府无法脱身,而吉尔伽美什得以回到故土乌鲁克。

著名的宗教史大家米尔恰·伊利亚德(Mircea Eliade)则把吉尔伽美什浪迹天涯的整个旅程解读为一系列入会礼(initia-tion)的考验。③"入会礼"指一整套仪式和口传教导,目的是造成

---

① 宙斯之子,死后成为冥府判官之一。
② [古希腊]荷马著,王焕生译:《荷马史诗·奥德赛》,第 78 页:4.561—569。
③ [美]米尔恰·伊利亚德著,晏可佳、吴晓群、姚蓓琴译:《宗教思想史》,上海社会科学院出版社 2004 年,第 70—71 页。

即将入会的个体其宗教和社会地位的决定性变化。① 它大致分为三类。第一类是集体举行的成年礼,标志着从童年/少年到成年的转折;第二类是参加秘密会社的仪式;第三类则关乎神秘职业(医生或萨满)和英雄式的经历。② 吉尔伽美什浪迹天涯的目标是找到乌特纳皮施提以打探永生的奥秘,从而最终征服肉身的死亡。因此,他路途中的种种经历或许可归为第三类入会礼。其中"水"的考验——吉尔伽美什渡过"死亡之海"后才见到乌特纳皮施提——就是一次经典的入会礼。③

最严苛的入会礼当属乌特纳皮施提要求吉尔伽美什六天七夜不睡觉,因为征服睡眠、保持清醒意味着超越人类的极限。两河流域文献经常把死者在坟墓或冥府的状态描述为某种形式的"睡眠",④所以这一要求不妨解读为意在试探吉尔伽美什是否能够征服死亡。此前吉尔伽美什已成功通过了几次考验,包括在黑暗中穿过马舒山的通道,在海边拒绝了女店主施杜丽关于放弃追求永生、享受当下生活的建议,以及性命无虞地渡过了"死亡之海"。上述种种都是英雄主义的壮举,但要求六天七夜不睡则是一次精神上的考验。

---

① Mircea Eliade, *Rites and Symbols of Initiation*: *The Mysteries of Birth and Rebirth*, trans. Willard R. Trask (New York: Harper Colophon, 1958), p. x.

② Mircea Eliade, *Rites and Symbols of Initiation*, p. 2.

③ Mircea Eliade, *Rites and Symbols of Initiation*, p. 109.

④ Jo Ann Scurlock, "Ghosts in the Ancient Near East: Weak or Powerful?," *Hebrew Union Colleage Annual* 68(1997): p. 81.

幸运的是,虽然吉尔伽美什没有通过此次考验,但乌特纳皮施提在妻子的暗示下还是向他透露了永生的秘密。① 不幸的是,吉尔伽美什在返回乌鲁克的途中因下到池塘中洗澡,导致从海底采摘的仙草被蛇叼走。他未能第二次通过"水"的考验,此次入会礼的失败直接导致他无可挽回地丧失了永生的机会和可能。

需要指出的是,把吉尔伽美什浪迹天涯的经历解读为一次冥府之旅或一系列入会礼,二者实则可以统一。入冥府就是上述第三类入会礼中的典型代表,目标在于征服死亡。②

---

① 见第十章的"乌特纳皮施提之妻雪中送炭"。
② Mircea Eliade,*Rites and Symbols of Initiation*,p.3.

第十章　两河流域的"挪亚方舟"

"史诗"中的洪水故事

"洪水泥板"以吉尔伽美什质询乌特纳皮施提作为开始。吉尔伽美什发问,乌特纳皮施提看上去与他无异,却怎能位列众神、获得永生?乌特纳皮施提则回应,要把众神的秘密向他揭示。神祇们曾经居住在幼发拉底河畔的舒鲁帕克(Shuruppak)城,[①]有一天他们突然决定要降下洪水。天神安努、恩利尔、内侍尼努尔塔、[②]恩努吉[③]和智慧神埃阿纷纷起誓要保守秘密,但足智多谋的埃阿却借助芦苇篱笆将以下信息转告给了乌特纳皮施提,乌巴尔·图图之子:[④]

---

① 现名法拉(Fara),始建于公元前 3000 年前后,是两河流域历史早期的重要城市之一。其简介见拱玉书:《日出东方——苏美尔文明探秘》,第 58—64 页。

② 其头衔为 *gu-za-lá*,本意为"扛王座之人",本书中根据英译(chamberlain)意译为"内侍"。

③ 其名写作 [d]*en-nu-gi*,一说为恩利尔之子,头衔为 *gú-gal-lu*,"灌溉管理员",主司运河与水渠的巡视管理。

④ 从下文《阿特腊哈希斯》的叙事中可知,以下为埃阿对乌特纳皮施提(转下页)

"芦苇篱笆！砖墙！听着，芦苇篱笆！注意，砖墙！

舒鲁帕克之人，乌巴尔·图图①之子，

拆掉房屋，建一艘船！舍掉财产，寻求生存！

抛弃财富，以求活命！

把所有活物的种子都带到船上。

你要建造的船只，各项尺寸要符合，

长度宽度一样，还需带个屋顶，如同下界海洋。"②（XI：
21—31）

乌特纳皮施提依计行事，开始建造船只：

"曙光破晓于天际，众人齐聚阿特腊哈希斯③大门前。

（接上页）所做之梦的解读。但他因为有誓言在先，无法直接告知乌特纳皮施提众神即将发动洪水。

① 根据《苏美尔王表》的记载，他（Ubar-tutu）在舒鲁帕克为王 18,600 年，统治年代远在王权降临至乌鲁克城邦之前；见 Jean-Jacques Glassner and Benjamin R. Foster, *Mesopotamian Chronicles*, p. 121。

② "下界海洋"的苏美尔语为 abzu，阿卡德语 *apsû*，为智慧神埃阿的专属辖地。它位于地表和冥府之间，为水井、溪流、河流和湖泊提供淡水。埃阿自人类诞生前便在此居住。见 Jeremy Black and Anthony Green, *Gods*, *Demons and Symbols of Ancient Mesopotamia*, p. 27。

③ 此处人名从乌特纳皮施提变为阿特腊哈希斯，后者为两河流域古巴比伦时期洪水故事的主角（详见下文）。这一人名变化提供了"史诗"中洪水故事文本来源的线索。

木匠带来他斧头，芦苇织工携石头，

【造船工人拿】大斧。

年轻之人【……】，年老之人扛粗绳，

富贵之人提沥青，贫苦之人抱索具。

待到第五天，船身已建好，

面积 1 依库①见方，周围高达 10 宁担，②

船顶每边长 10 宁担。

我把船体安放好，又来进行船设计。

甲板有六层，

船分七部分，

船内分九舱。"(XI：48—63)

船只完工后，乌特纳皮施提杀牛宰羊宴请工匠，席间供应的啤酒和葡萄酒如同流水一般。宴请过后他开始装船，把自己所有的金银、世间所有活物的种子、荒野中的动物、家人和族人、以及各行各业工匠都带上船。最后封舱门的信号由太阳神沙马什发出：早晨下面包雨、晚间下大麦雨的那天，就是乌特纳皮施提登船封舱门之际。一位名为普朱尔·恩利尔（Puzur-Enlil）的船夫帮忙封好舱门，获赠了乌特纳皮施提的宫殿和其中的物品。

① 面积单位，苏美尔语 iku，1 依库 = 3600 平方米。
② 长度单位，苏美尔语 nindan，1 宁担 = 6 米。

曙光破晓之际,地平线上冒出一团乌云。雷神阿达德在其中隆隆作响,两位侍从舒拉特(Shullat)和哈尼什(Hanish)在前面开道。① 神祇埃腊卡勒②把定锚杆连根拔起,尼努尔塔使得流水漫过河坝,阿努那基神高举火炬、遍地放火。阿达德在天空中所经之处,光明顿时转为黑暗;他如同一头发怒的公牛般攻击大地,将其如同一个泥瓶般摧毁。仅在一天内狂风就扫荡大地,灾难如同战争般降临到人们头上。

洪水肆虐的情形是如此可怕,以致"众神也惊恐不已,直上天庭觐见安努;他们蜷缩身体如狗一般,在露天躺了下来。女神伊施塔痛嚎不已,如同那分娩的妇女一般"(XI:114—117)。母神贝莱特·伊丽则哀悼:"昔日时光已归为尘土,因我在集会上口出恶言。我怎能在集会上口出恶言,且宣战毁灭我的子民?我孕育了他们,而今他们却像鱼一样充斥海洋。"(XI:119—124)阿努那基众神与她一道痛哭,直到他们的嘴唇干裂发热。洪水持续了整整六天七夜。③ 当第七个白天到来时,乌特纳皮施提查看后却发现万籁俱寂,所有人都归于尘土。他打开通风口,阳光照在他双

---

① 关于两位神祇的身份认定,见 Jeremy Black and Anthony Green, *Gods*, *Demons and Symbols of Ancient Mesopotamia*, p.110。

② 阿卡德语 ^{d} *èr-ra-kal*,即埃腊神(^{d} *èr-ra*),主司瘟疫和战争;拔起定锚杆是其职责之一,因为此后船只在河流上漂浮的混乱状态类似于瘟疫或战争爆发后的情况。见 Andrew George, *The Babylonian Gilgamesh Epic*, vol. II, p.884。

③ 两河流域以太阳落山作为一天的开始。通常所言"一天一夜"则对应它们的"一夜一天",所以当六个白天过去后,在楔形文字的表述中就成为了"六天七夜"。

颊上;他却一把坐下,伤心得眼泪直流。

在洪水肆虐的这六天中,乌特纳皮施提的船一直停靠在一座名为尼穆什(Nimush)的山峰处。该山是伊拉克与伊朗边境处札格罗斯山脉的一部分,位于库尔德斯坦的苏莱曼尼亚城附近。[①]到第七天时,他先放飞了一只鸽子,但鸽子因为无处落脚而返回。他随后放飞的燕子出于同样的原因也折返了。乌特纳皮施提最后放飞了一只乌鸦。乌鸦见洪水退去,又觅到食物,就飞走不再回来了。乌特纳皮施提随即摆出祭品,向四面来风献祭,并在山顶遍撒香料:"我摆好七个又七个瓶,下面堆好芦苇、雪松和没药。众神闻到香味,闻到那甜美的香味,如同苍蝇般聚在献祭人周围"(XI:157—163)。母神贝莱特·伊丽则举起天神安努追求她时所制作的"苍蝇"形态的青金石串珠串成的项链,[②]提醒自己永志不忘洪水泛滥的这段日子。

贝莱特·伊丽招呼除恩利尔之外的其他神都来享用祭品。把恩利尔排除在外的原因是他在没有广开言路的情况下就决定

---

① 该山又名 Niṣir,因为同一楔形文字符号有 *muš* 和 *ṣir* 两个不同读音;其现代名称为 Pir Omar Gudrun。新亚述国王亚述纳西帕尔二世(公元前 883—859 在位)在铭文中提及自己曾率兵征服此山中的城市。参见 Irving Finkel, *The Ark before Noah*, pp. 280 - 283。

② "苍蝇"串珠在此处的象征意义不明。有一块泥板残片提及当乌鲁克的神祇遗弃该城时,他们悉数变成了苍蝇。因此,"苍蝇"在此可能喻指之前发生的神祇抛弃人类的事件。参见 Stephanie Dalley, *Myths from Mesopotamia*, p. 38, note 42。笔者以为,"苍蝇"也可能影射上文中众神挤在乌特纳皮施提周围享用祭品的狼狈之态。

发动洪水、毁灭人类。恩利尔此时正好到场,他一见乌特纳皮施提的船就怒火中烧,对伊吉吉众神大发雷霆,质问乌特纳皮施提从哪里逃生。尼努尔塔告知恩利尔,一切都出自埃阿的谋划。埃阿首先指责恩利尔降下洪水,不加区分地毁灭整个人类:恩利尔本可以通过放出狮子老虎或降下饥荒瘟疫,就达到惩罚有罪之人的目标。

埃阿随即宣称自己并未泄露众神的秘密,仅在梦境中让阿特腊哈希斯①有所听闻。埃阿进而挑战恩利尔,看他决定如何处置乌特纳皮施提。恩利尔登上船,先是让乌特纳皮施提之妻跪在乌特纳皮施提旁边,之后触摸二者的额头祝福道:"乌特纳皮施提曾为凡人,而今让他和他妻子成为神。让他住在远方,在那河口处。"②

洪水故事《阿特腊哈希斯》

在"史诗"第十一块泥板的洪水叙事中,主人公的名字有几处从乌特纳皮施提变为阿特腊哈希斯(Atrahasis)。③ 这一变化为研

---

① 正如 Jeffrey H. Tigay 在其著作 *The Evolution of the Gilgamesh Epic*,pp. 216 - 217 中指出,此句中(XII:197)主人公的名字由乌特纳皮施提变为阿特腊哈希斯,讨论详见下文。

② 阿卡德语原文:*ina pa-na* ᵐUD-ZI *a-me-lu-tùm-ma / e-nin-na-ma* ᵐUD-ZI *u munus-šú lu-u e-mu-ù ki-ma* DINGIRᵐᵉˢ *na-ši-ma / lu-ú a-šib-ma* ᵐUD-ZI *ina ru-ú-qí ina pi-i* ÍDᵐᵉˢ (XI:203 - 205)。

③ 阿卡德语原文写作 *at-ra-ha-sis*,意为"极其聪明的"。

究洪水故事的母题在两河流域文学中的传承和流变提供了关键线索。①

阿特腊哈希斯是成文于古巴比伦时期（约公元前 2000—前 1600）的一则洪水故事中的主人公，该故事也以他命名为《阿特腊哈希斯》。② 根据文末跋的记录，原文总长度为 1245 行，约 60% 的篇幅保存至今。它关乎的主要情节是众神创造了人类，但后来又决定发动洪水将其毁灭。"史诗"中的洪水叙事便源于此作品。③

故事伊始，七位阿努那基神（包括天神安努、恩利尔、埃阿、尼努尔塔、恩努吉）让伊吉吉众神承担繁重的劳作，负责清理底格里斯河和幼发拉底河的河道。伊吉吉神劳作了 3600 年之久后，积怨爆发。他们烧毁工具，一路奔到尼普尔城并围困了恩利尔的神庙。恩利尔火速命人请来安努商量对策，埃阿也到场

---

① Y. S. Chen 的著作 *The Primeval Flood Catastrophe* 系统研究了该母题在两河流域早期（约公元前 2600—前 1600）文献中的流传和演变。他得出结论，关乎洪水的内容在古巴比伦时期才插入到《苏美尔王表》（见下文）、《阿特腊哈希斯》和"史诗"等作品中；洪水母题的形成和发展与乌尔第三王朝（公元前 2112—前 2004）骤然覆灭于入侵的外族之手，到随后本土的伊辛和拉尔萨王朝的兴起这一时期动荡的政治和社会局势有密切的关系。

② 权威评注本见 W. G. Lambert and A. R. Millard, *Atra-Hāsis*: *The Babylonian Story of the Flood*；通行的英译版为 Stephanie Dalley, *Myths from Mesopotamia*, pp. 1 – 38 和 Benjamin R. Foster, *Before the Muses*, pp. 227 – 280（带简要文献综述）。

③ 详见 Jeffrey H. Tigay, *The Evolution of the Gilgamesh Epic*, pp. 214 – 240。Tigay 在著作中对这两部作品中的洪水叙事进行了行文和情节等方面的详细比较。

出谋划策。埃阿向诸神建议由母神贝莱特·伊丽创造人类,以代替伊吉吉进行劳作。具体做法是杀死叛乱诸神中的一位,由母神用其血肉混合泥土来创造人类。母神混合完毕后,各位阿努那基神和伊吉吉神都吐唾沫到泥土上。她再取十四撮泥土创造了七位男性和七位女性,此为人类始祖。

此后人类开始生息繁衍,并供奉神祇。但随着人口增长,大地上开始充斥噪音,如同一头在吼叫的公牛吵得众神不得安宁。恩利尔神宣告人类的噪音导致他失眠,于是命令降下瘟疫作为对策。此时世间有一人名为阿特腊哈希斯,埃阿是他的保护神。他咨询埃阿瘟疫何时才能终结。埃阿指点他向冥府总管那姆塔尔①进奉供品。阿特腊哈希斯依计而行,成功化解了这一灾难。过了 1200 年不到的时间,恩利尔再度为人类发出的噪音所苦,决定停止降雨以制造饥荒。埃阿又授意阿特腊哈希斯向雷神阿达德进献供品,一度化解了这一灾难。恩利尔接下来命令众神封锁天界、陆地和地下的各处水源,导致不仅降雨缺乏,而且原有的水源也无法利用。旱灾和饥荒愈发严重,但在埃阿建议下,人类最终化险为夷、逃过劫难。如此数个回合过后,恩利尔勃然大怒,最终决定降下洪水以彻底解决人类的噪音问题;同时还让埃阿发誓不向人类透露这一计划。

---

① 该神为冥府总管和信使,可自由往来于冥府和天界。详见第六章的"冥府神话之二:《内尔伽勒与埃蕾什基伽勒》"。

情节发展至此,内容上有些残缺。从上下文推断,阿特腊哈希斯似乎做了个梦,并向埃阿咨询梦的寓意。埃阿因为发誓要保守洪水到来的秘密,所以没有直接向阿特腊哈希斯解释,而是借助芦苇篱笆和砖墙进行转告:七个晚上之后洪水就会降临;阿特腊哈希斯应当建造一艘船,放弃财产逃生。这段建议的内容以及随后造船的细节与"史诗"中相应的部分基本一致。

在造船工程启动前,《阿特腊哈希斯》的叙事中补充了一个新细节。阿特腊哈希斯向城中的长老们解释,因为他的保护神埃阿与恩利尔不合,所以他要造船以便移居到埃阿的住所,即"地下泉水"处。[①] 船完工后,他把飞鸟、牛群和野生动物都带到船上,并赶在天色突变之际用沥青封好舱门。

洪水肆虐长达七天七夜,众神狼狈不堪的表现与"史诗"中的描写如出一辙。母神的嘴唇发热干渴,哀悼她的后代都变得如"苍蝇"一般,死者的尸体就像蜻蜓一样堵塞了河道。众神则饥饿难忍,与母神一道为这片土地哭泣:"她所坐之处,他们也坐下哭泣,如羊群般挤满水渠。他们的嘴唇干渴发热,因为饥饿而抽搐痉挛。"[②]洪水退去后,阿特腊哈希斯同样献上祭品,众神闻到香味像苍蝇一般聚集而来。此时,母神挺身而出谴责众神,尤其是安努和恩利尔——二者不经商议就降下洪水、摧毁人类。在"史

---

① 详见第一章的"相关苏美尔语组诗"。
② W. G. Lambert and A. R. Millard, *Atra-Ḥasīs*: *The Babylonian Story of the Flood*, p. 97, iv: 18-22.

诗"中,受谴责的仅有恩利尔。恩利尔看见阿特腊哈希斯的船只后勃然大怒,责问他如何得以逃生。安努回答是埃阿所为,在"史诗"中告知恩利尔的则是尼努尔塔神。

此处洪水故事的结局与"史诗"中的版本大不相同。《阿特腊哈希斯》在结尾处并未明确主人公是否因逃过大洪水的劫难而被神赐予永生,它关注的是控制人口数量的措施。恩利尔命令埃阿召来母神,以实施控制生育的措施:让部分女性因自然原因无法生育;让恶魔"帕西图"①从母亲膝下夺走婴儿;禁止三类女祭司②的生育行为。有鉴于此,有学者提出该作品的主旨与人口过度增长后采取的控制措施相关,在于为女性自然不育和婴幼儿夭折的现象提供神学解释。① 笔者认为不无道理。

① 阿卡德语 pašittu,"攫取者",是女恶魔 Lamaštu 的头衔。她是天神安努之女,攻击的对象主要是新生儿和母腹中的胎儿,被认为是流产和早夭的肇事者。

② 阿卡德语名称分别为 ugbabtu,entu 和 igiṣītu。在古巴比伦时期,担任第一类女祭司的女性出生不久或幼年时便被进献给神庙,见 RIA 10:pp. 622-623。第二类"恩图"女祭司在阿卡德王朝时期通常由王室公主担任,侍奉男性神衹;见王献华:《皇族"恩图"女祭司与阿卡德帝国的治理》,《中山大学学报(社会科学版)》2016 年第 5 期,第 130—141 页。学界对第三类女祭司目前知之甚少。它通常以苏美尔语形式 égi/egi-zi 出现,意为"虔诚的公主"。在伊辛王朝(约公元前 2017—前 1793),有两三位国王都委任王室公主担任这一祭司职务,但其侍奉的神衹不明。参见 Piotr Steinkeller, "The Priestess ÉGI-ZI and Related Matters," in Yitschak Sefati et al. eds. , "An Experienced Scribe Who Neglects Nothing": Ancient Near Eastern Studies in Honor of Jacob Klein (Bethesda, Maryland: CDL, 2005), pp. 301-310。

① 详见 Anne Draffkorn Kilmer, "The Mesopotamian Concept of Overpopulation and Its Solution as Reflected in Mythology," Orientalia Nova Series 41(1972): pp. 160-177。

两河流域其他洪水故事

"史诗"和《阿特腊哈希斯》中的洪水故事均用阿卡德语写成，此外也有苏美尔语版的洪水故事流传至今。它主要记录在一块出土于尼普尔的残片上，仅保存了原文内容的三分之一，年代为公元前 1600 年左右。故事的主人公名为孜乌苏德腊，意为"长寿之人"，是舒鲁帕克城的国王，也是智慧神恩基的祭司。安努、恩利尔和母神创造人类后，众神不知缘何决定发动洪水。孜乌苏德腊通过篱笆墙知晓了这一秘密。洪水肆虐了七天七夜，他躲在船中幸免遇难。最终，因为他保全人类的"种子"有功，安努和恩利尔赐予他如神一般可得永生，并让他居住在今天的巴林附近。①

在公元前 4 世纪末，随着亚历山大大帝征服古代近东地区并建立帝国，这一地区进入了希腊化时代。在两河流域，楔形文字苏美尔语和阿卡德语的使用日渐衰微，逐步被希腊语所取代。公元前 3 世纪时，巴比伦城马尔杜克神庙的祭司贝洛索斯用希腊语写就了一部三卷本的《巴比伦尼亚志》，进献给塞琉古国王安条克一世。可惜该著作后来失传，仅有少量内容保存在后世作家的描述和引用中。② 这部书在介绍两河流域的历代国王时，就列举了

---

① 详见 W. G. Lambert and A. R. Millard，*Atra-Hāsis*，pp. 138 – 145。Irving Finkel 在其著作 *The Ark before Noah*，pp. 91 – 92 介绍了今年发现的一块新残片。

② 关于《巴比伦尼亚志》的内容介绍，详见拱玉书：《西亚考古史》，第 22—25 页。

孜乌苏德腊并叙述了他的洪水经历。

这一希腊语版的洪水故事与"史诗"中的版本情节大致雷同，但也存在若干有趣的差异。例如，故事的发生地不在舒鲁帕克，而在幼发拉底河更上游处的西帕尔（Sippar），该城是太阳神沙马什的崇拜中心。主人公除保存世间的活物外，还把不同时期的文字作品都挖洞埋入地下。跟随主人公上船的除了他的家人外，还有他的密友们。洪水过后，他携妻女还有船夫下船向众神献祭，随后就消失了。当其余人寻找他们之际，他的声音从空中传来，告诉大家因为他虔诚敬神，他与家人还有船夫获得了与神同住的殊荣；他还交代众人返回巴比伦城，并前往附近的西帕尔城抢救他在洪水爆发前埋下的作品，以传播给人类。最后，他告知方舟停泊的地点位于今亚美尼亚境内的山系中（Gordyaean mountains）。①

《圣经》中的洪水故事

《圣经·创世记》6—8 章中的洪水故事几近家喻户晓。起因在于耶和华"见人在地上罪恶很大，终日所思想的尽都是恶"（创世记 6：5），他因而"要将所造的人和走兽，并昆虫，以及空中的飞鸟，都从地上除灭，因为我造他们后悔了"（创世记 6：7）。挪亚得救的根本原因则在于他"是个义人，在当时的世代是个完全人。挪亚与神同行"（创世记 6：10）。较之两河流域的洪水故事，《创

---

① Irving Finkel，*The Ark before Noah*，pp. 99 - 101.

世记》的叙事中洪水的起因和主人公得救的原因不仅非常明确，而且带有强烈的道德判断意味。

耶和华嘱咐挪亚用歌斐木造一只方舟，并抹上松香防水。方舟长三百肘、①宽五十肘、高三十肘。挪亚与他的妻子、儿子以及儿媳都应进入方舟，而且有血肉的活物（包括飞鸟、牲畜和昆虫，每种一对公母）也应带上方舟。挪亚还应准备充足的食物带到船上（创世记6：18—21）。

但在下文中，耶和华的嘱托又有所变化。挪亚需要携带的动物，每种洁净的畜类和空中的飞鸟是七公七母，而每种不洁净的畜类则是一对公母（创世记7：2—3）。② 最终挪亚带上船的，包括洁净和不洁净的畜类、飞鸟和昆虫，每种一对公母（7：8—9）。挪亚和他家人及动物们登船后，耶和华最终把舱门封闭（7：16）。最终洪水泛滥在地上四十天（7：17），但后文又说"水势浩大，在

---

① 一肘约合0.5米。

② 此处耶和华对挪亚应携带物种的数量的不同指示，是"五经四源说"的经典案例之一。该学说在19世纪末由学者威尔豪森系统提出，是研究摩西五经——《创世记》《出埃及记》《利未记》《民数记》和《申命记》——的作者及其成书的主要学说。该学说把五经的内容分解为来源不同的四个部分。这四个来源分别是："亚卫派"的叙事（成书于公元前10—前9世纪），"神派"的作品（成文于公元前9世纪），"申命派"的《申命记》，成书于公元前7世纪，还有"祭司派"的资料，成文于公元前6—前5世纪。《创世记》中的洪水故事是"亚卫派"和"祭司派"叙事的综合，因此耶和华对挪亚的指示前后有所区别。"五经四源说"的简介参见陈贻绎：《希伯来语〈圣经〉导论》，第27—34页；对《创世记》洪水叙事中"亚卫派"和"祭司派"底本的分析，详见［美］加里·A. 伦茨伯格著，邱业祥译：《〈吉尔伽美什〉洪水故事观照下的圣经洪水故事》，第36—53页。

地上共一百五十天"(7：24)。结果，"凡在地上有血肉的动物，就是飞鸟、牲畜、走兽，和爬在地上的昆虫，以及所有的人都死了；凡在旱地上、鼻孔有气息的生灵都死了；凡地上各类的活物，连人带牲畜、昆虫，以及空中的飞鸟，都从地上除灭了，只留下挪亚和那些与他同在方舟里的"(7：21—23)。

洪水泛滥期间，方舟飘荡在水面上，水退去后则停靠在亚拉腊山。过了四十天后，挪亚首先放飞了一只乌鸦，乌鸦飞来飞去直到地上的水干。他接着放出一只鸽子，鸽子飞回他身边；七天过后，他又放出一只鸽子，鸽子叼着一片橄榄叶回来；又等了七天后，他再次放飞一只鸽子，鸽子没有返回，他推断洪水已经消退。于是挪亚和他的家人走出方舟，为耶和华筑坛，并献上洁净的牲畜和飞鸟作为燔祭。耶和华闻到祭品的馨香，表示再也不毁灭生命了。

两河流域与《圣经·创世记》中洪水故事之比较

下表简要概括了两河流域洪水故事与《圣经·创世记》中洪水叙事的异同：

表4　两河流域洪水故事与《圣经·创世记》中洪水叙事之比较

	"史诗"+《阿特腊哈希斯》	《创世记》
起因	人类发出的噪音太大，使得众神（尤其恩利尔）无法安眠	人在地上罪恶很大

	"史诗"+《阿特腊哈希斯》	《创世记》
得救人类	乌特纳皮施提夫妇/阿特腊哈希斯,其家人和族人; 各种手工艺人	挪亚夫妇及三个儿子和儿媳
方舟细节	长、宽、高尺寸; 七层	歌斐木制造; 长、宽、高尺寸; 上中下三层
所携物种	所有生物	各类飞鸟、昆虫、畜类各一对公母
持续时间	6天7夜(或7天7夜)	40天(泛滥为150天)
船停靠点	尼穆什山(Nimush)	亚拉腊山(Ararat)
洪水后果	所有人都归于尘土	所有人、牲畜、走兽、飞鸟并昆虫都死了
查看洪水	鸽子(返回) 燕子(返回) 乌鸦(一去不返)	乌鸦(飞来飞去直到水干) 鸽子(前两次返回,第三次离开)
向神献祭	献芦苇、雪松和没药为祭品; 恩利尔赐予乌特纳皮施提夫妇永生	献飞鸟和洁净牲畜作为燔祭; 耶和华决定再不毁灭生命

上表显示,虽然两个文明的洪水故事细节上存在差异,但它们在基本情节和主要角色上却显示出惊人的一致。两个文明中的最高神都出于某种目的决定降下洪水毁灭人类,但又通过某种方式把这一决定透露给特定的个人,并指导他建造船只以躲避劫难;获救的个体还把其家人和飞鸟昆虫走兽一同带上船避难。洪水泛滥期间,船停靠在一座山上。洪灾过后,乌鸦和鸽子都被从船

里放飞以打探大地上的洪水是否已经退去。最终,获救的个人向神奉献祭品;神则在享用之余,表示再也不发动类似灾难毁灭生命。

乌鸦作为一种名不见经传的鸟类,为何在这两个文明的洪水故事中都占有一席之地呢? 据统计,乌鸦在《圣经·旧约》中出现了十次,其象征意义却模糊不定:它可以象征国破家亡后荒芜凋敝的景象,也可作为上帝的工具帮助或惩罚人类,还可用于表达人头发的乌黑之美。[①] 鸟类学家的研究则显示,乌鸦与鹦鹉并驾齐驱,堪称最聪明的两种鸟类。乌鸦的大脑重达 12—17 克,约占其体重的 1.3%,重量的绝对值居鸟类之首,相对值则接近人类。乌鸦的聪明还表现在它们至少以一对正值繁殖期的夫妇为核心,过群居生活。此外,它的分布较广,基本在世界各地都能见到;寿命较长,有时超过 20 年。[②] 我们仅能猜测,或许乌鸦的上述特点引起了古人的注意,从而成为了经典文本中的角色?

方舟抑或圆舟?

在《创世记》15—16 章中,耶和华向挪亚明确了方舟的形状和大小:"要长三百肘,宽五十肘,高三十肘。方舟上边要留透光处,高一肘。方舟的门要开在旁边。方舟要分上、中、下三层。"换

[①] [英]萨克斯著,魏思静译:《乌鸦》,生活·读书·新知三联书店 2009 年,第 31—36 页。
[②] [英]萨克斯著,魏思静译:《乌鸦》,第 19—26 页。

算为现代公制,其长、宽、高分别为 137. 2 米、22. 8 米和 13. 7 米,①这是方舟得名的由来。

在"史诗"中,智慧神埃阿指示乌特纳皮施提所造之船的阿卡德语原文为 *eleppu*,它是船只的通称,没有特别含义。船的长与宽应相同(XI: 30)。在乌特纳皮施提造船过程中,更多细节得以浮现:它有六层甲板,内部空间又分为九部分;船边高约 60 米,"底面积"约为 3600 平方米(XI: 58—63)。"底面积"一词在原文中以苏美尔语 GÚR 出现,相当于阿卡德语的 *kippatu*,本意之一为"圆"。年代更古老的《阿特腊哈希斯》故事因为泥板残缺,未能保存主人公所建船只的详细信息。

基于最近释读的一块古巴比伦时期的泥板,任职于大英博物馆的芬克尔博士(Irving Finkel)发现该泥板的内容恰好补充了《阿特腊哈希斯》中缺失的船只细节。智慧神埃阿指示阿特腊哈希斯:"为你要造的船设计一个圆形方案,让它的长与宽相同,让它的'底面积'为 1 依库(约 3600 平方米),让它各边(高)1 宁担(约 6 米)。"②其中,"圆形方案"的阿卡德语原文为 *eṣerti kippati*。鉴于"史诗"中的洪水叙事与《阿特腊哈希斯》故事的文本关联,且

---

① Irving Finkel, *The Ark before Noah*, pp. 145‐146.
② Irving Finkel, *The Ark before Noah*, pp. 358‐359, lines 6‐9. 阿卡德语原文为:MÁ *te-ep-pu-šu e-ṣe-er-ši-ma/e‐ṣe-er-ti ki-ip-pa-tim/lu mi-it-ḫa-ar ši-id-da-ša ù pu-us-sa/lu-ú* 1 (AŠ) IKU *ka-aq-qá-ar-ša lu-ù* 1 NINDAN *i-ga-ra-tu-ša*。

两个文本都使用了意思为"圆"的关键术语 GÚR/ kippatu，芬克尔认为两河流域洪水故事传统中主人公所建船只最初应为"圆舟"，在"史诗"中才演变为"方舟"。他还结合对两河流域传统水上运输工具的研究，认为"圆舟"的形状类似于一种篮子形的科尔科拉小艇（coracle）。20 世纪早期的资料显示，这种小艇用柳条编成并涂抹沥青以达到防水目的。[①]

　　两河流域的"圆舟"在希罗多德的《历史》中也有记载："现在我就要说一下除了城市本身之外，在那个地方最使我感到惊异的东西是什么了。沿河下行通往巴比伦的船都是圆形的，而且都是用皮革做的。他们用在亚述上方阿尔美亚人居住的地方割取下来的柳枝制作船的肋骨，而在外面再蒙上一层皮革，这样便造成了船体；这种船既不把船尾弄宽，也不把船头弄窄，因而它是圆圆的和盾牌一样。"[②]遗憾的是，"圆舟"在今天的伊拉克已经绝迹。

从楔文泥板到《旧约》

　　古代以色列民族所居之所，即通常所言的《圣经》之地，大致相当于今天现代以色列国家所在地。它的主要气候类型是地中海气候，夏季炎热干燥且时间较长，最高气温出现在 8 月；冬季寒冷湿润但时间较短，最低气温在 1 月。约 70％的降水集中在 11

---

① 详见 Irving Finkel，*The Ark before Noah*，pp. 133‑155。
② ［古希腊］希罗多德著，王以铸译：《历史》，商务印书馆 2013 年，第 97—98 页：1.194。

月到来年 3 月之间,而 6—8 月间经常没有降水;北部年均降雨量在 1,100 毫米左右,而最南端年均降雨量还不到 100 毫米。《圣经》之地所在的整个地中海东岸(又称黎凡特)地区,同样以山区地形为主。最重要的山脉是海拔 3,098 米的黎巴嫩山,构成主要的交通障碍。太巴列湖(Lake Tiberia)以北地形崎岖,自加沙地带以南则为沙地,沿海都是平原。幼发拉底河的上游流经该地区(主要是叙利亚),另一主要河流为奥龙特河(Orontes)。总之,不管在《圣经》之地还是其周边地区,都不存在流量丰富、会爆发季节性泛滥的河流。

既然在《圣经》之地爆发洪水的可能性微乎其微,那为何以挪亚为主人公的洪水故事得以成为《圣经》开篇《创世记》中的重要内容呢？对此,现在广为接受的一种解释是传播说:两河流域的洪水故事是挪亚方舟故事的滥觞,前者经过传播和加工改造,并通过经典化过程最终被收入《圣经》。故事的传播就发生在"巴比伦之囚"(公元前 587—前 586)的前后,地点在两河流域的巴比伦城。①

经历了三朝国王——扫罗(公元前 1025—前 1005 在位)、大卫(公元前 1005—前 965)和所罗门(公元前 968—前 928)——在位时的短暂统一后,古代以色列在所罗门之子罗波安(公元前

① 关于传播过程的讨论,详见 Irving Finkel, *The Ark before Noah*, pp. 224 - 260。除另有注明外,下文内容基本出自于此。

928—前911)统治时分裂为南国犹大和北国以色列,前者都城仍在耶路撒冷,后者则定都撒玛利亚,双边关系一直处于紧张状态。北国以色列的国内政局动荡,王权几易其手;对外则有强敌新亚述帝国大兵压境。最终在公元前722年,新亚述国王沙尔曼尼泽尔五世(Shalmaneser V,前727—前722)出兵攻陷撒玛利亚,把北国的王室和贵族流放至亚述本土。北国以色列从此灭亡。①

与北国相比,南国犹大的政治局势较为稳定,王位一直在大卫王家族中传承。它的面积较小,且战略位置不如北国重要,所以北国灭亡后,它还存续了一段时间。当两河流域的新巴比伦王朝取代新亚述成为古代近东的新霸主后,其国王重新发动了对地中海东岸的进攻。国王尼布甲尼撒二世(Nebuchadnezzar II,公元前604—前562在位)于公元前597年围困耶路撒冷,流放犹大国王约雅斤并王室成员、主要官员、精锐部队、工匠等到两河流域,变犹大为其附属国。公元前586年,尼布甲尼撒二世攻陷该城,拆掉城墙,摧毁先王所罗门所建神庙,再次将统治阶级上层成员流放至两河流域南部,史称"巴比伦之囚"。至此,南国犹大也灭亡了。

---

① 这段历史在《圣经·列王纪下》(中文和合本/新国际版)中有记载云:犹大王亚哈斯十二年,以拉的儿子何细亚在撒马利亚登基,作以色列王九年。他行耶和华眼中看为恶的事,只是不像在他以前的以色列诸王。亚述王撒缦以色上来攻击何细亚,何细亚就服侍他,给他进贡。何细亚背叛,差人去见埃及王梭,不照往年所行的与亚述王进贡。亚述王知道了,就把他锁禁,囚在监里。亚述王上来攻击以色列遍地,上到撒马利亚,围困三年。何细亚第九年,亚述王攻取了撒马利亚,将以色列人掳到亚述,把他们安置在哈腊与歌散的哈博河边,并玛代人的城邑(17:1—6)。

这一事件在《圣经·列王纪下》中有生动记载："西底家背叛巴比伦王。他作王第九年十月初十日，巴比伦王尼布甲尼撒率领全军来攻击耶路撒冷，对城安营，四围筑垒攻城。于是城被围困，直到西底家王十一年。四月初九日，城里有大饥荒，甚至百姓都没有粮食。城被攻破，一切兵丁就在夜间从靠近王园两城中间的门逃跑。迦勒底人[①]正在四围攻城，王就向亚拉巴逃走。迦勒底的军队追赶王，在耶利哥的平原上追上他，他的全军都离开他四散了。迦勒底人就拿住王，带他到利比拉巴比伦王那里审判他。在西底家眼前杀了他的众子，并且剜了西底家的眼睛，用铜链锁着他，带到巴比伦去。巴比伦王尼布甲尼撒十九年五月初七日，巴比伦王的臣仆、护卫长尼布撒拉旦来到耶路撒冷，用火焚烧耶和华的殿和王宫，又焚烧耶路撒冷的房屋，就是各大户家的房屋。跟从护卫长迦勒底的全军，就拆毁耶路撒冷四围的城墙。那时护卫长尼布撒拉旦将城里所剩下的百姓，并已经投降巴比伦王的人，以及大众所剩下的人，都掳去了。"（24：20—25：11）[②]

尼布甲尼撒二世统治下的巴比伦城此时正值鼎盛时期，占地面积达 900 公顷，其规模在古代世界首屈一指。直到 600 年后，作为帝国都城的罗马其规模才能与之媲美。巴比伦城横跨幼发

---

① 英文名 Chaldeans，闪族人的一支，其来源不明，到公元前 9 世纪中期已居住在幼发拉底河沿岸和两河流域南部；Marc Van De Mieroop, *A History of the Ancient Near East*: *Ca. 3000 - 323 BC*, p. 212。在《圣经》中，新巴比伦王朝被称作迦勒底王朝。

② 《圣经·历代志下》36：11—20 对该事件也有类似记载。

拉底河东西两岸,整座城市被三段城墙合围而成的一个三角形所环绕。内城面积约为 27.5 公顷,又由三段围墙环绕,是诸多公共建筑、王宫和神庙的所在地。公元前 5 世纪的希罗多德在其所著《历史》中宣称,他曾经造访巴比伦城,发现它的城墙如此宽阔,以至于可以通行一辆四匹马拉的马车。

国破家亡又遭流放的犹太人到达帝国的都城巴比伦后,与迥然不同的多神信仰和楔形文字文化体系发生碰撞,所感受到的心理冲击可想而知。加之先王所罗门所修建的耶和华神庙被毁,他们因而失去了在耶和华面前举行仪式、奉献祭品的物理空间,其一神信仰和族群身份的维系岌岌可危。正是在这样的历史情境下,《旧约》开启了其经典化进程。

与此同时,犹太人也开始主动或被动地学习两河流域的楔形文字和文学作品。尼布甲尼撒二世第一次围困耶路撒冷并俘虏犹大国王后,《圣经·但以理书》记载他"吩咐太监长亚施毗拿从以色列人的宗室和贵胄中带进几个人来,就是年少没有残疾、相貌俊美、通达各种学问、知识聪明俱备、足能侍立在王宫里的,要教他们迦勒底的文字语言。王派定将自己所用的膳和所饮的酒,每日赐他们一份,养他们三年。满了三年,好叫他们在王面前侍立"(1:3—5)。[1] 对两河流域国王而言,从文化上同化被流放到

本国的异族人口不啻为一种有效的管理理念,有助于他们接受征服者的统治。向犹太知识精英传授两河流域的楔形文字和经典作品就是该理念指导下的具体举措。另一方面,遭流放的犹太人不可避免地需要与两河流域的本土居民进行日常交流,这也敦促前者学习阿卡德语和楔形文字。[①] 鉴于希伯来语和阿卡德语都属闪米特语系,语言上的亲缘关系也为犹太人的学习提供了一定的便利。

尼布甲尼撒二世统治时期留下了数量丰富的"学堂泥板",包括老师书写的示范泥板和学生抄写的作业泥板。这些泥板上记录了三部经典作品——《苏美尔王表》、《萨尔贡传说》和"史诗"——的选段或摘要。除上文已讨论的"史诗"中的洪水故事外,其余两部作品的部分内容很可能也影响了《旧约》的创作。

其他案例

根据《创世记》第 5 章的记载,从人类始祖亚当到经历大洪水的挪亚,人类共繁衍了十代,每一代的寿命少则 300 多年,多则 900 多年:亚当 930 岁,塞特 912 岁,以挪士 905 岁,该南 910 岁,

---

① 最有力的证据来自 Al-Yāhūdu 档案(公元前 572—前 477)。这批档案包括 200 余块楔形文字泥板,多次提及一个名为"犹太镇"(Al-Yāhūdu)的地点;该镇是一个被流放犹太人的定居点。有五十块左右的泥板已被研究和发表,详见 Laurie E. Pearce and Cornelia Wunsch, *Documents of Judean Exiles and West Semites in Babylonia in the Collection of David Sofer* (Bethesda, Maryland: CDL, 2014)。其余的泥板依然散落在私人收藏家手中。

玛勒列 895 岁,雅列 962 岁,以诺 365 岁,玛土撒拉 969 岁,拉麦 777 岁,挪亚 950 岁(洪水爆发时 600 岁)。洪水过后,挪亚绝大多数后代的寿命缩短了一半甚至更多:闪 600 岁,亚法撒 438 岁,沙拉 433 岁,希伯 464 岁,法勒 239 岁,拉吴 239 岁,西鹿 230 岁,拿鹤 148 岁,他拉 205 岁(11∶10—32)。以色列人的先祖亚伯拉罕则只活了 175 岁(25∶7)。因此,以洪水爆发为分水岭,《创世记》所记录的人类寿命开始大大缩水,逐渐接近于预期寿命。

类似现象同样出现在两河流域的一篇著名文献《苏美尔王表》中。它用苏美尔语写就,现存最早的抄本来自公元前两千纪早期,记载了从王权伊始一直到公元前 1900 年左右的王位传承情况。[①] 它开篇如下:

当王权自天而降时,它落在埃利都。在埃利都,阿鲁里姆为王,统治了 28,800 年,阿拉苔尔统治了 36,000 年,两王共计 64,800 年。埃利都遭遗弃,王权移至巴德·提比腊。

在巴得提比拉,恩美鲁阿那统治了 43,200 年,恩美苔勒阿那统治了 28,800 年,神圣杜穆孜,牧羊人,统治了 36,000 年,三王共计 108,000 年。巴得提比拉遭遗弃,王权移至拉

---

① 较新译本见 Jean-Jacques Glassner and Benjamin R. Foster, *Mesopotamian Chronicles*, pp. 117 - 126。

腊克。

在拉腊克，恩希帕孜阿那统治了 28,800 年，一王统治了28,800 年。拉腊克遭弃，王权移至西帕尔。

在西帕尔，恩美杜尔阿那为王，统治了 21,000 年，一王统治了 21,000 年。西帕尔遭弃，王权移至舒鲁帕克。

在舒鲁帕克，乌巴尔图图①为王，统治了 18,600 年，一王统治了 18,600 年。

五座城市，八位国王统治了 385,200 年。洪水席卷而来。洪水过后，当王权自天而降时，它落在基什。

在基什，吉舒尔为王，统治了 1200 年；库拉希那贝勒统治了 900 年；……23 位国王统治了 23,310 年 3 个月又 3 天半。基什被打败，王权移至埃安那。②

可见，《苏美尔王表》中各城邦国王的统治时期同样以大洪水为界，从几万年缩短到几百到上千年不等。③ 这样一种洪水前后不同情况的对比，很可能被《创世记》的作者们所借鉴，并运用到人类先祖的叙事中。

《创世记》之后的《出埃及记》在开篇（1—2：10）叙述了古代

---

① 与"史诗"中乌特纳皮施提的父亲同名。
② 笔者根据 Jean-Jacques Glassner and Benjamin R. Foster, *Mesopotamian Chronicles*, pp. 118 - 121 的内容翻译而成。
③ Irving Finkel, *The Ark before Noah*, pp. 249 - 251.

以色列人首领摩西的身世。居住在埃及的以色列人因为生养众多,法老就命令民众把他们新生的男婴都扔到河里,仅允许女婴存活。摩西的母亲生下他后,把他藏了三个月,最后不得不取一个蒲草箱,①用沥青防水后,把摩西放入其中。箱子浮在尼罗河边的芦苇丛中,被法老的女儿发现后,她就收养了摩西。由于《圣经》的影响力,这则故事也成为世界文学中以"江流儿"为主题的作品中最著名的代表。② 无独有偶,成文于公元前 1000 年前后的一部阿卡德语作品,记录了首次统一两河流域的萨尔贡大帝(约公元前 2334—前 2279 在位)的类似身世:

> 我母是高级祭司,我父是谁,我却不知。
>
> 我父的兄弟们家住山地。
>
> 我的城市(出生地)是安祖皮拉努,在幼发拉底河岸。
>
> 我的身为高级祭司的母亲怀了我,偷偷把我生下。
>
> 她把我放到芦苇篮里,她用沥青把缝隙封好,
>
> 把我放入河流,因此我没有被发现。
>
> 河水把我带走,把我带到汲水者阿齐那儿。
>
> 汲水者阿齐在用桶提水时把我提了上来,

---

① 值得注意的是,此处装摩西的箱子和洪水叙事中挪亚所造的方舟,其对应的希伯来语原文为同一词 tevah;陈贻绎,《希伯来语〈圣经〉导论》,第 53—54 页。

② Donald B. Redford 搜集了"江流儿"主题的 32 个案例,详见其"The Literary Motif of the Exposed Child," *Numen* 14(1967): pp. 209 - 228。

汲水者阿齐把我当作养子一样养育，

汲水者阿齐让我在他的果园里干活。①

不过，尽管摩西的出生和获救最接近于萨尔贡大帝的经历，我们还是只能推断《圣经》中的相关叙述很可能借鉴了两河流域的作品，无法排除《圣经》作者独立创作的可能性。②

余波：犹太人返乡

在尼布甲尼撒二世统治下，新巴比伦王朝的实力达到巅峰，之后开始由盛转衰。他去世后仅二十余年，波斯国王居鲁士大帝（前559—前530年在位）便在公元前539年率兵从东面进入两河流域，在迪亚拉河汇入底格里斯河之处与新巴比伦王国的军队大战一场，获得胜利。此后波斯军队势如破竹，拿下多个城市。同年巴比伦城沦陷，居鲁士大帝被作为解放者迎入巴比伦城，俘虏了新巴比伦末代国王那波尼德本人。

波斯帝国的统治以宽容为特色。居鲁士大帝攻占两河流域后，允许在前朝遭到流放的多个城市的居民重返故土。《圣经·以斯拉记》1—4章中就记载了他对流放在两河流域的犹太人的诏令："'耶和华天上的神，已将天下万国赐给我（即居鲁士本人），

---

① 拱玉书：《日出东方：苏美尔文明探秘》，第109页。
② Donald B. Redford, "The Literary Motif of the Exposed Child," p. 227.

又嘱咐我在犹大的耶路撒冷为他建造殿宇。在你们中间凡作他子民的,可以上犹大的耶路撒冷,在耶路撒冷重建耶和华以色列神的殿(只有他是神),愿神与这人同在。凡剩下的人,无论寄居何处,那地的人要用金银、财物、牲畜帮助他;另外也要为耶路撒冷神的殿,甘心献上礼物。'"①

1879年发现于巴比伦城的《居鲁士圆柱铭文》,作为经外文献首次佐证了《圣经》中的相关记载。该铭文使用楔形文字阿卡德语,记录居鲁士大帝在两河流域主神马尔杜克的召唤下,兵不血刃地推翻新巴比伦末代国王的统治。攻占两河流域后,居鲁士大帝允许在前朝遭到流放的多个城市的居民重返故土,并迎回这些城市主神的神像。铭文结尾处强调了居鲁士本人对马尔杜克神丰厚的献祭和对巴比伦城的修缮重建。②

居鲁士发布诏令后,被流放的犹太人及其后裔并非一蹴而就地返回耶路撒冷,③他们的返乡应该是一个过程性事件。根据《圣经》中《以斯拉记》和《尼希米记》的记载,这个过程至少从居鲁

---

① 该诏令一个更简短的版本记载在《历代志下》的结尾。关于波斯时期犹太人返乡问题的研究,详见孟振华:《波斯时期的犹大社会与圣经编纂》,宗教文化出版社2013年。

② 孟振华:《波斯早期犹大政策重探》,《世界历史》2010年第4期,第93—101页。关于《居鲁士圆柱铭文》的发现和展出经历,详见 Irving Finkel ed., *The Cyrus Cylinder: The King of Persia's Proclamation from Ancient Babylon* (London/New York: I. B. Tauris, 2015)。

③ 《以斯拉记》2:64—65统计,首批返乡的犹太人共42,360人,外加7,337名仆人。

士在位一直持续到阿塔薛西斯在位时期(公元前 464—前 424/
423)。而且,经外文献也证实,有一部分犹太人并未返乡,而是继
续生活在两河流域。①

① 关于被流放犹太人的楔形文字记录,最新的文献综述详见 Laurie E. Pearce,
"Cuneiform Sources for Judeans in Babylonia in the Neo-Babylonian and
Achaemenid Periods: An Overview," *Religion Compass* 109(2016): pp. 230 -
243。其中包括尼普尔遗址出土的著名的穆腊舒档案(Murashu Archives,公元
前 454—前 404)。该档案记录了约 2200—2500 个人名,约 3%可能是犹太人
的名字;见 Yigal Bloch, "Judeans in Sippar and Susa during the First Century of
the Babylonian Exile: Assimilation and Perseverance under Neo-Babylonian and
Achaemenid Rule," *Journal of the Ancient Near Eastern History* 1(2014): pp.
123 - 124。

第十一章　妓女莎姆哈特、女店主施杜丽和乌特纳皮施提之妻①

两河流域的性别研究

性别研究作为一个新的方向在两河流域文明研究中的提出与确立，与 20 世纪六七十年代西方第二次女权主义运动的兴起和随即在学术界引发的震荡密不可分。② 在这方面，它类似于古典学领域性别研究的发展路径。③ 一年一度的两河流域研究全球大会已经两度（1986 年和 2001 年）把性别研究作为大会的主

---

① 本章曾以《妓女、女店主与贤妻——浅析〈吉尔伽美什史诗〉中的女性形象》为题，发表于《妇女与性别史研究》2016 年第一辑，第 85—103 页，收入本书时最后一部分有较大修改。

② 关于两河流域性别研究的综述，见 Julia M. Asher-Greve, "Stepping into the Maelstrom: Women, Gender and Ancient near Eastern Scholarship," *NIN: Journal of Gender Studies in Antiquity* 1 (2000): pp. 1 – 22 和 Marc Van De Mieroop, *Cuneiform Texts and the Writing of History*, London and New York: Routledge, 1999, pp. 138 - 160。

③ 关于古代希腊和罗马性别研究的综述，见裔昭印：《西方古典妇女史研究的兴起与发展》，《世界历史》2014 年第 3 期，第 116—128 页。

题。① 两河流域性别研究的专门刊物也于 2001 年创刊,②该刊物 2003 年出版的第三卷中发表了过去一百多年间出版的古代近东地区性别研究的相关文献汇编。③ 总体而言,两河流域的性别研究主要集中在收集整理与女性相关的材料和分析女性在社会中发挥的特定作用,④尤其是针对王室妇女和神庙女祭司⑤这两类地位显赫的女性,而对父权制的产生和性别的社会构建等问题关注较少。⑥ 尽管起步较晚,性别研究的重要性在两河流域研究领

---

① 这两次会议上宣读的论文后来都结集出版:Jean-Marie Durand ed. , *La femme dans le Proche-Orient antique*:*Compte rendu de la XXXIIIe Rencontre Assyriologique Internationale*, Paris, 7 – 10 Juillet 1986 (Paris:Éditions Recherche sur les Civilisations, 1987); S. Parpola and R. M. Whiting eds. , *Sex and Gender in the Ancient Near East*:*Proceedings of the 47th Rencontre Assyriologique Internationale*, Helsinki, July 2 - 6,2001 (Helsinki, 2002)。
② 该刊物的名称为 *NIN*:*Journal of Gender Studies in Antiquity*,NIN 在两河流域的苏美尔语中意为"女性"。
③ Julia M. Asher-Greve and M. F. Wogec, "Women and Gender in the Ancient Near Eastern Cultures," *NIN*:*Journal of Gender Studies in Antiquity* 3(2002): pp. 33 – 114.
④ 如 M. Stol, "Women in Mesopotamia," *Journal of the Economic and Social History of the Orient* 38(1995):pp. 123 – 144 和 Susan Pollock, "Women in a Men's World:Images of Sumerian Women," in J. M. Gero and M. W. Conkey eds. , *Engendering Archaeology*:*Women and Prehistory* (Oxford:Basil Blackwell, 1991), pp. 366 – 387。
⑤ 两河流域地位最显赫的女祭司,是首次统一两河流域的阿卡德王朝开国君主萨尔贡之女恩赫杜安娜(Enheduanna),她在乌尔城侍奉月神南那(Nanna);见 Irene J. Winter, "Women in Public:The Disk of Enheduanna, the Beginning of the Office and En-Priestess, and the Weight of Visual Evidence," in Jean-Marie Durand ed. , *La Femme dans le Proche-Orient Antique*, pp. 189 - 201。
⑥ Marc Van De Mieroop, *Cuneiform Texts and the Writing of History*, pp. 138 - 143.

域日益得到认可,已有学者提出性别研究可作为建立古代近东研究新范式的突破口,①并阐明在具体运用这一方法时,除性别、阶层和种族这些根本范畴外,还必须综合考察文献材料、图像资料和考古记录。②

　　古代两河流域孕育了人类最古老的文明,也发明了最早的文字——楔形文字,从而在公元前三千纪晚期率先跨入历史时代。流传至今的楔形文字材料记录了各类女性的不同信息:包括王后和高级女祭司在内的地位尊贵的女性经常出现在王室铭文、宫廷通信和经济管理文献中;地位更为低下的女性往往在涉及婚姻家庭和财产继承的私人合同中被提及,或者作为从事纺织和碾磨的低级劳工出现在神庙或者王宫的人员名单中。③ 以《汉穆拉比法典》为代表的成文法包含了涉及女性的婚姻缔结与中止、家庭代际关系(如乱伦)、财产分割与继承、子女收养的诸多条款。④ 神话、

----

① Julia M. Asher-Greve, "Feminist Research and Ancient Mesopotamia: Problems and Prospects," in A. Brenner and C. Fontaine eds., *A Feminist Companion to Reading the Bible* (Sheffield: Academic Press, 1997), pp. 218 - 237.

② Zainab Bahrani, *Women of Babylon: Gender and Representation in Mesopotamia* (London and New York: Routledge, 2001), pp. 7 - 27.

③ Marc Van De Mieroop, *Cuneiform Texts and the Writing of History*, pp. 139 - 140.

④ Martha T. Roth, *Law Collections from Mesopotamia and Asia Minor*, pp. 105 - 120, ¶ 127 -¶ 195. 该法典主要的中文译本有以下三种:杨炽译:《汉穆拉比法典》;世界著名法典汉译丛书编委会编:《汉穆拉比法典》,法律出版社 2000 年;爱德华兹著,沈大鈇译,曾尔恕勘校:《汉穆拉比法典》,中国政法大学出版社 2005 年。

史诗、赞美诗、挽歌和谚语等文学作品则刻画了女性作为女儿、妻子和母亲的心理和情感世界。①

　　在用于研究时，两河流域不同类型的材料各具特点。例如，成文法反映的可能是一种理想状态而不是当下的社会现实，管理文献和宫廷通信关注的仅仅是广阔社会生活的几个特定方面，而文学作品折射的则是一个已经逝去的原型社会。② 除文学作品外，上述材料中展现的女性形象往往具有抽象化、集体化和边缘化的特点，缺乏个体刻画和个性色彩。女性形象的抽象化，是由管理文献和法律文书的特点决定的：它们作为应用性公文，行文言简意赅，在个人信息方面仅记录女性的名字、家庭身份（母亲、妻子或女儿）或职业，并不关注她们作为个体的生活遭遇和人生经历。女性形象的集体化主要体现在成文法典中：法典通常把女性根据法律身份（自由人或奴隶）、职业（女祭司或酒馆女店主）和家庭地位（妻子或女奴）进行分类，进而明确每类女性在家庭、婚姻和职业活动中的相关权利和义务，我们无法窥见任何具体案例。王室铭文和宫廷通信的主角几乎都是男性，女性仅作为边缘人物得以出现。

---

① S. N. Kramer, "The Woman in Ancient Sumer: Gleanings from Sumerian Literature," in Jean-Marie Durand ed. , *La femme dans le Proche-Orient antique*, pp. 107 - 112.

② Joan Goodnick Westenholz, "Towards a New Conceptualization of the Female Role in Mesopotamian Society," *Journal of the American Oriental Society* 110 (1990): p. 512.

较之其他材料中抽象化、集体化和边缘化的女性形象,文学作品中塑造的女性形象则远为生动详实和丰富多彩。其中,《吉尔伽美什史诗》又独树一帜,用可观的篇幅彰显了众多的女性个体,包括应众神要求创造恩启都的母神阿鲁鲁,吉尔伽美什的母亲女神宁荪,引导恩启都从野蛮步入文明的妓女莎姆哈特,向吉尔伽美什求爱不成反生恨的女神伊施塔,在海边小酒馆中规劝吉尔伽美什放弃冒险、早日还乡的女店主施杜丽,以及说服丈夫向吉尔伽美什透露永生秘密的乌特纳皮施提之妻。这六位女性或人或神,年龄身份地位迥异,但都个性特色鲜明,每一位的出现把故事情节往前推进乃至引向高潮。在现有的对上述女性角色的研究中,关注的重点往往是女神伊施塔这一形象;少量聚焦于妓女莎姆哈特或女店主施杜丽的著述,则经常以她们为线索来考察不同文本的结构及其流传和演变的过程。[①] 本章选取其中的三位凡人角色——妓女莎姆哈特、女店主施杜丽、乌特纳皮施提之妻——作为研究对象,力图展现并分析两河流域文明传统中对这三类女性形象的社会建构。[②]

---

① 详见 Tzvi Abusch 的论文集: *Male and Female in the Epic of Gilgamesh*;它较为系统地研究了《吉尔伽美什史诗》中的女性形象,尤其是伊施塔和施杜丽。

② 社会建构形象(society-engendered image)不同于自我印象(self-image);参见 Joan Goodnick Westenholz, "Towards a New Conceptualization of the Female Role in Mesopotamian Society," p. 512.

妓女引诱恩启都

就本章分析的三个女性角色而言,莎姆哈特首先在"史诗"中粉墨登场。恩启都诞生后,在荒野游荡,与野兽为伍,时常填平猎人挖好的陷阱,扯掉他设下的套索,并放走他捕捉的猎物(I:130—133)。一名猎人的狩猎受到恩启都严重干扰后,遵循父亲的建议,前往乌鲁克城觐见吉尔伽美什以求帮助。听完猎人对恩启都的控诉后,吉尔伽美什说道:

> 去吧,我的猎人,带上妓女莎姆哈特!
> 当兽群来到饮水地,
> 她当轻解罗裳,尽显魅力。
> 他(恩启都)会看见且靠近她,
> 哪怕曾与他为伍,兽群也会把他抛弃。(II:163—166)

赵乐甡在翻译时,将莎姆哈特的身份理解为"神妓",并进一步解释为"是古巴比伦神庙中从事卖淫的女巫,其收入归神庙所有"。[①] 但在"史诗"原文中,莎姆哈特的职业对应的阿卡德语为 *harīmtu*,该词的本意仅为"妓女",与神庙没有必然联系。[②] 希罗

---

① 《世界第一部史诗〈吉尔伽美什〉》,第 24 页,注解 16。

② *The Assyrian Dictionary of the Oriental Institute of the University of Chicago*,Ḫ,pp. 101-102;Rivkah Harris, *Gender and Aging in Mesopotamia:The*（转下页）

多德在其《历史》中记录的每位巴比伦妇女一生中必须有一次到阿普洛狄铁的神殿中与一个陌生男子交媾的习俗，[①]其历史真实性已被研究两河流域文明的学者所否认。

猎人对吉尔伽美什言听计从，带着莎姆哈特来到恩启都和兽群惯常的饮水处，开始等候。第二天恩启都出现时，猎人便指示莎姆哈特上前引诱：

> 那就是他，莎姆哈特！袒露你的胸襟，
>
> 暴露你的隐私，让他感受魅力！
>
> 千万不要退缩，吸入他的气息！
>
> 他将会看见你，并移步靠拢你。
>
> 解开你的衣裳，让他躺你身上，
>
> 对他露一手女人的本事，
>
> 让他的激情尽情拥抱你！
>
> 哪怕曾与他为伍，兽群会把他抛弃。（I：180—187）

莎姆哈特奉命行事。果不其然，恩启都被她诱惑，与她巫山云雨长达六天七夜之久。他心满意足，但与他为伍的兽群却将他抛弃：

（接上页）*Gilgamesh Epic and Other Ancient Literature*，p. 226.

① 希罗多德著，王以铸译：《历史》，第 100 页。"阿普洛狄铁的神殿"指的可能是两河流域掌管爱欲和战争的女神伊施塔的神庙。

羚羊看见他转身就跑路，

动物也纷纷躲开恩启都。

恩启都玷污了纯洁身体，

躯体僵硬，为兽群所弃。

他变虚弱，敏捷已丧失，

但是获得了理性和认知。（I：197—202）

在两河流域传统中，性所象征的并不是自然而是教化——经历过性的身体不再是自然的身体，而是转变为开化的身体；性与建筑、王权、书写、音乐、冶金和石雕等技艺或者制度一起跻身于文明的要素之列。[①] 而且，性的这一功能主要通过女性来实施。因此，恩启都藉由莎姆哈特体验过性之后，便从野兽转变为文明人，导致他被兽群抛弃（见本书第五章）。

但诱发这一转变的关键人物莎姆哈特，在从跟随猎人离开乌鲁克到成功引诱恩启都的整个过程中，都处于"失语"的状态，"史诗"中没有任何对她心理的描写和言辞的记载。她如同木偶一般，完全听从猎人的指示行事：

[①] Zainab Bahrani，"Sex as Symbolic Form：Eroticism and the Body in Mesopotamian Art，" p.56.

莎姆哈特轻解罗裳,暴露隐私,

恩启都沉醉于她的魅力。

她毫无恐惧,吸入他气息,

她脱去衣服,他置身其上。

她对他露一手女人的本事,

他的激情尽情地拥她入怀。

六天七夜,

恩启都与莎姆哈特纵情享乐。(I:188—194)

然而,"史诗"中描绘的恩启都的形象足以使任何文明人感到恐惧:

他浑身是毛,头发长像女人,浓密如同大麦。

他不认人,不知有国。

他毛发遍身,如动物之神。

他与羚羊共吃草,同聚在饮水池塘,见水就眉开眼笑。

(I:105—112)

猎人本人首次见到恩启都时便吓得目瞪口呆。① 身处荒郊野外,引诱的对象又与野兽无异,莎姆哈特即使不在言语中表露,至少

---

① I:117.

心理上是有所恐慌和退缩的。但"史诗"对此只字未提,反而着墨于她如何遵照猎人的指示,宽衣解带以引诱恩启都[1]。不仅猎人和他父亲以及吉尔伽美什将莎姆哈特视为一件物品,不考虑她在完成使命时可能的情感反应,就连当时尚未蜕变为人的恩启都,在她身上享受过鱼水之欢后,对她也没有丝毫关注,反而把目光投向兽群,[2]观察它们的反应。此外,"史诗"中也没有任何对于莎姆哈特外貌和体态的刻画,这与上文所引的对于恩启都形体和习性的细节描写构成鲜明对比。考虑到两河流域文献传统和造型艺术中并不缺少对女性身体的刻画和表达,[3]"史诗"对莎姆哈特外形的选择性忽略显然别有深意,旨在弱化她的人性而强调其工具性。

妓女教化恩启都

从莎姆哈特出场到她成功引诱恩启都,"史诗"展现的是一个没有情感、没有言语、高度抽象并且完全物化的女性形象。除了她职业是妓女外,文中没有提及其他任何个人信息。她首次开口说话,是在恩启都被兽群抛弃,再也不能与野兽相伴,无奈回到她身边之际。她开导恩启都:

---

[1] I: 188—191.

[2] I: 196.

[3] Julia M. Asher-Greve, "The Essential Body: Mesopotamian Conceptions of the Gendered Body," *Gender and History* 9(1997): pp. 432 - 461.

恩启都,你俊美无俦,像神一样,

何苦与野兽在荒野游荡?

来吧,我领你去乌鲁克羊圈①,

去那神圣庙宇,安努②和伊施塔的家园。

那吉尔伽美什力大无比,

如野牛般统治芸芸众生。(I:207—214)

她的话打动了恩启都,后者欣然同意前往乌鲁克,并意图挑战吉尔伽美什,以证实自己乃最强大之人。③ 莎姆哈特大肆描绘乌鲁克城引人入胜之处:

那里天天是节日,鼓声阵阵节拍起。

有妓女仪态万方,充满欢乐与魅力,

她们使耄耋之人,激动得猛然坐起。

恩启都呀,你对生活一无所知,

让我引你去见那吉尔伽美什!(I:228—233)

---

① "羊圈"(sheepfold)是乌鲁克城市的别名。该城为两河流域最古老的城市,公元前 5 千纪初便有人居住。在早王朝 I 期时(公元前约 2900—前 2700)占地面积近 400 公顷,现存城墙长度近 10 公里。见 Michael Roaf, *Cultural Atlas of Mesopotamia and the Ancient Near East*, p.60。

② 安努(Anu)是两河流域的天神,在早期宗教传统中为众神之首。

③ I:215—223.

之后,莎姆哈特又向恩启都形容吉尔伽美什仪表堂堂,举止有度,浑身上下都散发着个人魅力,而且得到众神的专宠。① 最后还告诉他吉尔伽美什已经梦见了他的到来。

值得注意的是,带领恩启都前往乌鲁克与吉尔伽美什相会的计划并未出现在猎人父亲对猎人的面授机宜中,也并非吉尔伽美什对猎人进行指示的内容。② 这一计划更可能属于莎姆哈特自主的想法,③当然也在神祇创造出恩启都作为吉尔伽美什的对手这一解救乌鲁克居民的方案之内。

如果说在泥板 I 中莎姆哈特通过与恩启都交欢,使得他被兽群抛弃,无法在荒野继续生存;那么在泥板 II 中,她则进一步教会了恩启都在文明社会生活的必要技能。在她成功说服恩启都一同前往乌鲁克城求见吉尔伽美什后,他们一起上路,抵达了一处牧羊人的营地。这群牧羊人见到恩启都后,先对他品头论足一番,而后端出面包和啤酒款待他们二位。恩启都左顾右盼,就是不动嘴,因为他在荒野中从未品尝过这两样东西。莎姆哈特劝说道:

> 吃面包吧,恩启都,这是人类不可或缺,
>
> 喝啤酒吧,恩启都,这是土地必然命运。(II:P 96—99)

---

① I:236—242.

② I:140—145,161—166.

③ Susan Ackerman, *When Heroes Love*, p.142.

恩启都依她所言,开始大块朵颐,开怀畅饮,直到酒足饭饱。酒酣耳热之际,他容光焕发,放声歌唱。理发匠帮他剃掉全身的毛发,在身上涂满油脂,在外形上他也转变为人。他还穿上衣服,扮成武士,与侵害羊群的狮子和狼群作战;牧羊人们从此晚上得以安息。[①] 至此,恩启都不仅习得了文明社会衣食住行的习惯,而且倒戈相向,与曾经朝夕相处的动物为敌,以保护人类的利益。在莎姆哈特的教导下,他完成了蜕变为人的社会化过程,认同并且捍卫文明社会的价值标准。

在一次与莎姆哈特云雨之际,恩启都看见有人匆匆路过,便命令莎姆哈特将他带上前来,仔细询问。那人解释说,他应邀去乌鲁克城参加婚宴。根据习俗,吉尔伽美什将揭开新娘的面纱,[②]并且对新娘行使初夜权。[③] 恩启都听罢气得脸色发白,当即赶往乌鲁克城,莎姆哈特则紧随其后。[④] 在这段叙事中,莎姆哈特重新回到了失语的状态,而且在实际行动中也处于被动、听命

---

① 此段叙述见残片 P100—111。

② "面纱"对应的阿卡德语原文为 *pūg nishī*,本意为"民众的网";Andrew George, *The Babylonian Gilgamesh Epic*, vol. I, p. 178, col. iv: 157。

③ 阿卡德语原文为 *aššat šīmātim irahhi*,本意为"他要与那将成为妻子的女子交欢";见 Andrew George, *The Babylonian Gilgamesh Epic*, vol. I: p. 178, col. iv: 159。这一习俗在两河流域的其他任何文献中都没有提及;见 Gwendolyn Leick, *Sex and Eroticism in Mesopotamian Literature*, p. 257。

④ 此段叙述见残片 P135—175。

于恩启都：恩启都**命令她**①把此人带上前来，**她跟随**②恩启都前往乌鲁克城。随着恩启都在行为习惯和思想意识上完全实现从野兽到人的转变，莎姆哈特也丧失了在两人关系中仅有的主动权，两人的地位相互对调了。恩启都在为人处世上不再需要她的教导和指点，反而取得主导权，开始对她进行命令和指挥。

恩启都诅咒妓女

从恩启都进入乌鲁克城开始，莎姆哈特这个角色在"史诗"的叙事中便完全消失了。当她的名字再次出现，是在泥板 VII 中恩启都即将死去之时。吉尔伽美什和恩启都一同杀死守卫雪松林的怪兽芬巴巴和女神伊施塔派遣的天牛后，众神集会商议如何惩罚他们。众神首领恩利尔决定，恩启都应当死去。在梦见众神召开会议并由此得知自己不久将死去的消息后，恩启都先诅咒发现他的猎人，继而诅咒莎姆哈特：

> 来吧，莎姆哈特，我要决定你的命运，
> 你生生世世都要隐忍。
> 我要恶狠狠地诅咒你，

---

① 阿卡德语原文为 *ukkiši*，是一个使动词干的阴性单数命令式形式；Andrew George, *The Babylonian Gilgamesh Epic*, vol. I, p. 176, col. iv：140。

② 阿卡德语原文为 *warkišu*，英文译为"after or behind him"；Andrew George, *The Babylonian Gilgamesh Epic*, vol. I, p. 178, col. v：175。

从今往后我的诅咒将折磨你。

幸福之家你无法企及，

不能与家人同住一起。

禁止置身女子的闺房，

地将弄脏你最美衣裳。

醉汉玷污你节日华服，

你永不能得美好事物。

宴饮之桌家中不设立，

中意床铺成悲惨长椅。

路口将是你端坐之地，

废墟将是你入睡之席。

城垛阴影是立足之地，

荆棘会刺入你的脚底。

醉或醒之人扇你耳光，

【……】作为原告给你诉状。

你的屋顶将无人粉砌，

你的卧室猫头鹰栖息，

你的餐桌将永无筵席。（VII：102—123）

恩启都对莎姆哈特咬牙切齿的诅咒，使我们得以管中窥豹，了解在"史诗"相关内容创作和成文的时代，妓女的家庭关系、活动空间和社会地位。显而易见，古代两河流域的妓女无法建立自己的家庭,而且也被原有家庭驱逐,不能再与家人同住。她们的活动空间主要是在人流相对密集的地点,如主要道路交汇的路口或者人来人往的城墙处。她们的地位低下,易于遭受人身攻击或者法律诉讼。她们在社会关系上处于极其孤立和边缘化的状态,不能与其他年轻女子交往,也无法邀请他人来参加宴饮,甚至连屋顶破损了也没有建筑工人愿意前来修理。她们的卧室被视为不祥之物,会引来猫头鹰筑巢栖息。总之,她们的人生一片黑暗,无缘于任何美好的事物。①

恩启都对莎姆哈特的诅咒使人联想到阿卡德语版的《伊施塔入冥府》中冥府女王埃蕾什基伽勒对"无性人"的诅咒。智慧神埃阿创造了这一"无性人"(*assinnu*),②他得以进入冥府拯救以变为一个水囊的女神伊施塔。冥府女王拍着大腿咬着手指说:"你提了不该提的要求。过来,我要狠狠地诅咒你!你的食物将来自城里的阴沟,你的饮水将来自城里的下水道。你的住所将是城墙的阴影,你的栖身之地将是那门槛。醉汉和清醒之人都会扇你耳

---

① Gerda Lerner 认为,这段诅咒描写的是商业妓女(commercial prostitute)的悲惨生活,而莎姆哈特作为神妓(sacred prostitute),其境况和待遇都优于前者;见"The Origins of Prostitution in Ancient Mesopotamia," *Signs* 11(1986):pp. 246 - 247。但这一观点受到 Rikvah Harris 的质疑;见其 *Gender and Aging in Mesopotamia*, p. 226 note 14。

② 他在女神伊施塔的崇拜中充当表演者,缺少一般意义上的男性气概,很可能是名同性恋;参见 William R. Sladek, "Inanna's Descent to the Netherworld," pp. 89 - 91。

光。"①相似的原因可能在于妓女和"无性人"都属于社会边缘人群，无法被划归通常的社会人群范畴。

恩启都的诅咒并非直接出于对妓女这一职业的鄙夷，而是得知自己死期将至时，把这一结局归咎于莎姆哈特个人，借此发泄他的无助与绝望。这点在阿卡德语的原文中也得到证实：在上段引文中，恩启都一直针对的是"你（莎姆哈特）"而不是"你们（妓女行业）"。被莎姆哈特引诱并与她交欢后，恩启都原本"纯洁"的、没有经历过性爱的动物身体丧失了其"纯洁性"（即动物性）；②他原本强健的野兽身躯变得虚弱，转变为人类的躯体。与莎姆哈特的邂逅，触发了他从野兽到文明人这一蜕变过程中的第一个反应，是他后来得以与吉尔伽美什共创英雄业绩——杀死守林怪物芬巴巴和女神伊施塔派来报复的天牛——的必要条件。但是，这一邂逅同时也把恩启都引向了通往死亡的不归之路。意味深长的是，恩启都结束对莎姆哈特的诅咒后，跳出来辩解的并不是她本人，而是两河流域主持司法和正义的太阳神沙马什：

> 恩启都呀！你为何诅咒妓女莎姆哈特？
> 谁为你提供那神品尝的面包？
> 谁为你斟满那神饮用的啤酒？

---

① William R. Sladek, "Inanna's Descent into the Netherworld," pp. 259 - 260, lines 102 - 108；较新讨论见 Susan Ackerman, *When Heroes Love*, p. 142。
② VII：130—131.

> 谁为你穿上光芒四射的衣裳？
>
> 谁给你吉尔伽美什作为同伴？（VII：134—138）

沙马什进而安抚恩启都，他去世后吉尔伽美什会为他举行盛大隆重的葬礼：他的遗体将安放在一张体面的大床上，供乌鲁克的民众前来吊唁；吉尔伽美什本人也会身着狮皮，流浪荒野，以示哀悼。①

在沙马什的安抚下，恩启都终于平静下来，转而祝福莎姆哈特：

> 来吧，莎姆哈特，让我决定你命运。
>
> 我诅咒你，也当祝福你。
>
> 总督和贵族都将爱上你。
>
> 距你一里格之远，②男人们拍打大腿，
>
> 距你两里格之遥，他们都把头发甩。
>
> 士兵迫不及待解腰带，
>
> 黑曜石、青金石、黄金都送你，
>
> 还要赠你耳环和首饰。
>
> 最是能干伊施塔，既牵线又把桥搭，
>
> 帮你接近已成家，财富成山之男子，
>
> 发妻因你而遭弃，尽管育有七子嗣。（VII：151—161）

---

① VII：139—147.

② 里格是两河流域的长度单位，阿卡德语原文为 *bērum*，本意指步行两个小时的距离，相当于 10.8 公里左右。

在上述场景中,莎姆哈特自始至终处于失语状态,没有获得任何自我辩解的机会。而太阳神沙马什在反诘恩启都对莎姆哈特的诅咒时,强调的是莎姆哈特在恩启都蜕变为人的过程中所给予他的恩惠以及恩启都获得的物质和精神满足,但并没有否认她作为一名妓女在家庭关系、活动空间和社会地位等方面遭受到的歧视和伤害。而恩启都对莎姆哈特的祝福读来更使人倍感心酸。作为一名妓女,能够得到的祝福无非是能够多吸引几个不惜血本、博她欢心的恩客。即使这些恩客中有来自社会上层的总督和贵族,能提供给莎姆哈特的也只是金银财宝的物质享受,对于她社会地位和人际关系的改善于事无补。而且,她如果介入了恩客的家庭,还要为其中婚姻关系的破裂承担道义上的谴责。上段引文的最后一句就写道"发妻因你而抛弃",把婚姻破裂的责任完全推给莎姆哈特。

女店主邂逅吉尔伽美什

"史诗"刻画的第二位女性,是吉尔伽美什在恩启都去世后,浪迹天涯寻求永生时偶遇的酒馆女店主施杜丽。① 诗中对她的出场有如下描写:

---

① 她名字的阿卡德语原文为 *Shiduri* 或 *Siduri*,词源可能为胡里特语,意为"年轻的女子"。E. A. Speiser, "The Epic of Gilgamesh," in James B. Pritchard ed., *Ancient Near Eastern Texts Relating to the Old Testament* (Princeton University Press, 1969), p. 89 note 152.

她是酒馆主人，生活在那海边，

她住在那里面，海边的小酒馆，

她拥有纯金质地的支架和酒坛。

她身体裹着斗篷，面纱蒙住脸。①（X：1—4）

施杜丽甫一出场，便衣冠整齐，合乎礼仪，与吉尔伽美什此时"身着皮毛，令人望而生畏"②的状态形成强烈对比。无怪乎施杜丽远远地看见他，心里便直犯嘀咕："此人必是猎杀野牛之人，他从何而来，要到我门口？"③她立即把门闩上，登上屋顶观察。吉尔伽美什听见她的举动，勃然大怒，威胁要把她的大门撞倒，把门闩击碎。施杜丽急忙应答，询问吉尔伽美什他的旅程；吉尔伽美什则提及与挚友恩启都一道杀死守卫雪松林的怪物芬巴巴和伊施塔派来复仇的天牛的英雄业绩。④ 施杜丽回应如下：

若你与恩启都

的确把芬巴巴杀死，那雪松林的守卫者，

---

① "蒙面纱"的阿卡德语为 *kutummi kuttumat*；Andrew George，*The Babylonian Gilgamesh Epic*，vol. I，p. 678，X：4。同根动词 *katāmu* 的本意为"覆盖，隐藏"，用于描写吉尔伽美什在恩启都死后为他盖住头部的动作；参见第七章的"梦中的暧昧场景"。

② X：6.

③ X：13—14.

④ 此段叙述见 X：17—34。

在山隘处击毙狮子,将天牛擒住宰杀了,

为何你的双颊空凹,你的脸庞如此塌陷,

你的情绪低落消沉,你的面容憔悴不堪?

为何心中忧伤常驻,脸色就像远方来客?

为何经历霜冻日晒,身着狮皮浪迹荒野?(X:36—45)

读到此处,施杜丽对吉尔伽美什外表细致入微的观察跃然纸上。吉尔伽美什便向她解释了恩启都之死给自己带来的沉重打击,迫使他离开故土,浪迹天涯,寻求永生的秘密:

我的朋友,我的挚爱,与我患难与共,

我的朋友恩启都,我的挚爱,与我患难与共。

凡人命运把他夺走,六天七夜我在痛哭。

我没有把尸体下葬,直到蛆从鼻孔钻出。

我恐惧万分,怕死期不远,

我害怕死亡,所以在流浪。

朋友的结局,我无法承担,

所以我飘泊,直到那天边。(X:55—66)

吉尔伽美什倾诉完毕后,进而恳求施杜丽指引道路,以便找到知晓永生奥秘的乌特纳皮施提。施杜丽警告他渡海之路凶险,只有太阳神沙马什才能成行,但随后又指点他去寻找乌特纳皮施提的船夫,或许能得到帮助。吉尔伽美什依计而行,费劲周折后终于穿过死亡之海,找到乌特纳皮施提。①

在"史诗"一块古巴比伦时期(约公元前 1894—前 1595 年)的残片中,施杜丽在听完吉尔伽美什诉说哀思后,还劝告他放弃追求永生的想法,应转而享受现世的生活:

> 吉尔伽美什啊! 你要在何处流浪?
>
> 你寻找的永生绝不可得。
>
> 当神祇创造人类,他们安排了死亡,永生留给自己。
>
> 但你,吉尔伽美什,就填饱肚子,日日夜夜寻欢作乐吧!
>
> 白天作乐,夜晚跳舞嬉戏!
>
> 保持衣着整洁,沐浴洗头!
>
> 端详那牵着你手的孩童,让妻子享受你的拥抱!
>
> 这就是凡人的命运……②

施杜丽规劝吉尔伽美什要清洁身体、穿戴整齐、纵情声色,这几方面就是对享受当下生活的浓缩。她在劝诫吉尔伽美什放弃浪迹天涯寻找永生的生活方式,转而回到乌鲁克城邦享受一个凡人的生活。这几方面的内容,正好也是恩启都在妓女莎姆哈特

---

① 此段叙述详见 X:72—211。
② Andrew George,*The Epic of Gilgamesh*,p.124,Si iii 1'— 15'.

的教化下由野蛮迈向文明的历程。只不过顺序有所不同：恩启都先是纵情声色，之后才学会吃饭穿衣、剃毛涂油等文明社会的礼仪。①

女店主的人性化表现

"史诗"对施杜丽这个形象虽然着墨不多，字里行间却透露了些许个人信息，使我们对她的背景略知一二。她一出场，便是"裹斗篷，蒙面纱"的形象。根据两河流域中亚述时期（约公元前约两千纪下半期）的法律规定，已婚妇女、寡妇和亚述本族妇女外出到大街上时，都不能暴露头部；而未出嫁的女子外出时则应蒙上面纱。同一法律还规定，妓女不得蒙面，必须暴露头部；违者将被捉拿起来，带到王宫门口，处以五十大板的惩罚，并且在她头部浇上滚烫的沥青。② 后一规定与"史诗"在泥板 I 中对妓女莎姆哈特的描述相吻合：文中在描写她宽衣解带的动作时没有提及她的面纱。而施杜丽蒙上了面纱，则表明她不是一位妓女。诗中还明确指出，施杜丽住在海边，自己当店主经营着一家小酒馆。③ 两河流域流传至今的著名《汉穆拉比法典》，成书于公元前 18 世纪中期，其中便包含四则涉及到酒馆女店主条款。条款 108 规定，如

① Susan Ackerman, *When Heroes Love*, pp. 133 - 134.
② Martha T. Roth, *Law Collections from Mesopotamia and Asia Minor*, pp. 167 - 168, paragraph A40.
③ 酒馆女店主这一职业对应的阿卡德语为 *sābītum*，英译"innkeeper"。

果她拒绝大麦而只接受白银作为啤酒的价格,那么她将受到指控且被扔进水里;条款 109 规定,如果有犯罪分子在她酒馆里集会,但她没有抓住他们并送往王宫,那她应当被处死;条款 110 规定,如果两类女祭司没有住在神庙中,而是自己经营酒馆或者到酒馆中饮酒,那么她们应该被烧死;条款 111 规定,如果她出借了一坛啤酒,那么丰收时她应当收取五十升大麦作为利息。① 从这几则条款来推断,至少在《汉穆拉比法典》成文前后的古巴比伦时期(公元前两千纪上半期),酒馆女店主这一职业是存在的,而且她经营的方式、活动和场所在一定程度上都受到法律管制。因为条款只禁止两类女祭司经营酒馆,并没有指明这一职业向哪类女性开放,所以我们无从推测"史诗"中施杜丽具体的家庭背景。从她拥有的纯金酒坛②和支架来看,要么酒馆生意兴隆,要么她出身富有。

与妓女莎姆哈特相比,"史诗"赋予了施杜丽这一角色更为人性化的情感、心理、行为以及更大的主动性。当施杜丽远远望见衣冠不整、憔悴不堪的吉尔伽美什时,她显然感到害怕和恐惧,赶紧把大门闩好,登上屋顶观察。她看见吉尔伽美什的反应尚且如此恐慌,那泥板 I 中当莎姆哈特听从猎人指示,近距离诱惑当时

---

① Martha T. Roth, *Law Collections from Mesopotamia and Asia Minor*, pp. 101 - 102.

② 此处关于酒坛的信息在"史诗"的标准版中缺失,复原依据的是在赫梯都城哈图沙出土的残片;见 Andrew George, *The Babylonian Gilgamesh Epic*, vol. II, p. 868, note to X: 3。

仍为野兽的恩启都时,其内心的惧怕应该有过之而无不及。然而,"史诗"对此只字未提,反而着重描写了莎姆哈特一言不发,遵照指令宽衣解带的动作;不是把她视为一个人,而是当成一个木偶和一件工具。"史诗"在处理类似场景时的不同手法,除情节发展的考虑外,可能也与二者社会地位的差别有关。莎姆哈特作为一名妓女,无疑处在社会等级的底层。而施杜丽作为一名经营小酒馆的女店主,可以蒙上面纱,其社会地位明显高于莎姆哈特;《汉穆拉比法典》中的相关条款针对的也主要是她的日常经营活动。由此看来,在"史诗"创作的文化语境中,作品所赋予角色的人性化程度的高低和主动性的多少,似乎与角色本身社会地位的高低相关联。

虽然二者社会地位有别,但莎姆哈特和施杜丽依然同属边缘人群,活动空间受限,处于家庭和社会关系的真空中。莎姆哈特的活动基本都在恩启都游荡的荒野和带领他前往乌鲁克城的途中展开;一旦他们抵达作为文明中心和社会关系枢纽的城市,莎姆哈特这个角色就完全消失了。而施杜丽经营的小酒馆位于海边,同样远离城市。两人都没有家庭,也游离于任何社会关系网络之外。

就其在社会结构中所处的地位而言,莎姆哈特和施杜丽有诸多共同点:二人都是自力更生的劳动女性,都活动于两河流域以婚姻为基础的家庭圈子之外,所从事的职业(娼妓和饮酒)在两河流域男性的休闲娱乐中都占有重要地位。因为酒馆是男性找寻妓女的场所之一,所以妓女和酒馆女店主这两个职业又存在一定程度的交叉。[①]

乌特纳皮施提之妻雪中送炭

本章分析的第三位女性角色是大洪水的幸存者、知晓永生秘密的乌特纳皮施提之妻。经施杜丽指点迷津后,吉尔伽美什找到船夫乌尔沙纳比,后者带他渡过大海,到达永生之人乌特纳皮施提的居所。初见吉尔伽美什,乌特纳皮施提与施杜丽一样,惊讶于他的憔悴悲伤。吉尔伽美什则重复了一遍他对施杜丽所做的解释,明确表示他浪迹天涯的目的便是为了寻找乌特纳皮施提,以求得永生的奥秘。[②] 乌特纳皮施提先斥责吉尔伽美什虽然出身高贵,寻求永生这一举动却异常愚蠢,徒劳无益;随后则感慨人生无常、生命脆弱和死亡之不可预测,因为:"阿努那基,[③]伟大诸神,开大会济济一堂;妈咪图姆,[④]命运之神,共把天机来商量。他们确立生死,却不揭示死期"(X:319—322)。但吉尔伽美什并不满足于他的回答,继续追问他究竟是如何获得永生。乌特纳皮施提最终吐露了秘密。他原本居住在两河流域南部城市舒鲁帕克,在众神决定降下大洪水后,智慧神埃阿向他泄露了天机。他

---

① Susan Ackerman, *When Heroes Love*, p.143.
② 此段叙述详见 X:87—265。
③ 两河流域众神的统称,详见第六章"人死后的亡魂"。
④ 阿卡德语名 *Mammitum*,两河流域的母神,掌管生育;Jeremy Black and Anthony Green, *Gods, Demons and Symbols of Ancient Mesopotamia*, p.136。

便造好一艘大船,把家中的财物、天下的所有生物以及各类工匠和艺人都带到船上,藉此躲过了长达六天七夜的洪灾。洪水退去后,众神之首恩利尔登上船来,宣布乌特纳皮施提和他妻子将像神一样长生不死,并将他们安置在河流的发源地居住。说毕,乌特纳皮施提反问吉尔伽美什:"如今,谁来为你召集众神,以便你能求得永生? 来吧,先试试看,六天七夜,看你可否挺住不睡?"(XI:207—209)

不幸的是,吉尔伽美什刚一蹲下,睡眠便如浓雾一般将他笼罩。乌特纳皮施提对他的妻子说道:

> 看看此人,如此渴望永生,睡眠却如大雾般将其笼罩。
> (XI:213—214)

他的妻子如此回应:

> 摸摸此人,把他唤醒!
> 沿着来时的路,他该好好回去,
> 通过进来的门,他要回到故土。(XI:216—218)

乌特纳皮施提对她的建议不以为然,反而安排她去烤面包,理由是:

人善欺骗,他必骗你。

去,每天为他烤面包,挨个放在他头边;

墙上标记睡几天。(XI:220—222)

他的妻子一一照办。到第七天时,乌特纳皮施提唤醒吉尔伽美
什,[①]并向他展示烤好的七个面包和墙上的标记,证实他沉睡了
六天七夜。吉尔伽美什无从反驳,只好再次哀叹死亡之不可避
免。乌特纳皮施提让船夫带吉尔伽美什去沐浴更衣,准备返乡。
在他们即将撑杆开船之际,乌特纳皮施提的妻子开口为吉尔伽美
什求情:

吉尔伽美什到此,已历尽千辛万苦,

而今他要把家还,你将赠与他何物?(XI:274—275)

吉尔伽美什一听此言,心领神会,马上掉头返回。乌特纳皮施提
终于向他泄露了获得永生的法宝——生长在大海深处的一种植
物,长得像枸杞,如蔷薇一般带刺。吉尔伽美什潜入海底,采得仙
草。但返乡途中,他在一个池塘里洗澡时,仙草的香味引来了一
条蛇。蛇吞下仙草,开始蜕皮,变得年轻。对此,吉尔伽美什欲哭

---

① 不能排除这样一种可能:如果乌特纳皮施提的妻子没有事先提议要唤醒吉尔
伽美什,乌特纳皮施提可能会让他长睡不醒;Susan Ackerman, *When Heroes
Love*, p.148。

无泪,只能回到乌鲁克。[①]

　　与莎姆哈特和施杜丽相比,"史诗"对乌特纳皮施提的妻子着墨更少,不仅没有描写她的外形年龄,连她的名字也没有提及,仅以"妻子"的身份来代指她。这一指称女性的方式,即不提供女性的名字,而代之以"某某人之妻",在两河流域的文献记录中也时有出现。而对于男性,文献则不会用他的"丈夫"身份来取代名字进行指称。这一差异化的处理方式充分显示了古代两河流域的婚姻关系中男性的主导地位,也说明婚后的妇女其身份是与丈夫绑定、并且依靠丈夫的。不过,乌特纳皮施提的妻子在是否帮助吉尔伽美什知晓永生秘密一事上,却显示出与丈夫迥然不同的态度,展现了进退有度的策略。首先,当吉尔伽美什不敌睡意,沉沉睡去,已经无法通过乌特纳皮施提所提出的六天七夜不睡的考验时,他的妻子提醒他唤醒吉尔伽美什,以便吉尔伽美什能够平安返乡。她的这一提议,意在帮助吉尔伽美什,担心他劳累过度,一睡不醒。这是她"进"的一步。在乌特纳皮施提拒绝了她的建议,并且吩咐她去烤面包作为防止吉尔伽美什抵赖的证据时,她又一言不发,默默照办,"退"了一步。当吉尔伽美什知道自己没有通过考验,沐浴更衣后准备无功而返之际,她又"进"一步,提醒丈夫吉尔伽美什为找到他历尽磨难,而今他要离开之际,她丈夫是否应该有所表示。这次她的介入获得了成功。乌特纳皮施

---

① 此段叙述详见 XI：216 到结尾。

255

提在吉尔伽美什离开之际,告诉了他那株可使人获得永生的仙草的所在地。当然,从行文来看,我们无从判断,乌特纳皮施提最终向吉尔伽美什透露秘密的举动是他自己的决定,还是在妻子的影响下做出的。但他妻子在决策过程中至少发挥了推波助澜的作用。

不同于莎姆哈特和施杜丽的独身,乌特纳皮施提之妻这个角色拥有婚姻,不存在家庭关系方面的空白。但与她们的相同之处在于,她同样处于社会关系的真空中。她与丈夫居住在与世隔绝的地方,凶险的大海切断了他们与人世间的联系。如果说莎姆哈特活动的荒野和施杜丽居住的海边属于远离人类文明和社会关系中心的边缘地带,那么乌特纳皮施提夫妇的居所则完全与人间世界隔绝,那里不存在建立任何社会关系的可能。

施杜丽和乌特纳皮施提之妻这两个角色,在吉尔伽美什的探险历程中都向他提供了关键的、必不可少的帮助:一个指点他如何克服最后一道障碍(渡过大海),找到乌特纳皮施提;另一个则对丈夫旁敲侧击,敦促他把秘密透露给吉尔伽美什。但是,她们发挥作用的机制不同。作为独身女性,施杜丽从初见吉尔伽美什的惊恐和防范,到听完他倾诉后的同情以及给予的渡海建议,都是她个人独立判断和行动的结果。而对于乌特纳皮施提的妻子,"史诗"中并没有关于她心理活动的直接描写,原因也许在于她和丈夫同居一处,而且她自始至终都未与吉尔伽美什直接交流,而是通过她的丈夫间接完成。① 换言之,如果她像施杜丽一样独居,那么她乍见吉尔伽美什极有可能也会感到恐惧。同样,她对吉尔伽美什的帮助也是间接而不是直接的。她没有自己叫醒吉尔伽美什,而是提议她的丈夫唤醒他;她没有自己透露永生的秘密,而是敦促她的丈夫告诉她(当然,也不排除她本人不知晓这个秘密)。在二者关系中,乌特纳皮施提明显居于主导地位,而他的妻子处于从属地位;"丈夫"的存在,削弱了她的主动性。吉尔伽美什从未与她有直接对话,两人都只和乌特纳皮施提交流。她与吉尔伽美什象征的外部世界的交流,是依靠丈夫作为中介来完成的。

"史诗"对于乌特纳皮施提造船和上船时的细节描写,使我们得以推断,他和妻子拥有一个富裕的家庭,属于社会的中上层。他召集各路工匠所建造的船只有七层九舱;他宰牛杀羊款待他们,供应的各种啤酒多如河中流水;他最后带上船的除部族亲属和天下活物外,还有黄金和白银。② 乌特纳皮施提之妻在文中展现的从属被动但又不失聪慧的形象,或许可视为古代两河流域社会中上层妇女家庭地位的剪影。

阈限女性

本章伊始的文献回顾表明,两河流域流传至今的文献中女性

---

① 吉尔伽美什与酒馆女店主施杜丽初次见面时的一段对话(X:40—71),几乎和他与乌特纳皮施提初见时的一段对话(X:212—248)完全一致。
② XI:48—86.

形象不仅相对匮乏,而且一般具有个体抽象化、身份集体化和政治参与边缘化的特点。但"史诗"塑造的女性形象则以其身份独特和个性鲜明独树一帜,除文学作品自身体裁的特点外,还可以借助特纳的阈限理论来进行解读。①

特纳在其著作中屡次暗示,由于女性在传统社会中的从属和边缘地位,她们不仅自身处于阈限状态,而且能够促使他人也经历阈限的状态。对于"史诗"的男性作者和编纂者而言,阈限女性权力的缺失和地位的缺乏恰恰代表了当时社会中男性精英的反面乃至对立面。正因为如此,这几位女性在"史诗"中得以引导或促使吉尔伽美什和恩启都在阈限和非阈限状态之间转换。

学界已广为接受妓女在传统社会中的阈限状态,有学者称其为"合法的被剥夺法律保护者"(legal outlaw)。一个社会由于需要乃至渴望她所从事的活动所以容忍她,但她同时又挑战了公序良俗和背离了女性的行为规范。她与男主顾进行交易,经济自主,颠覆了在古代近东社会中男性主导金钱交易的特权。所以妓女通常被污名化,放逐到郊外居住。上述特征充分体现在恩启都对莎姆哈特的诅咒中。莎姆哈特一直活动于野兽横行的荒郊野外,一旦进入乌鲁克城,她就消失在"史诗"的叙述中。她作为妓女的阈限身份使她得以引导恩启都脱离野蛮、走向教化,②但这

---

① 以下内容主要参照了 Susan Ackerman, *When Heroes Love*,pp. 138－150 的讨论。
② 参见第五章。

一作用后来又遭恩启都指责。她的名字再现于作品中时则成了恩启都不幸遭遇的替罪羊：后者认为是她的诱惑打开了潘多拉之盒，最终导致自己受神惩罚而死亡。

在古代两河流域，酒馆女店主与妓女一样，都生活在男性家庭成员的庇护之外，但其职业活动对男性的娱乐生活又不可或缺。酒馆也是男性与妓女相遇的场所之一。"史诗"中的施杜丽把酒馆开在人迹罕至的海边，居于人类社会和永生者乌特纳皮施提夫妻居住的海岛之间。上述种种都是施杜丽阈限性的体现。这一角色的阈限性还体现在处理与吉尔伽美什的关系时，她较之乌特纳皮施提的妻子具有更大的主动性和更多的话语权。正面邂逅吉尔伽美什之前，她先积极采取防范措施保护自己，避免可能受到的伤害；接着又与他交谈，了解他的遭遇；劝诫他放弃寻找永生不成功后，又向他提供如何才能渡过大海的建议。她这一系列言谈举止可视为她本人独立自主的"宣言"，无疑挑战了当时社会对女性行为的设定。她的阈限性为她尝试说服吉尔伽美什放弃浪迹天涯的阈限状态，回归乌鲁克城邦的常态生活提供了一个解释。①

不同于莎姆哈特和施杜丽，乌特纳皮施提的妻子就其身份而言并不具备阈限性。与乌特纳皮施提的配偶关系使得她不具备

---

① Tzvi Abusch 提出，在"史诗"早于古巴比伦残片的版本中，吉尔伽美什可能在遇见施杜丽之后就返回乌鲁克城了；"Gilgamesh's Request and Siduri's Denial," Part I, p. 83。在敦促（或带领）男性返回（或到达）乌鲁克的事件中，施杜丽和莎姆哈特发挥了类似的作用。

独立性、主动性和话语权。面对吉尔伽美什的来访,她只能依靠丈夫乌特纳皮施提作为中介,间接表达她对吉尔伽美什的同情和实施对他的帮助,而不是如施杜丽一般自主决定。她的阈限性首先表现在她非人非神,而是一位获得了永生的凡人。[①] 其次,她与莎姆哈特和施杜丽一样,都在一个边缘空间里活动:她与丈夫居住的小岛既不属于人间也不属于神界。通过唤醒吉尔伽美什并敦促丈夫向吉尔伽美什揭示永生的奥秘,她同样致力于帮助吉尔伽美什终结浪迹天涯的阈限状态;不同于施杜丽的是她在这点上还取得了成功。吉尔伽美什潜入海底采得仙草后便踏上了返乡之路。

尽管三位女性角色——妓女莎姆哈特、女店主施杜丽、乌特纳皮施提之妻——社会地位高低有别,婚姻状况不尽相同,但都可解读为阈限人物。笔者不昧揣测,这三位女性所从属的人群在古代两河流域社会中的阈限地位可能赋予了"史诗"的作者在角色创作时更多的余地和自由,由此诞生了妓女莎姆哈特、女店主施杜丽和乌特纳皮施提之妻这样几位不落窠臼、别具一格的女性形象。只有这样的阈限女性才足以推动吉尔伽美什和恩启都出入于阈限状态,从而推动全文的情节发展。

---

① 详见第四章的"分隔'野蛮'与结束漂泊"。

第十二章　女神宁荪和伊施塔

作为慈母的女神宁荪

　　"史诗"着力刻画了两名女神的形象——吉尔伽美什的母亲宁荪和女神伊施塔。前者首次正面出场是在第一块泥板的结尾处为吉尔伽美什解释两个关于陨石和斧头的梦。"史诗"形容她聪明睿智，无所不知，这也反映在她释梦的准确性上：如她所言，恩启都成为了吉尔伽美什的朋友、同志和拯救者。两次释梦时宁荪都提到"我（将）让它和你地位相当"（I：266，290），[①]所指可能是下文讨论的她收养恩启都一事。

　　宁荪再度出场时，是吉尔伽美什与恩启都结为好友后，吉尔伽美什把他介绍给自己的母亲。此处泥板尽管有所残缺，还是入木三分地刻画了宁荪精于世故、洞察人生的形象：她透过恩启都不修边幅的外表，张口就指明他生于荒野、无父无母、无亲无故的

---

① 原文使用的先后为 *maḫārum* 一词 Št 词干的过去时和现在时，意为"使……处于平等地位"；Andrew George，*The Babylonian Gilgamesh Epic*，vol. I，p. 554，I：266，p. 556，I：290。

现状。这番话显然极大地触动了恩启都,他听完泪流满面。①

　　吉尔伽美什与恩启都决定了前往雪松林后,两人一起来到宁苏所在的宫殿寻求建议。吉尔伽美什开口道:"宁苏啊!我胆子很大,要远行去芬巴巴那里。我将面临一场不可知的战斗,将踏上一条不可知的道路。我求您祝福我吧!"(III:24—28)

　　宁苏听完,面带忧伤,开始准备向太阳神祈祷的仪式。她首先在浸泡了柽柳和肥皂草的水中沐浴七次,接着换上华服,戴上首饰和王冠。她登上楼梯直达屋顶,设好香炉洒上香之后,张开双臂向沙马什祈祷。② 首先,她诘问太阳神为何使得吉尔伽美什躁动不安,以致于他决定去远征雪松林。之后,她不动声色地赞美了太阳神:他打开大门使畜群得以出去,人群都聚集在日出时分,阿努那基神也等待太阳的光辉。随后她话锋一转、进入正题:"吉尔伽美什去往雪松林的路上,让白天变长,让黑夜变短……刮起强劲的大风对抗芬巴巴:南风、北风、东风、西风,气流、对向气

----

① II:162.

② 奥德赛之妻佩涅洛佩在家中老女仆的建议下,在篮中装上大麦来到楼上为其子特勒马库斯的安危向雅典娜祈祷:"提大盾的宙斯的不倦女儿,请听我祈祷,如果当年多智的奥德修斯曾在这家里向你焚烧祭献的牛羊的肥美腿肉,现在就请你不忘前情,拯救我儿子,使他免遭邪恶狂妄的求婚人的伤害";荷马著,王焕生译:《荷马史诗·奥德赛》,第81页:5.761—766。她说完后放声痛哭,但雅典娜听见了她的祷告。Walter Burkert 提出,装有大麦的篮子和祈祷人的痛哭都是血祭仪式中的元素,此处出现在佩涅洛佩的祈祷中是"史诗"影响的结果;"'Or Also a Godly Singer'":Akkadian and Early Greek Literature," in John Maier ed., *Gilgamesh: A Reader* (Wauconda, Illinois: Bolchazy-Carducci Publishers, 1991), pp. 182 - 183.

流、台风、飓风、暴风,邪风、霜风、大风、龙卷风！让十三种风刮起后芬巴巴的脸变黑！让吉尔伽美什的武器直抵芬巴巴！哦,沙马什！在你的火焰点燃后,面对着祈祷者！"(III：80—95)

此场景中的宁荪完全是一个护犊心切的慈母形象。她对沙马什的诘问并无依据："史诗"全文没有任何线索暗示太阳神与吉尔伽美什远征雪松林的决定之间有任何关联。但宁荪可能希望藉此使太阳神产生负疚感。她考虑周密,责问过后马上赞美太阳神普照万物、人神共尊的能力和地位,直到最后才表明她期望沙马什直接出手相助的真实意图。

此后宁荪对沙马什说的一段话令人费解："沙马什啊！难道吉尔伽美什……？难道他不与您共享天界？难道他不与月亮共享权杖和王冠？难道他不与下界海洋之神埃阿一起变得睿智？难道他不与伊尔尼娜(Irnina)①一道统治天下黔首？难道他不与宁吉什孜达②一道居住在'有去无回之地'？"(III：100—106)

这一场景,使人联想到在《伊利亚特》中,阿基琉斯的母亲忒提斯(Thetis)哀求宙斯在战争中帮助阿基琉斯的场景。她来到奥林匹斯山的最高处,那天地相连的地方找到宙斯。她左手搂住宙斯的膝盖,右手捏住他的下巴,迫使宙斯与她对视。与此相反,在"史诗"中,沙马什与宁荪之间并没有直接的身体接触。但忒提

---

① Irnina 是作为战神的伊施塔女神的化身之一,参见 Andrew George，*The Babylonian Epic of Gilgamesh*，vol. II，p. 815。
② 冥府之神 Ningišzida,见第一章"相关的苏美尔语作品"部分。

斯对儿子的忧虑与宁荪如出一辙:"我的孩儿啊! 出生就不幸福, 我为何要把你养大? 你可否就与你的船在一起,没有眼泪和忧伤? 你的生命短暂,没有长度。"①

结束祈祷后,宁荪熄灭香炉,离开了屋顶。她随即召来了恩启都,表明要收养他的意愿:

> 强壮的恩启都啊,你本非我所出。
>
> 而今你的"幼仔?"要与吉尔伽美什的神庙仆人一道,
>
> "神夫人"、②女"神奴"③和女祭司。④(III: 121—124)

---

① David Damrosch, *The Buried Book*, p.211.

② 苏美尔语原文写作 nin. dingir. ra, Andrew George, *The Babylonian Gilgamesh Epic*, vol.I, p.580, III: 123。李海峰在《试论巴比伦女祭司在家庭中的地位》一文中将其译为"神夫人",《世界宗教研究》2010 年第 1 期,第 165 页。在古巴比伦时期,担任这类祭司的女性出生不久或年幼时便被进献给神庙,见 *RlA* 10: pp. 622‑623 和 Johannes Renger, "Untersuchungen zum Priestertem der altbabylonische Zeit: 1. Teil," *Zeitschrift für Assyriology und Vorderasiatischen Archäologie* 58(1967): pp.135‑149。在神话《阿特腊哈希斯》中,她是被禁止生育的三类女祭司之一;见本书第十章的"洪水故事《阿特腊哈希斯》"。

③ 原文写作 *qašdatum*, Andrew George, *The Babylonian Gilgamesh Epic*, vol. I, p.580, III: 123。这类女性在神庙中服务,可结婚生子或不婚收养子女;参见 Johannes Renger, "Untersuchungen zum Priestertem der altbabylonische Zeit: 1. Teil," pp.180‑181。《汉穆拉比法典》第181条规定:如果一个父亲把一个纳第图、卡第什图(即 *qašdatum*),或苦勒马希图(即 *kulmašitum*)献给神,但没有给她嫁妆,那么父亲死后,从父亲的家产中她可分得其继承财产的三分之一,享用终身,她的遗物属于她的兄弟;杨炽译:《汉穆拉比法典》,第105—106 页。

④ 原文写作 *kulmašitum*, Andrew George, *The Babylonian Epic of Gilga-*(转下页)

她把某些饰物挂在恩启都脖子上，接着说：

> "神夫人"收养弃婴，"神之女"带大养子。
>
> 恩启都，我之所爱，我收为养子。
>
> 吉尔伽美什将青睐他作为兄弟。（III：125—128）

宁荪提及的这四类女性是在两河流域神庙中服务的女祭司。她们虽然在称呼和具体职责上有所区分，但都可以在不婚的情况下收养孩子。宁荪援引这些女祭司的做法，或许意在表明自己收养恩启都并非特立独行的做法。结合上文情节来理解，宁荪收养恩启都体现了她的老谋深算和深谙人心。她第一眼见到恩启都就点破了他孑然一身的身世，直接导致他伤心流泪。她选择在出征前收养恩启都，不仅给与了后者急缺的家庭与亲情，更重要的是促使恩启都心甘情愿、倾尽全力地在远征途中保护吉尔伽美什。相比较而言，乌鲁克城的长老们仅仅嘱咐恩启都要守护吉尔伽美什平安归来，[①]而宁荪则通过收养行为锁定了恩启都对吉尔伽美什的忠诚。

（接上页）*mesh*，vol.I，p.580，III：123。这类祭司可结婚生子，其在神庙中的地位低于 *qašdatum*；参见 Johannes Renger，"Untersuchungen zum Priestertem der altbabylonische Zeit：1. Teil，" pp.186‑187。

① 以下是临行前长老们对恩启都所言："在我们的集会上，我们把国王托付于你，你要带他回来，交付于我们。"（III：226—227）

自收养场景过后，宁荪便消失在"史诗"的行文中，但她向太阳神沙马什的祈祷显然发生了作用。在吉尔伽美什和恩启都与芬巴巴的战斗中，太阳神刮起了十三种风，帮助他们获胜。

主动求婚的女神伊施塔

在"史诗"第六块泥板开篇处，吉尔伽美什和恩启都结束了雪松林的远征返回乌鲁克城。吉尔伽美什洗净风尘，换上了国王的装束，其翩翩风采引来了女神伊施塔的热烈求爱：

> 来吧，吉尔伽美什！ 愿你成为新郎，把你的果实赠与我！
> 愿你成为我丈夫，让我成为你妻子！①
> 让我为你备好黄金和青金石的车子，
> 它的轮子是黄金，号角是琥珀。
> 愿你套上"风暴之狮"——强壮的骡子，
> 来到我们充满雪松芳香的住所。
> 你到来时，让门廊和王座亲吻你双脚，
> 让国王、朝臣和贵族屈从于你，
> 带来山里和国土上的特产作为贡赋。

---

① 这句话也出自《内尔伽勒与埃蕾什基伽勒》，见本书第六章的"冥府神话之二"部分。当内尔伽勒擒住冥后埃蕾什基伽勒并准备砍下她的头时，冥后说了完全相同的一句话以示求饶，并表示愿意把冥府的统治权让给他；Stephanie Dalley，*Myths from Mesopotamia*，p. 180。

你的母山羊生三胞胎，母绵羊生双胞胎，

你负重的驴走得比骡子还快，你拉车的马大步疾驰，

你负轭的牛天下无双。（Ⅵ：7—21）

开门见山后，女神细数了自己能给吉尔伽美什带来的财富，包括青金石、黄金和琥珀制成的马车，性能优良的牛、马、驴，还有高产的山羊和绵羊。国王、朝臣和贵族都会向吉尔伽美什纳贡以示臣服。伊施塔此番求爱是"史诗"情节的一个重大转折点，直接引向了作品后半部的两大主题——恩启都之死和吉尔伽美什浪迹天涯。

　　尽管伊施塔是两河流域主司爱欲的女神，但她在通篇求婚词中并未大肆渲染自身的美貌以及对吉尔伽美什的欲望和激情。相反，她强调的是自己能给对方带来的财富和权力，这是传统社会中典型的男性话语。伊施塔甫一开口就对吉尔伽美什使用祈使句式（*alkamma*，来吧！）和祈愿语态（*lū hā'ir atta*，愿你成为新郎！），把自身的霸气显露无疑。她自信能让对手臣服于吉尔伽美什脚下，因为她是战神和王权的庇护者。[①] 她还许诺能让吉尔伽美什的家畜或强壮有力、或生育高产，这又源自她主司万物繁衍

---

① 在公元前 18 世纪幼发拉底河中游马瑞王宫的一幅壁画中，女神伊施塔身着戎装、脚踏卧狮，双肩处皆有多件武器突出，显然以战神形象出镜。与她相对而立的国王金瑞林伸出右手接住了伊施塔递来的"杖"，这一动作象征着他从女神处获得了王权。该作品的较新解说见 Zainab Bahrani, *Mesopotamia：Ancient Art and Architecture* (London：Thames and Hudson, 2017), p. 188。

的职能。

　　这几句短短的求婚词极具颠覆性。它首先颠覆了两河流域传统的男女性别角色：由男性主导的求婚行为转而由女性掌控，而两河流域传统的夫妻关系是男尊女卑。在此基础上，它还颠覆了人神之间的权力结构：伊施塔本是凌驾于国王之上的王权庇护者，她却藉此作为与吉尔伽美什结为夫妻的筹码。最后，它还逾越了人神之间的界限，因为两河流域的神祇与人类之间一般不通婚。① 如下文所述，伊施塔女神自身的阈限性是理解其颠覆性求婚词的关键所在。

　　长期以来，这段求婚词被认为影射了两河流域的"圣婚"仪式，即两位神祇之间或神祇与个人之间发生的仪式性结合。② 在早期（约公元前 2900—前 1800 年）苏美尔语颂诗中，女神伊楠娜/伊施塔和国王之间的婚礼通常被称为圣婚。乌鲁克城邦传说中的国王恩美卡是最早自称伊楠娜之夫的统治者，二者的亲密关系见于史诗《恩美卡与阿拉塔之王》和《恩美卡与恩苏赫吉腊那》。③ 后一作品在开篇处借阿拉塔之王恩苏赫吉腊那之口描述

---

① "史诗"中就有一个例外：吉尔伽美什的母亲是女神宁荪，父亲卢伽尔班达是凡人。因此吉尔伽美什三分之二为神，三分之一是人。

② Pirjo Lapinkivi, "The Sumerian Sacred Marriage and Its Aftermath in Later Sources," in Martti Nissinen and Risto Uro eds. , *Sacred Marriages：The Divine-Human Sexual Metaphor from Sumer to Early Christianit* (Winona Lake, Indiana：Eisenbrauns, 2008), p. 7. 该文的前半部分综述了"圣婚"的相关研究，本节内容除另有注明外，皆参照此文。

③ 关于这两部作品，详见第三章的"其他以乌鲁克国王为主角的史诗"。

了伊楠娜与两位国王之间的亲密关系：

> 他（即乌鲁克国王恩美卡）可与伊楠娜同住埃伽腊，[①]
> 我将与伊楠娜同住阿拉塔的青金石神庙。
> 他可与伊楠娜同寝于雕花大床，
> 我将与伊楠娜共枕于珠宝之榻。
> 他可在梦中与伊楠娜相会，
> 我将与伊楠娜行鱼水之欢。[②]

　　乌尔第三王朝的国王舒勒吉（Shulgi，约公元前 2094—前 2047 年在位）是首位留下较为明确的圣婚记录的国王。自古巴比伦王朝（约公元前 1894—前 1595 年）起，关于圣婚的记载逐渐减少，但在公元前一千纪又有所回升。不过后期的圣婚主要指神祇之间的结合，如太阳神沙马什和伴侣阿雅，天神安努和伴侣安图。

　　关于苏美尔传统圣婚的作用，学术界一直众说纷纭。最具影

---

① 此处"埃伽腊"为音译，苏美尔语原文为 é-gar$_8$-a-ka，见 Herman Vanstiphout，*Epics of Sumerian Kings：The Matter of Aratta*，p. 28，line 27。苏美尔词的本意为"砖砌的房子"。阿拉塔之王恩苏赫吉腊那意在通过此句和下句形成强烈反差，突出他本人为伊楠娜女神建造了青金石的神庙，而乌鲁克之王恩美卡仅有砖砌的居所提供给女神。

② Herman Vanstiphout，*Epics of Sumerian Kings：The Matter of Aratta*，pp. 29 - 31，lines 27 - 32。

响力的解释认为,人间国王通过与掌管爱欲和生殖的伊楠娜女神结合,可求得天下五谷丰登、牲畜繁衍生息,这是古代国家的根本利益所在。其他说法或把圣婚解释为一场加冕典礼,作用在于神化国王并赋予其统治以合法性;或认为圣婚着眼于为国王祈福,以产生王位继承人;还有的视其为委任高级祭司的相关仪式。

研究圣婚的难点在于相关史料都来自颂诗,而多数颂诗又模仿伊楠娜女神和她丈夫杜穆孜之间相互爱恋的口吻写成,国王在其中仅以头衔出现,其真实姓名无从可考。有学者甚至提出,有相当部分颂诗与圣婚无关,实为世俗情诗。

在圣婚题材的颂诗中,代表作之一是公元前两千纪初伊辛王朝的国王伊丁·达干(Iddin-Dagan)在位时(约公元前 1974—前 1954)创作,节选如下:①

当黔首集合在王宫……神王与她(即伊施塔女神)共同出现。

在新年之际、仪式举行的那天,

为了她能决定天下万国的命运,照料天下万国的生计,

以使忠诚的仆人得到检阅,使神力在月末得以圆满,

一张大床已为我的女主人备好。

---

① 该颂诗的全文翻译见牛津大学苏美尔文学作品网站:http://etcsl. orinst. ox. ac. uk/cgi-bin/etcsl. cgi? text＝t. 2. 5. 3. 1♯.

雪松熏过的细茎针茅已铺好，床罩已理平。

为在床上香气袭人，我的女主人清洁她那圣洁之髀，为国王把它清洁。

她昂首迈向伊丁·达干之髀。

神圣的伊楠娜用香皂净身，在地上洒下香油和雪松精油。

国王昂首走向她的圣洁之髀，昂首走向伊楠娜之髀。

阿马·乌舒姆伽勒·阿那[①]躺她身边："我的圣洁之髀呀！我神圣的伊楠娜呀！"

在床上女主人借她的圣洁之髀使他满心欢喜，

在床上神圣的伊楠娜用她的圣洁之髀使他满心欢喜。

随后她在床上与他一起放松："伊丁·达干，你的确是我所爱！"

（第 169—194 行）

根据这首颂诗中的信息，圣婚仪式是在两河流域新年（现代公历的三四月份间）时举行。

关于圣婚的考古证据也以臆测居多，可能的有三类：刻画圣婚高潮前后活动的作品，包括男女成对出现的泥塑和泥浮雕；成

---

① Ama-ušumgal-ana，此处为伊楠娜丈夫杜穆孜神的别名；Jeremy Black and Anthony Green，*Gods*，*Demons and Symbols of Ancient Mesopotamia*，pp. 72 - 73。参加圣婚仪式的国王被认为是杜穆孜神的化身。

批出土的考古发现（如乌尔王陵）；①以及表现性行为（如一对男女或一个躺在床上的裸体女性）的作品。② 举办圣婚的地点也不确定：可能在伊楠娜的领地——她位于乌鲁克城邦的埃安那神庙，或国王的领地——如王宫或花园；甚至不排除牛栏、羊圈、乃至荒野这类地点，因为女神的丈夫杜穆孜执掌牲畜和放牧。

最具争议性的细节当属圣婚实际参与者的身份。国王可以代表女神丈夫杜穆孜神出场，但也有学者提出后者实由一名男祭司来扮演。更大的疑问是谁来担任伊楠娜女神的角色。一种观点认为是女祭司，这与希罗多德在《历史》中的相关叙述较为一致：

在最后的一重塔上，有一座巨大的圣堂，圣堂内部有一张巨大的、铺设得十分富丽的卧床，卧床旁边还有一张黄金

---

① 参见第六章的"'乌尔王陵'的随葬品"。
② 自公元前三千纪晚期到两千纪早期，两河流域的艺术品创作出现了一种新趋势：大量用于个人或家庭生活的小型泥塑或泥浮雕板得以制作。它们的长或宽通常为十余厘米，常见的题材包括男女亲密行为和裸体女性。参见 Zainab Bahrani, *Mesopotamia: Ancient Art and Architecture*, pp. 194 - 199。Julia Assante 不认为这类作品与圣婚仪式有关；在她看来，这类作品中的女性形象虽然代表了伊楠娜/伊施塔女神，作用却在于借助她与性、啤酒和床的关联以达到驱邪祈福的目的。参见其"Sex, Magic and the Liminal Body in the Erotic Art and Texts of the Old Babylonian Period," in Simo Parpola and Robert M. Whiting eds., *Sex and Gender in the Ancient Near East: Proceedings of the 47th Rencontre Assyriologique Internationale*, Helsinki, July 2 - 6, 2001 (Helsinki: The Neo-Assyrian Text Corpus Project, 2002), pp. 27 - 52。

的桌子。但是在那里并没有任何神像，而除了当地的一个妇女之外，也没有任何人在那里过夜；但是，根据担任这个神的司祭的迦勒底人的说法，这个妇女是这个神从全体妇女中选出来的。他们还说，神常常亲自下临到这座圣堂并在这个床上安息。①

反驳伊楠娜女神由女祭司扮演的学者则指出，在两河流域传统的思维框架中，难以想象任何个人拥有如此之高的地位以致于能够代表伊楠娜女神。对圣婚实际参与者的争论随即导致了下一个问题：参与双方实际发生了性关系，还是仅仅象征性地进行结合？

除圣婚说之外，学者阿布施另辟蹊径，认为伊施塔的求婚词可解读为她邀请吉尔伽美什成为冥府的负责官员。女神作为能够出入冥府的神祇，向他求婚意味着邀请他离开现世，永久在冥府中居住。黄金和琥珀制成、由狮子和骡子拉着的马车是运送吉尔伽美什前往冥府的交通工具。② 他将在雪松的芳香中进入两人的住所，而香料经常用于两河流域的丧葬仪式中。他抵达冥府后将成为那里的统治者，祭司和其他统治者都臣服于他，作为供品奉献给死者

---

① 希罗多德著、王以铸译：《历史》，第 90—91 页；1.181‑182。
② 在早王朝时期的文献和墓葬中，车和拉车的牲畜都有发现；见本书第六章的"'乌尔王陵'的随葬品"。

的牲畜也成为他的财富。① 在整个仪式中唯一活动的个体是吉尔伽美什,伊施塔和将要臣服于他的死者都在冥府等待他的到来。

因此,伊施塔借助了荣誉、财富和权势来掩盖她求婚词的实质:求婚词读来像现世的一场婚礼,实则将把吉尔伽美什转移至冥府。伊施塔借助了婚礼与葬礼在心理、程序还有象征意义上的相似性,因为二者同属重要的过渡仪式。但吉尔伽美什识破了女神的诡计,知道后者想夺走他最珍视的生命,想给与他最恐惧的死亡,因而断然拒绝了伊施塔的求婚。

尽管阿布施再三强调他的上述解读并不排斥其他解释,但在笔者看来,他未能回答一个根本的问题——伊施塔邀请吉尔伽美什成为冥府统治者的用意何在。他解读的关键在于伊施塔求婚词中的一句话:"让国王、朝臣和贵族屈从于你。"(阿卡德语:*lū kamsū ina shaplika sharrū kabtutū u rubû*)与之高度相似的一句话,*sharrū shakkanakkū u rubû maharka kamsū*,也出现在公元前一千纪的一篇符咒文献中。其中的吉尔伽美什作为冥府法官行使审判裁决的职能,因而国王、总督和贵族都在他面前毕恭毕敬,听取

---

① 参见 Tzvi Abusch,"Ishtar's Proposal and Gilgamesh's Refusal: An Interpretation of *the Gilgamesh Epic*, Tablet VI, Lines 1 – 79,"in ibid. ed. , *Male and Female in the Epic of Gilgamesh: Encounters, Literary History, and Interpretation* (Winona Lake, Indiana: Eisenbrauns, 2015), pp. 11 – 57。笔者以为 Abusch 最后一条关于牲畜的解释欠说服力,因为求婚词中不仅强调了吉尔伽美什的牛、马、驴强壮有力,还突出了绵羊和山羊非同寻常的繁殖能力。后一点与作为供品的牲畜没有太多关联。

宣告。① 诚然,吉尔伽美什在两河流域传统中也以冥府法官的形象出现,但他与冥府的关联在苏美尔诗篇《吉尔伽美什之死》中同样可以得到解释。② 该诗篇提到,因为吉尔伽美什兼具神性与人性,所以他尽管不得不死,但在冥府中可享有殊荣:不仅能与恩启都及家人团聚,还可步入低等神之列。换言之,从内外证据关联的角度来说,类似的话语出现在关乎冥府的外部语境中,并不意味着该话语在"史诗"中也应用于同一语境。从"史诗"内部行文的角度来说,伊施塔邀请吉尔伽美什入冥府,既不能从情节的逻辑演进上得到解释,也很难联系女神自身的特性进行解释。伊施塔虽然能够出入冥府,但终究不是常驻冥府的神祇。

断然拒婚的吉尔伽美什

面对伊施塔的求婚,吉尔伽美什先用一连串的比喻作答:或揭示女神名不副实,或指控她有害无益。

有谁想与你成婚? 你就如同

一场无法结冰的霜冻,一扇挡不住风灾旱灾的大门,

一座杀戮武士的宫殿,一头……配饰的大象,

那玷污运输者的沥青,那打湿旅行者的水囊,

---

① Tzvi Abusch,"Ishtar's Proposal and Gilgamesh's Refusal,"pp. 17 - 20.
② 见第一章的"相关苏美尔语组诗"。

那削弱墙体的石灰石,那摧毁敌方城墙的公牛,还有那夹脚的鞋!

哪位新郎你长久忍受? 你的哪位勇士上得天堂? (VI:32—43)

上述关于大门、沥青、水囊、石灰石和鞋的比喻,形象揭示了伊施塔表里不一的本性:她表面看来有益于他人,实则会带来灾难。随后吉尔伽美什通过两个疑问句的使用,强调了他对伊施塔求婚的拒绝。

"史诗"其他部分也不乏对神祇类似的讽刺和嘲弄。获得永生的凡人乌特纳皮施提讲述他所经历的大洪水时,就这般描述了众神在灾难面前狼狈不堪的表现:"他们对洪水万分恐惧,直上云霄达阿努(即天神)住处。躺倒像狗缩成一团,母神如产妇般哭喊。"(XI:114—117)当洪水退去,乌特纳皮施提焚香献祭时,"众神闻到甜美气味,聚拢而来如苍蝇一般"(XI:161—163);因为人类被洪水毁灭后,他们也失去食物来源而不得不一度忍饥挨饿。

吉尔伽美什对伊施塔的回击不止于抽象的比喻,还历数了伊施塔的丈夫和五位情人的悲惨结局以控诉她的残忍无情:(1)她年轻时的丈夫杜穆孜,被迫年复一年地哀悼;①(2)一只带斑点的

---

① 根据神话《伊楠娜/伊施塔入冥府》的记载,因为杜穆孜在女神命丧冥府后没有表现出哀伤之情,所以被恶魔捉入冥府作为她的替身;见本书第六章的"冥府神话之一"。

阿拉鲁鸟,翅膀被她折断;(3)一头狮子,①但她挖了七个又七个陷阱等它;(4)一匹战功卓著的马,结果为她饱受鞭笞和刺扎,还得饮用浑浊不堪的水;(5)一位为她每天带来面包与羊羔的牧羊人,被她变成一头狼后,惨遭牧童驱赶、牧羊犬撕咬;(6)她父亲原来的园丁,为她采摘椰枣,但拒绝伊施塔求爱后被变为一个矮人(VI:45—78)。吉尔伽美什断言,"你将爱上我,然后把我变得和他们一样"(VI:79),因此拒绝了伊施塔的求婚。

女神曾经爱恋的对象包括了神(杜穆孜)、动物(鸟类、狮子和马)和人类(牧羊人和园丁),充分体现了她横跨三界的阈限性。就动物出现的顺序而言,大抵是在生理形态上愈来愈接近人类(从鸟类到哺乳动物),在活动场所上从野外自然场景逐渐转向人类定居点。牧人先于园丁出现也体现了类似的顺序:前者的放牧空间位于城市与野外的中间地带,②而后者基本在人类定居点上劳作。③

吉尔伽美什为何拒绝伊施塔的求婚?基于上下文的直观理解就是鉴于女神以往的斑斑劣迹,吉尔伽美什担心自己成为她的

---

① 伊施塔以战神形象出现时,坐骑通常为狮子。

② 在"史诗"第二块泥板中,恩启都与莎姆哈特一同前往乌鲁克途中在一处牧人营地借宿,该营地就位于荒野和城市之间。参见第五章的"饮食穿衣与道德:教化的推进"。

③ 参见 Tzvi Abusch, "Ishtar's Proposal and Gilgamesh's Refusal," pp. 31‑32。伊施塔把第四位情人由人变为动物,与莎姆哈特把自然状态下的恩启都教化为文明人的作用正好相反,参见 Benjamin R. Foster, "Gilgamesh: Sex, Love and the Ascent of Knowledge," in *Gilgamesh: A Reader*, p. 71。

情人后,同样会惨遭迫害、不得善终。还有观点认为伊施塔象征着无法孕育后代的男女性爱,吉尔伽美什通过拒绝她从而强化了自己与恩启都之间的相互认同,这标志他认知的开端。对吉尔伽美什拒婚的分析还取决于如何解读伊施塔的求婚词。如果将它理解为参加圣婚仪式的邀请,那么吉尔伽美什的拒婚就是拒绝履行两河流域国王的传统职责。原因在于他决意维持与恩启都之间的深厚感情,不愿其受到传统观念的干扰和破坏。如果视女神的求婚为进入冥府担任法官的邀请,那么吉尔伽美什的拒婚实为他识破了伊施塔的诡计后,决意珍爱生命、拒绝死亡。①

女神被拒后,怒火中烧,直上天庭向父亲天神安努和母亲安图控诉吉尔伽美什对她的嘲讽和侮辱,并以打开冥府大门、释放死者作为威胁,求得天牛作为报复的武器。天牛被吉尔伽美什和恩启都杀死后,她又召集乌鲁克城中的各类妓女为它举行哀悼仪式。

吉尔伽美什拒绝伊施塔求婚的情节最早可追溯到苏美尔语诗歌《吉尔伽美什与天牛》。② 在那篇作品中,伊施塔的求婚也会造成严重后果:如果吉尔伽美什成为她的恋人,将会妨碍他履行自己的礼仪职责。吉尔伽美什不知如何是好,便征求母亲的意

---

① Fumi Karahashi and Carolina López-Ruiz, "Love Rejected: Some Notes on the Mesopotamian 'Epic of Gilgamesh' and the Greek Myth 'Hippolytus'," *Journal of Cuneiform Studies* 58(2006): pp. 100 – 101.
② 详见第一章的"相关苏美尔语组诗"。

见。后者建议他婉拒，吉尔伽美什依计而行，还向女神赠送了很多礼物作为补偿。[1]

如果把吉尔伽美什的拒婚解读为他拒绝履行自己的"圣婚"职责，那么这也体现了在"史诗"标准版成文前后，人类文化已在两河流域的宇宙秩序中占有一席之地，位于自然的世界与神的世界之间。读者不禁要问，吉尔伽美什拒绝女神伊施塔强加的性行为时，是否想到了自己的暴政强加于乌鲁克臣民身上的类似行为？是否想到这为自己将来的失败埋下了伏笔？他拒绝的不是一般人物，而是乌鲁克城的保护神，她的神庙就是乌鲁克城邦的心脏地带。即使要拒绝，他也应该采取一种更为委婉与平和的方式。吉尔伽美什激烈的反应表明他并未接受自己作为凡人的局限性——不仅要接受人界与神界的分离，还要经常与神界协商以求得最好的效果。[2]

阈限女神伊施塔/伊楠娜

在"史诗"第六块泥板中，女神伊施塔非此非彼、既此又彼的阈限形象得到了突出和强调。她开口向吉尔伽美什求婚时，完全是男子向女子求婚的口吻，显示出她居于男女之间的阈限。她的丈夫和曾经的五名恋人横跨了神、人、动物三界，突出了她得以穿

---

① David Damrosch，*The Buried Book*，p. 215.
② David Damrosch，*The Buried Book*，p. 217.

行于不同领域之间的能力。她一方面是统治者的保护神,同时又是妓女这类阈限人群的庇护者,游走于社会的顶层与底层之间。她作为天界的女神,却胆敢进入"有去无回"的冥府之地,既职司性爱和生育,又与死亡息息相关。① 她打开冥府大门释放死者来威胁天神安努给与她报复吉尔伽美什的天牛,并纵容它在乌鲁克大肆破坏环境、危害百姓;但在另一作品《伊楠娜与恩基》中,又从智慧神恩基那里哄骗得来百余种"道"赠与乌鲁克人。②

哪怕在伊施塔女神的单一面向之下,我们依然能分辨出她形象的阈限性。她象征爱欲时体现为两种形象:一是作为杜穆孜神的新娘,在婚床上等待新郎的到来;二是作为单身女性(往往是妓女),在小酒馆中寻求性爱。这是在平民百姓的生活中,离开原生家庭的女性几乎仅有的两条出路。这两类女性形象尽管矛盾对立,却又在伊施塔身上得到了统一。③

伊施塔作为一个阈限形象,她还促使吉尔伽美什与恩启都再度进入了阈限状态。结束雪松林的远征后,吉尔伽美什回到乌鲁克城,洁净完毕,恢复了国王的装束和打扮,准备继续履行他的职

---

① 见第六章的"冥府神话之一"。

② 在此作品中,伊楠娜是智慧神恩基的女儿。她到达恩基所在的城市埃利都后,与父亲斗酒取乐。恩基酒酣耳热之际,将一百一十余种"道"(一般理解为文明要素)都赠与伊楠娜。女神将它们悉数用船运往乌鲁克,恩基前后派六波追兵也未能追回。详见拱玉书:《论苏美尔文明中的"道"》。

③ Julia Assante, "Sex, Magic and the Liminal Body in the Erotic Art and Texts of the Old Babylonian Period," p. 30.

责。但吉尔伽美什拒绝伊施塔的求婚后,后者派来复仇的天牛把吉尔伽美什与恩启都裹挟进了一场不期而遇的斗争,最终导致了恩启都的病亡和吉尔伽美什的流浪。

在以其他乌鲁克国王为主角的苏美尔语史诗作品中,[①]女神伊楠娜的形象同样变化多端、难以框定。在《恩美卡与阿拉塔之王》和《恩美卡与恩苏赫吉腊那》的开篇,她似乎是冲突的挑起者:一方国王宣称受她青睐,但另一方的国王并不接受,两方因而发生冲突。只有当乌鲁克国王以某种方式击败对手阿拉塔之王后,伊楠娜才宣布前者胜出。在《卢伽尔班达诗歌》中,她同样是冲突的起因:乌鲁克国王为了替她的神庙获取财富,发兵出征阿拉塔。但她也助力乌鲁克国王战胜了阿拉塔之王。[②] 可见,她集冲突的挑起者、参与者和裁决者于一身,也是一个阈限者的形象。

---

① 详见第三章。
② Herman Vanstiphout,*Epics of Sumerian Kings*,pp. 7 - 8.

第十三章　《吉尔伽美什史诗》的传播与影响

"史诗"与《死海古卷》

《圣经·创世记》第六章(1—4)在挪亚方舟的叙事之前,提及了人与神的交合:"当人在世上多起来,又生女儿的时候,神的儿子们看见人的女子美貌,就随意挑选,娶来为妻。耶和华说:'人既属乎血气,我的灵就不永远住在他里面,然而他的日子还可到一百二十年。'那时候有伟人在地上。后来神的儿子们和人的女子们交合生子,那就是上古英武有名的人。"其中的"伟人"(Nephilim)指的就是神人交合后产生的巨人一族。[①]

死海古卷中也保存了关于巨人的传说,通称《巨人传》(Book of Giants),被认为与犹太伪经《以诺书》(Book of Enoch)[②]相关。

[①] *The Jewish Study Bible*, eds. Adele Berlin and Marc Zvi Brettler (Oxford University Press, 2004), pp. 20 - 21.

[②] 根据《旧约·创世记》5:18—24 的记载,以诺是挪亚的先人,父亲为雅列,儿子有玛土撒拉;他本人活到 365 岁时离世。《以诺书》包括三部:《以诺一书》、《以诺二书》和《以诺三书》。通常所说的《以诺书》即《以诺一书》,收录了 the Book of Watchers, the Similitudes, the Astronomical Book, the Book (转下页)

《巨人传》是古卷中抄本数量最多的阿拉米语（Aramaic）作品，发现了至少九个抄本，年代均为公元前3—前2世纪，作于巴勒斯坦或其以东的犹太人流散地。综合这两个文本，我们了解到巨人的来历和结局："一些天使看到人间女子的美貌，便擅自从天庭下到人间与她们交合，人间女子生下巨人。当巨人兴风作乱、大地遍布哀鸿之际，天庭的四大天使长——米迦勒（Michael）、乌利尔（Uriel）、拉斐尔（Raphael）与加百列（Gabriel）向神通报，神一方面决意降洪水，洁净大地；另一方面命米迦勒与拉斐尔将这些下凡的天使尽数抓获，囚禁在阴间，下凡天使的头目阿撒泻勒（Azazel）饱受烈火与剧毒折磨，直到最终审判到来。"[①]

《巨人传》中有两个巨人的名字可直接追溯到吉尔伽美什和芬巴巴，另有第三位巨人的名字可能来自乌特纳皮施提。[②] 吉尔伽美什与芬巴巴的名字同时出现在该作品的如下残片中：

（接上页）of Dreams 和 the Epistle of Enoch 五篇作品，早在公元前3世纪已部分成书。其简介见 John J. Collins, *The Apocalyptic Imagination: An Introduction to Jewish Apocalyptic Literature*, 2nd ed. (Grand Rapids, Michigan/Cambridge, UK; William B. Eerdmans, 1998), pp. 43–84；通行英译本见 George W. E. Nickelsburg 和 James C. VanderKam, *1 Enoch: The Hermeneia Translation* (Minneapolis: Fortress, 2012)。

① 张若一：《论希伯来巨人神话体系——形象、母题及其意识形态观念》，《古代文明》2018年第2期，第14页。
② Joseph L. Angel, "Reading the Book of Giants in Literary and Historical Context," *Dead Sea Discoveries* 21(2014): pp. 314–316.

……关系到我们的灵魂之死。他所有的同伴都进来了，一个巨人告诉了他们吉尔加美什对他所言。"芬巴巴"张了嘴，针对其灵魂的判决被宣布。有罪之人诅咒王子们，巨人们则兴高采烈。他回来了，他被诅咒，他抱怨了他。①

诚然，该段落晦涩难懂、所指不明，但吉尔伽美什与"芬巴巴"的同伴关系毋庸置疑。

除两人的名字外，《巨人传》与"史诗"在人物形象和情节上还有若干相似之处。巨人族和吉尔伽美什同为人神交合产生的后代。"史诗"中的吉尔伽美什完全是个巨人的形象：他足长近三"肘"（约 1.5 米），腿长约六米，一步就能跨三米；②他远征雪松林时携带的武器重达 300 千克。③《巨人传》中的吉尔伽美什在肉身被消灭后成为了灵（spirit），④而"史诗"中的吉尔伽美什在后世的两河流域传统中成为了冥界法官，统管下界的幽灵。在两部作品中，梦都是一个反复出现的重要主题。"史诗"中的吉尔伽美什

---

① Matthew Goff, "Gilgamesh the Giant: The Qumran Book of Giants' Appropriation of 'Gilgamesh' Motifs," *Dead Sea Discoveries* 16(2009): p. 238; 其中芬巴巴的名字写作 Obabish。

② I: 56—57.

③ II: Y165—171.

④ 《以诺书》中直接把巨人称为恶灵："巨人由灵与肉所生，应被称为地上的恶灵，地上应成为他们的居所。恶灵从他们的肉体而出，他们是由人与守望天使（即堕落到人间、与凡人女子交合的天使，笔者注）所生，他们就是地上的恶灵，应被称为恶灵（evil spirits）"；张若一：《论希伯来巨人神话体系——形象、母题及其意识形态观念》，第 14 页。

做了两个梦，梦中情形预示了恩启都的到来；在去往雪松林的路上，他又做了五个梦，梦中所见似乎预示他此行征讨芬巴巴凶多吉少。① 恩启都在病逝前则梦见了自己游历冥府。②《巨人传》中有对巨人兄弟各自做了梦：一个巨人梦见园丁在照料一座花园，但火灾和水灾毁灭了树林，仅剩一棵有三根枝桠的树；另一个梦见神从天而降端坐在宝座上，他翻开记录，宣告判决。巨人们找到以诺来解梦，从而知晓了自己将毁于洪水的命运。③

《巨人传》的作者是如何获悉"史诗"这部作品的内容呢？"史诗"的残片曾出土于地中海东岸的遗址米吉多，年代为公元前 14 世纪左右。这证实了"史诗"早在这一时期便传播到了巴勒斯坦地带，但很难解释该年代与《巨人传》的年代之间长达一千多年的空档。可能性更大的途径是在波斯时期，遭受"巴比伦之囚"的犹太人或他们的后裔返回巴勒斯坦的故土后，传播了他们所知晓的"史诗"的内容。④ 与《创世记》6—8 章挪亚方舟叙事的作者相比，《巨人传》的作者对"史诗"的了解显然更为间接。⑤

"史诗"与摩尼教元素

"史诗"，尤其是前半部分，在一定程度上可解读为三个巨

---

① 见第八章的"吉尔伽美什所求之梦"部分。
② 见第六章的"恩启都梦游冥府"部分。
③ Matthew Goff, "Gilgamesh the Giant," pp. 225 - 233.
④ 见第十章的"从楔文泥板到《旧约》"部分。
⑤ Matthew Goff, "Gilgamesh the Giant," pp. 233 - 235.

人——吉尔伽美什、恩启都和芬巴巴——的故事。[①] 它间接影响了死海古卷中《巨人传》的创作,而《巨人传》又进一步影响了摩尼教创始人摩尼(Mani,约 216—274 年)创作该教的七部大经之一《大力士经》(又名《俱缓部》)。

摩尼出生于两河流域南部巴比伦城以北的玛第奴(Madinu),很可能读过巨人的故事。《大力士经》的残片记载:"巨人们互相杀害,危害人间,以诺请求神的干预。有一个巨人到以诺处,得到两块刻有以诺传达神谕的石碑。守望者与巨人知道了神谕后,反应不一,有的藐视神意,大部分陷入沮丧之中。四天使下降人间与守望者、巨人战斗。守望者伪装人的模样,躲在人群中,但还是被识别出来。经过鏖战,他们向须弥山山脚下逃去,被俘虏并被关进净风建造的 32 个镇里。他们的儿子——巨人则被毁灭。但是,这并没有结束善恶之间的斗争。"[②]这些巨人的父辈原本被囚禁在天上,由十大天王管辖。但他们趁地震之际发动叛乱,其中有 200 位逃到了大地上为非作歹,教给人类奇技淫巧并向其泄露天上的秘密。四大天使打败他们后,把他们囚禁在黑暗中。[③]

---

① Stephanie Dalley, "The Gilgamesh Epic and Manichaean Themes," p. 28.
② 马晓鹤:《光明的使者——摩尼与摩尼教》,兰州大学出版社 2013 年,第 47—48 页。
③ 马晓鹤、张忠达:《光明使者:图说摩尼教》,上海社会科学院出版社 2003 年,第 33 页。

摩尼教属于诺斯替派(Gnosticism)的伊朗支系。[1] 根据摩尼教教义,善恶是彼此独立的存在,分别由光明王国和黑暗王国代表,界限分明。但黑暗王国的居民有一天来到边界目睹了光明王国的景象,心生觊觎,准备发动进攻。伟大之父/明尊(斜线后为汉译,下同)因而设下计谋准备一举征服黑暗与邪恶。他亲自进行了两次召唤(即创造):第一次召唤产生了生命之母/善母,生命之母又创造了初人/先意。善母和先意都源于明尊,所以都具有后者的光明神性。先意携其五子(即五明子)到达黑暗之国后即刻被俘,先意不省人事,五明子则被黑暗之国成员所吞噬。这段先意被俘的时期即为明暗相混的阶段。明尊为击败黑暗王国的势力而预先发动进攻,让先意和五明子以身作饵,自愿堕入黑暗王国。[2]

　　明尊第二次召唤而出的活灵/净风(Living Spirit)则把先意从黑暗王国中拯救而出,但先意的五明子已经与黑暗混为一体,

---

[1] Mehmet-Ali Ataç, "Manichaeism and Ancient Mesopotamian 'Gnosticism'," *Journal of Ancient Near Eastern Religions* 5(2006): p.5. 夏洞奇在《"东方摩尼教"研究的两条路向——芮传明、王小甫摩尼教研究新作赘语》,《世界宗教研究》2011年第2期,第185页中,对诺斯替派的基本思想概括如下:"神不是这个世界的创造者,不是Demiurge或耶和华;世界的产生纯属一场错误,是由于神性世界分裂和堕落的结果;灵性的人是从神性世界流落到这个世界的异乡人,当他听到启示的道以后,就会意识到自己最深层的自我;恶的来源不是罪,而是'无明'或'无意识'。"

[2] 关于摩尼教的基本教义,详见马晓鹤:《光明的使者——摩尼与摩尼教》,第24—85页。除另有注明外,下文相关概述皆出自于此。

无法直接施救。为了把光明分子从暗魔身上分离出来,净风杀死暗魔后创造了宇宙。他用完全没受污染的光明分子造成了日月,用稍受污染的光明分子造成了星辰,用风、水和火造成了三轮以拯救深受污染的光明分子。

　　在与"史诗"相关的神话《伊楠娜/伊施塔入冥府》中,女神同样出于自愿前往地下冥府。[①] 当然,两河流域的冥府是死者的居住之地,不同于摩尼教中邪恶的黑暗之国。但冥府在两河流域传统中是独立的存在,不受神祇所在的天界之控制,[②]如同摩尼教的黑暗之国独立于光明之国。女神入冥府时随身携带了七件法器,[③]就如先意入黑暗王国时穿上五明子组成的盔甲一般。而先意被活灵从黑暗王国拯救出来后,五明子依然被困在黑暗王国,如同女神复活从冥府离开后需要提供一个替身以代替她留在冥府。

　　摩尼教提倡的生活信条与两河流域冥府中的生活状况也不谋而合: 禁欲、反对生殖繁衍、饮食匮乏、缺少生活乐趣。跟随伊楠娜回到人间以捉拿她替身的那群恶魔,其所作所为就完全体现

---

① 以下关于《伊楠娜/伊施塔入冥府》的讨论出自 Mehmet-Ali Ataç,"Manichaeism and Ancient Mesopotamian 'Gnosticism'," pp. 6 - 15。

② 在神话《内尔伽勒与埃蕾什基伽勒》中,天上的众神举行宴会,由于天界和冥界的神不能互相往来,所以他们就送信给冥府女王埃蕾什基伽勒,请她派使者前来取走她的那份食物。见本书第六章的"冥府神话之一"部分。

③ 女神的七件法器包括其衣物和首饰,详见贾妍:《"逾界"与"求诉"》,第 29 页。她每通过冥府的一道大门都必须卸下一件法器。

了上述特点。① 摩尼教宇宙观的二元性体现于光明王国和黑暗王国(包括人间)的对立,而两河流域宇宙观的二元性则是天界加人间与冥府的对立。两河流域冥府的反社会、反繁衍的特点,类似于摩尼教的救世论原则。

为拯救深受污染的光明分子,明尊进行了第三次召唤,召唤出第三使/三明使(the Third Messenger)、光明处女/电光佛(Maiden of Light)和光明耶稣/夷数(Jesus the Splendor)。上文论及的巨人故事就发生在此次召唤中。一对雌雄恶魔交媾后还生下了儿子亚当和女儿夏娃,即为人类始祖。

摩尼教认为,人身上存在着肉体与灵魂的二元对立:人的肉体及其种种欲望来自黑暗王国的贪魔,而人的灵魂则由被困于黑暗王国的五明子构成。人生来就处于昏醉状态,并不了解自己内在的神性;只有通过明使的启蒙,才能发现自己处境的悲惨,从而摒弃一切欲念、一心向善,使自己的灵魂回归光明王国。② 摩尼教视人类繁衍为可怕的现象,因为交媾是仿效恶魔的行为,它会导致人类生生不息,稀释囚禁于物质世界中的光明分子,从而延

---

① 他们"不知食物与饮料,不尝谷物与祭酒,不收精美礼品,不谙鱼水之欢,不吻甜美孩童;把行敦伦之礼的妻子从丈夫身边夺走,把孩童从父亲膝上抢走,把新娘从新房带走。"见第六章的"冥府神话之一"部分。
② 马晓鹤:《光明的使者——摩尼与摩尼教》,第 52—53 页。位居第一的明使就是耶稣,包括光明耶稣、受难耶稣和历史上真实存在的拿撒勒的耶稣。摩尼视拿撒勒的耶稣为自己的先驱。

缓拯救的过程。①

　　有学者提出,上述教义中的明使之于人的关系可对应于"史诗"中恩启都与吉尔伽美什的关系。恩启都由神创造,受神派遣前去改造吉尔伽美什。② 吉尔伽美什与他结为好友后,停止了在乌鲁克城的暴政,转而远征雪松林以便为恩利尔的神庙获取上好的建筑原料;后来更是宰杀天牛,为民除害。这一考察角度能部分地解释"史诗"第十二块泥板(恩启都身陷冥府的情节)③与其他部分的不连贯之处:恩启都在前文中已死,但后来其魂魄又得以逃离冥府与吉尔伽美什相聚。摩尼教教义中人的灵魂与肉体、光明分子与黑暗物质的二元对立也可对应于吉尔伽美什的二元特性:他作为神人交合的后代,既有神性又有人性,既不是神也非通常意义上的凡人。④

　　此外,吉尔伽美什在恩启都死后,拒绝华服美食还有性与同伴,只身一人浪迹天涯。他在马舒山遇见蝎人后,于漫漫黑暗中跋涉约 130 公里,最终到达那长有红玉髓树和青金石树的宝石花园。根据摩尼教基本教义的三际论(过去—现在—未来),后际阶段光明与黑暗的决战结束后,黑暗魔王和其他恶魔将被囚禁,一

① 马晓鹤:《光明的使者——摩尼与摩尼教》,第 240 页;Mehmet-Ali Ataç,"Manichaeism and Ancient Mesopotamian 'Gnosticism'," pp. 6 - 8。
② Stephanie Dalley,"The Gilgamesh Epic and Manichaean Themes," pp. 28 - 29.
③ 见第六章"恩启都身陷冥府"的内容。
④ Stephanie Dalley,"The Gilgamesh Epic and Manichaean Themes," pp. 28 - 29.

切光明分子将上升到光明王国。如此这般从黑暗到光明的过程，或可对应于吉尔伽美什走完黑暗的旅途后迈入光明的胜景。①

"史诗"与摩尼教教义都彰显了植物，尤其是树的重要性。吉尔伽美什与恩启都前往雪松林探险并杀死其守卫芬巴巴的情节构成了"史诗"前半部分的主要内容，且恩启都之死与他杀害芬巴巴不无干系。他们砍伐雪松后，准备带回乌鲁克为恩利尔神制作一扇庙门。恩启都临死之际发出了与此门相关的长篇独白："现在，门啊！我把你来造，把你安装好。愿我之后的王痛恨你。"（VII：59—61）这扇雪松木制成的门此处显然被拟人化了，②与摩尼教传统存在共通之处。

摩尼本人早期就反对伤害植物。他曾说有基督教浸礼派的教徒用一把弯刀砍树，树发出人一样的惨叫并流出血液。在发现于高昌的一幅细密画中，莲花宝座边缘上有一片绿叶的伤口就流出了血液。③ 在摩尼教僧侣都必须遵守的五净戒中，第二条为"不害"，即禁止从事任何可能伤害光明分子的工作，不能伤害光明、火、水、风和气，不能从事耕田、采集、收获和杀害动植物之事。④

两河流域南部是摩尼的出生地和早期活动的主要地区。公

---

① Stephanie Dalley，"The Gilgamesh Epic and Manichaean Themes，" pp. 29‑30；马晓鹤、张忠达：《光明使者：图说摩尼教》，第 57 页。
② Stephanie Dalley，"The Gilgamesh Epic and Manichaean Themes，" pp. 30‑31.
③ 马晓鹤、张忠达：《光明使者：图说摩尼教》，第 74 页。
④ 马晓鹤：《光明的使者——摩尼与摩尼教》，第 239—240 页。

元 224 年后,萨珊波斯取代安息对两河流域实行统治,但该地区本土的楔形文字文化传统可能还留有一定的余音。[①] "史诗"作为两河流域最经典的文学作品,或许在某种程度上间接地影响了摩尼本人的思想和摩尼教的教义。

"史诗"与《一千零一夜》

在阿拉伯语的民间文学作品集《一千零一夜》中,国王布鲁庚亚(Buluqiya)的故事与"史诗"在细节上存在若干相通之处。[②] 主人公布鲁庚亚是一位出身以色列部族的埃及国王。他继位后有一天查看先王遗物,发现了一本关于先知穆罕默德的书,遂决定周游世界以期与穆罕默德相会。他到达耶路撒冷后结识了当地的大学者奥封,两人结伴去寻找布鲁庚亚曾经遇见的蛇女王,以求得一种神奇的药草——榨出它的汁液涂在脚上,可行走于大海而不沾湿脚。他们的最终目的是找到所罗门大帝曾戴过的戒指,以期统治天下;还希望到达黑海饮几口生命之水,以求活到世界末日先知诞生时,最终与穆罕默德会面。二人设计捕获了蛇女

---

① 现存年代最晚的一块楔形文字泥板发现于两河流域南部的巴比伦城,记录了天象观测,年代为公元 74—75 年。David Brown, "Increasingly Redundant: The Growing Oblescence of the Cuneiform Script in Babylonia from 539 BC," in John Baines, John Bennet and Stephen Houston eds. , *The Disappearance of Writing Systems: Perspectives on Literacy and Communication* (London: Equinox, 2010), pp. 89 - 91.

② 除另有补充外,下文讨论基本参照 Stephanie Dalley, "Gilgamesh in the Arabian Nights".

王,如愿以偿地获得这种药草,并挤出汁液涂在脚上开始旅行。奥封在试图攫取所罗门大帝的戒指时被守卫的大蟒喷出的火焰烧死,布鲁庚亚则幸免遇难。随后他独自旅行,先后穿过七处大海,到达神王索乎尔(Sakhr)和白拉侯亚的领土,并邂逅了巨人米喝以勒和一位不知名的巨神,最后遇见了四大天神伽百利、易斯拉斐勒、米柯伊勒和尔子拉伊勒。故事的结局是布鲁庚亚在一座岛上遇见了下一则故事的主人公詹莎。[1]

在波伊斯·马特斯译自法文的《一千零一夜》中,故事内容稍有不同。首先奥封是布鲁庚亚的一名臣子而不是一位居住在耶路撒冷的大学者。布鲁庚亚本人想去寻找蛇女王,奥封自愿作陪。当奥封试图从已故所罗门大帝僵硬的手指上取下戒指时,布鲁庚亚念咒语时颠倒了顺序,导致一颗融化的钻石掉在奥封身上引起大火,将他烧死。布鲁庚亚后来到达了神王索乎尔的领地。神王告诉他,自己所属的这族源自于狮和狼交合的后代。族人的年龄永远不变,永远不老,因为他们饮用了"生命之泉"(Foundtain of Life)的水。"生命之泉"由"绿人"(al-Khidr)看守。他能力高超:可以使四季持续时间相同,使树木披上绿冠,使溪流奔涌,使牧场绿草成茵,日落后给天空染上绿色。[2] 在故事的

---

[1] 纳训译:《一千零一夜》(三),第 476—497 页。

[2] 在《古兰经》中,Al-Khidr 是真主出色的仆人,满载真主的同情和知识。摩西想追随他,他警告说鉴于摩西既没有耐心,又缺少理解力,摩西只有得到他许可后才能发问。根据圣训的记载,穆罕默德解释了 al-Khidr 得名的由来:只要他坐在贫瘠的土地上,植被就会生长,在地上覆盖一层绿色。他被(转下页)

结尾,神王施展法术让布鲁庚亚回到故乡。[1]

布鲁庚亚与吉尔伽美什同为国王,且前者的名字可能从后者演变而来。[2] 两人都在各自同伴的忠实陪伴下离家远行,目的之一是为了寻求永生。同伴死于英勇却渎神的活动(恩启都因为杀死天牛受众神惩罚病死,奥封因为偷盗所罗门大帝的戒指而死于非命)后,国王独自远行。他到达传说中不死之人的居住地,与获得永生之人会面(吉尔伽美什见到乌特纳皮施提,布鲁庚亚见到神王索乎尔)。[3]

除上述主要情节外,两篇作品在细节描写上也存在一些巧合。布鲁庚亚在同伴死后独自一人旅行时,进入了神王索乎尔的领地。"他发现这是一片宏伟的平原,遍布着河床为金或银的运河。平原上长满了麝香和藏红花,阴翳蔽日的树上长着祖母绿的叶子和红宝石的果实。"[4]这段描述使人联想到吉尔伽美什在浪迹天涯的旅途中路过的宝石花园:"他径直走向那属于神祇的树木。一棵红玉髓树结着串串葡萄,美不胜收。一棵青金石树枝叶

(接上页)视为不死之人,是圣人、拯救者和旅客的保护人。在苏菲派传统中,al-Khidr 还是精神导师。详见 Richard C. Martin et al eds., *Encyclopedia of Islam and the Muslim World* (New York: Macmillan, 2003), pp. 390 - 391。

[1] Powys Mathers, *The Book of the Thousand Nights and One Night: Rendered into English from the Literal and Complete French Translation of Dr. J. C. Mardrus* (London and New York: Routledge, 2005), vol. 2, p. 334 - 344.

[2] Stephanie Dalley, "Gilgamesh in the Arabian Nights," p. 8.

[3] Stephanie Dalley, "Gilgamesh in the Arabian Nights," p. 7.

[4] Stephanie Dalley, "Gilgamesh in the Arabian Nights," p. 10.

繁茂,果实累累,令人目瞪口呆。"①祖母绿和红宝石是阿拉伯传统中最珍贵的宝石,其受尊崇的程度就对应于两河流域传统中的青金石和红玉髓。吉尔伽美什经由乌特纳皮施提指点,在海底采得了可使人青春永驻的仙草。蛇女王也曾建议布鲁庚亚和奥封放弃攫取已故所罗门大帝戒指的计划,转而去采摘一种药草——吃了它可以长生不老,直到世界末日才死亡,但她的建议未被践行。② 此外,马特斯译本中提到神王索乎尔和族人因为饮用了"生命之泉"而长生不老。在两河流域的神话《阿达帕与南风》中,天神安努赐予了主人公阿达帕以"生命之水",但后者误以为是"死亡之水"而加以拒绝。③

也有学者提出,仅依据"史诗"和布鲁庚亚故事中部分细节的雷同不足以支持后一作品对前一作品的继承,因为无法排除布鲁庚亚的故事从其他作品中得到灵感和启发的可能性。在不同民族的文学传统中存在共同的叙事模式和共同的情节是完全可能的。楔形文字在公元1世纪停止使用后,后世文献虽然偶尔提及吉尔伽美什的名字,但基本不知晓"史诗"的内容,只是把吉尔伽美什作为一个远古时代拥有法力的国王。我们缺少"史诗"与布鲁庚亚之间的过渡阶段的材料。在楔形文字传统和早期阿拉伯

---

① 见第九章"从马舒山到宝石花园"的内容。
② 纳训译:《一千零一夜》(三),第482页;Powys Mathers, *The Book of the Thousand Nights and One Night*, pp. 335‑336。
③ 见第四章"返乡途中从'永生'到必死"的内容。

作家之间的阿拉米语文献少得可怜，所以无从判断两部作品之间的直接联系。此外，布鲁庚亚的名字在语源上和吉尔伽美什的名字之间并无关联。①

"史诗"与新疆栽绒毯

2007 年，寻找玉石的人在新疆洛浦县山普鲁乡的古河道挖掘，发现了五块栽绒毯埋藏于一个石头砌成的长方形坑内。其中两块为长形，三块为方形，织成于 5—7 世纪之间。段晴对两块长形毯进行了解读，认为它们关乎"史诗"的第十二块泥板和苏美尔诗篇《吉尔伽美什之死》（段文称之为《柽柳》）。她认为栽绒毯上的图案表现了如下故事情节：球落入冥间，恩启都下冥间捡球，被大地滞留。吉尔伽美什遍求神灵，依次获得了仙草、仙药、神斧。他最终来到伊娜娜（即伊楠娜）女神的花园，找到了生命之树并赶走盘踞在树上的蛇灵，用树冠的木材打造了魔棒使得恩基都返回阳世。吉尔伽美什也因此完成了从人到神的旅程，超越了生死，成为超度亡灵的大神。②

段文观点新颖，但论证上尚有不能令人信服之处。由于文中所附的绒毯图片尺寸较小，分辨率不高，故笔者无法对图案和人物造型发表评论。但就段文复原的故事情节而言，有诸多问题还

---

① Andrew George, *The Babylonian Gilgamesh Epic*, vol. I, pp. 65‑70.
② 段晴：《新疆山普鲁古毛毯上的传说故事》，《西域研究》2015 年第 1 期，第 38—47 页。

需讨论。如对 b 层故事的描述中，段文认为，吉尔伽美什来到传说中的一个国度求见国王与王后，并赢得了他们独生公主的爱戴。他希望求得能够助人穿越阴阳二界的仙草，但仙草只能帮他克服跋山涉水的辛苦，而真正长生不老、返老还童的仙药在唯一长寿人之处。此处的情节和除吉尔伽美什之外的人物在"史诗"以及相关诗篇中从未出现过。①

对 d 层画面故事的重构同样存在疑问：吉尔伽美什来到天庭的花园，伊楠娜女神向他介绍了生命之树的功效：用其树冠制成的木棒，可以使堕入冥间的人返阳。吉尔伽美什赶走盘踞在树上的蛇怪，用其木材制作了魔棒，从此拥有了起死回生的能力。所以他又被尊为超度生死的大神，值守在生死之河，将故去的人渡往天堂。此处对吉尔伽美什的刻画也不合乎两河流域传统。在两河流域观念中，只有冥府、没有天堂；无论生前的高低贵贱和所作所为，死后在冥府的境遇都相差无几。这是"史诗"中吉尔伽美什极度恐惧死亡的原因所在。② 在有的文本中，吉尔伽美什虽然也以冥府官员的形象出现，但他的职能是主司审判，并非将故去的人渡往天堂。

---

① 类似的药草反而在纳训译：《一千零一夜》(三)，第 481—482 页中有记载：布鲁庚亚和同伴奥封带着蛇女王到了蔓草丛生的深山中，找到了一种药草；只要把秆内的液汁取出，涂在脚上，便可通行海上，脚不会被海水打湿。
② 详见第六章。

结语

　　"史诗"是古代两河流域文明孕育的最伟大的文学作品,早在三千多年前就开始传播到两河流域周边地区(如小亚细亚和地中海东岸),又以其独特的魅力吸引了众多现代读者。英雄成长和征服死亡是全文的两大主题。第一个主题在泥板 I—VIII 中展开,主角是乌鲁克城邦国王吉尔伽美什与其挚友恩启都。他们一起远征远在叙利亚的雪松林,杀死守卫芬巴巴,砍伐了大量珍贵的雪松带回乌鲁克为主神恩利尔建造神庙;后来又合力杀死了在乌鲁克大肆破坏的天牛,达到了两人英雄业绩的顶峰。随着恩启都遭神惩罚而病逝,作品的行文急转直下,在泥板 IX—XI 中引入了第二个主题:吉尔伽美什备受好友之死的震撼,因而浪迹天涯以寻找传说中的不死之人乌特纳皮施提,以获取永生的秘密。他一度得到了可使人重返青春的仙草,却又不幸失去,最终目睹了乌鲁克的城墙而大彻大悟:人必有一死,唯有其功业方能长存不朽。吉尔伽美什的宏愿通过数千年后的考古发掘得以实现。德国考古学家在 20 世纪上半叶发掘了乌鲁克遗址,发现其城墙长度近 10 公里,是两河流域遗址中最为壮观的城墙。

　　英雄情谊是文学名著的常见主题。但"史诗"刻画的友情非同寻常:恩启都是由神创造、长于荒野的一个生物,经由妓女莎姆哈特教化后才蜕变为人类社会的一员,并最终与吉尔伽美什结为挚友。两人的深情厚谊引发了后世学者对其是否为同性恋的讨论。而恩启都死前讲述的他梦游冥府的经历,无疑加剧了吉尔伽美什对死亡的恐惧和绝望,驱动后者走上了浪迹天涯、寻求永生的道路。

生与死则是经典名著的另一永恒主题。吉尔伽美什探求死生奥秘的道路一波三折:他遇见了蝎人夫妇,穿越了马舒山下的黑暗隧道,而后置身于璀璨绚丽的宝石花园。随后,他在海边得到女店主施杜丽的指点,得以穿越死亡之海并最终到达乌特纳皮施提居住的小岛。根据乌特纳皮施提的叙述,他自己得以永生的天机乃因为是众神发动的一场大洪水的幸存者。吉尔伽美什未能通过六天七夜不睡的考验后,只能悻悻地乘船准备返回。就在此时,乌特纳皮施提在妻子暗示下向吉尔伽美什吐露了可以重返青春的秘方——海底的一株仙草。吉尔伽美什采得仙草后大功告成,兴高采烈地踏上返乡之旅。

然而,两河流域的生死实为关系到宇宙秩序的问题。人必有一死,唯有神才得永生。尽管吉尔伽美什具有三分之二的神的血统,也只能归于必死的凡人之列。神人之间的这一界限不容僭越。因此,吉尔伽美什注定了无法享用仙草的功效。他在返乡途中下到一口池塘洗澡,结果放在岸边的仙草被蛇偷吃了。蛇立即开始蜕皮,而吉尔伽美什只落得潸然泪下的结局。

在铺陈两大主题的过程中,"史诗"还成功塑造了众多不落窠臼的女性形象,如吉尔伽美什的母亲宁荪、妓女莎姆哈特、女神伊施塔、海边女店主施杜丽以及乌特纳皮施提之妻。她们不仅烘托了吉尔伽美什和恩启都的形象，推动了情节发展，而且自身特色鲜明、别具一格，为管窥两河流域的女性生活和女神信仰提供了难得的窗口和视角。

随着楔形文字使用的终结，两河流域本土文明在公元 1 世纪也走到了尽头。但"史诗"中的若干元素，在《圣经》、《死海古卷》、摩尼教文本和阿拉伯民间故事中都得到了不同程度的传承，见证了它超越地域、超越文化、超越族群的隽永魅力和影响力。《吉尔伽美什史诗》不仅是两河流域文明的结晶和瑰宝，而且是人类作为命运共同体在探索自身与世界乃至宇宙关系历程中的一座丰碑。

附录1：主要神名和人名表

按首字拼音排序（现代人名按姓）

阿伽 （Agga）	两河流域基什城邦的国王，在苏美尔语作品《吉尔伽美什与阿伽》中与吉尔伽美什为敌；其父为恩美巴拉格西（Enmebaragsi）。
阿努那基 （Anunnaki）	早期苏美尔语文献中为神祇的一般统称，"史诗"中通常提到七位；位居其首的是天神安努，还包括恩利尔、埃阿、尼努尔塔、灌溉之神恩努吉等。
阿鲁鲁 （Aruru）	两河流域母神，在"史诗"中用泥土创造了恩启都。
阿特腊哈希斯 （Atrahasis）	两河流域的洪水幸存者，洪水故事《阿特腊哈希斯》的主角，但未获得永生。
埃阿（Ea）	阿卡德语神名，两河流域智慧神，与人类交好；对应苏美尔语神名恩基（Enki）。
埃蕾什基伽勒 （Ereshkigal）	两河流域女神，冥府之王，伊楠娜/伊施塔的姐妹；出现于神话《伊楠娜/伊施塔入冥府》和《内尔伽勒和埃蕾什基伽勒》。
安努 （Anu）	两河流域天神，名义上的众神之首。
安祖 （Anzu）	长着狮头的巨鸟，在苏美尔语作品《吉尔伽美什与冥府》中，它霸占了女神伊楠娜种植的柳树，在上面筑巢孵蛋。

贝莱特·伊丽 （Bēlet-ili）	两河流域母神，在《阿特腊哈希斯》中创造人类；在"史诗"中于洪水过后提醒诸神勿要再次毁灭人类。
布鲁庚亚 （Buluqiya）	《一千零一夜》中的埃及国王，曾游历世界，经历类似吉尔伽美什。
戈登·柴尔德 （Gordon Childe）	英籍澳裔的史前考古学家，首创"农业革命"和"城市革命"两大理论。
杜穆孜 （Dumuzi）	苏美尔语神名，主管畜牧；在神话《伊楠娜入冥府》中为伊楠娜之夫，作为后者替身被捉入冥府；对应阿卡德语神名塔穆孜（Tammuz）。
恩基 （Enki）	苏美尔语神名，两河流域智慧神，与人类交好；对应阿卡德语神名埃阿（Ea）。
恩利尔 （Enlil）	掌握实权的众神之首，主要崇拜地在尼普尔城。
恩美巴拉格西 （Enmebaragsi）	两河流域基什城邦的国王，其子阿伽（Agga）出现于苏美尔语作品《吉尔伽美什与阿伽》，与吉尔伽美什为敌。
恩美卡 （Enmerka）	乌鲁克城邦国王，两部苏美尔语史诗《恩美卡与阿拉塔之王》和《恩美卡与恩苏赫吉腊那》的主角。
芬巴巴 （Humbaba）	阿卡德语名，"史诗"中守卫雪松林的怪兽；对应苏美尔语的胡瓦瓦（Huwawa）。
垓什提楠娜 （Geshtinanna）	关乎农业与乡村生活，伊楠娜之夫杜穆孜的姐妹，自愿与他每年轮流在冥府中度过 6 个月。
胡瓦瓦 （Huwawa）	苏美尔语名，苏美尔语诗歌《吉尔伽美什与胡瓦瓦》中守卫雪松林的怪兽；对应阿卡德语的芬巴巴（Humbaba）。
居鲁士 （Cyrus）	波斯帝国开国君王，前559—前530 年在位。

卢伽尔班达 (Lugal-banda)	乌鲁克城邦国王，"史诗"中吉尔伽美什之父；苏美尔语组诗《卢伽尔班达诗歌》的主角。
纳拉姆辛 (Naram-Sin)	两河流域阿卡德王朝国王（约公元前2254—前2218年在位），历史上首位把自己神格化的国王。
那姆塔尔 (Namtar)	冥府使者，可自由往来于冥府和天庭；冥府女王埃蕾什基伽勒曾派他前往捉拿内尔伽勒。
内尔伽勒 (Nergal)	一说为智慧神埃阿之子，原为天神；入冥府后征服了女王埃蕾什基伽勒，成为冥王。
尼布甲尼撒二世 (Nebuchadnezzar II)	公元前604—前562在位；前587年攻陷耶路撒冷后，将大批犹太人流放至两河流域，史称"巴比伦之囚"。
尼努尔塔 (Ninurta)	两河流域战神，在洪水故事中发誓保守洪水的秘密，不将其泄露给人类；恩启都与他关系密切。
尼萨芭 (Nisaba)	两河流域谷物女神。
宁舒布尔 (Ninshubur)	女神伊楠娜的总管，在她入冥府后，遵嘱先后向恩利尔、月神和智慧神求助。
宁荪 (Ninsun)	两河流域女神，"史诗"中吉尔伽美什的母亲，被喻为母牛。
乔治·史密斯 (George Smith)	英国学者（1840—1876），"史诗"和洪水故事《阿特腊哈希斯》的发现者及解读者。
萨尔贡 (Sargon)	两河流域阿卡德王朝开国君王（约公元前2334—前2279年在位），其身世的传说影响了《圣经》中摩西身世的叙事。
沙坎 (Shakkan)	太阳神沙马什之子，野生动物的保护神，主要活动在荒野和沙漠地带。
沙马什 (Shamash)	阿卡德语神名，太阳神，主管司法和正义；对应苏美尔神名乌图(Utu)。

莎姆哈特 （Shamhat）	"史诗"中引诱教化恩启都的妓女,回到乌鲁克后不知所踪。
施杜丽 （Shiduri）	"史诗"中的酒馆女店主,指点吉尔伽美什找到了永生之人乌特纳皮施提。
塔穆孜 （Tammuz）	苏美尔语神名,主管畜牧,伊楠娜的丈夫;对应阿卡德语神名杜穆孜（Dumuzi）。
乌尔沙纳比 （Ur-shanabi）	"史诗"中的船夫,将吉尔伽美什摆渡至乌特纳皮施提居住的小岛,后跟随他回到乌鲁克。
乌特纳皮施提 （Utnapishti）	阿卡德语名,意为"他找到了生命","史诗"中的大洪水幸存者和永生之人;对应于苏美尔语洪水故事中的孜乌苏德腊（Ziusudra）。
乌图（Utu）	苏美尔语神名,太阳神,主管司法和正义;对应阿卡德神名沙马什（Shamash）。
辛·里克·温尼尼（Sin-liqe-unninni）	两河流域传统认定的"史诗"标准版编纂者,生活在约公元前13—前11世纪。
亚述巴尼拔 （Ashurbanipal）	新亚述帝国国王,公元前668—前627年在位;"史诗"标准版出土于他所建的皇家图书馆。
伊吉吉 （Igigi）	常作为天界之神的统称;在神话《阿特腊哈希斯》中不堪永久劳作之苦,起兵反抗恩利尔;智慧神埃阿献计创造人类,以解除伊吉吉的重负。
伊楠娜 （Inanna）	苏美尔语女神名,主管万物的繁衍和人类的情欲;对应阿卡德语女神伊施塔（Ishtar）。
伊施塔 （Ishtar）	阿卡德语女神名,主管万物繁衍、人类情欲以及战争;对应苏美尔语女神伊楠娜（Inanna）。
孜乌苏德腊 （Ziusudra）	苏美尔语名,意为"长寿之人",大洪水幸存者和永生之人;对应"史诗"中的乌特纳皮施提。

附录 2：主要地名表

按首字拼音排序

阿拉塔 （Aratta）	具体位置不详，一般认为位于伊朗中部，是青金石贸易路线上的重要据点；在《恩美卡与阿拉塔之王》、《恩美卡与恩苏赫吉腊那》、《卢伽尔班达诗歌》等作品中，阿拉塔之王与乌鲁克之王为敌。
阿勒颇 （Aleppo）	叙利亚城市，发现"洪水故事"和"史诗"的乔治·史密斯病逝地。
巴比伦（Babylon）	公元前一千纪新巴比伦王国的都城，位于两河流域南部；"巴比伦之囚"（前 587—前 586 年）后犹太人的流放地；该城的新年庆祝仪式有较多文献记录。
地下泉水（Abzu）	传说中智慧神恩基/埃阿的住所，位于地下但在冥府上方。
基什 （Kish）	两河流域南部城邦，位于乌鲁克以北；二者争夺该地区的霸权。
马舒山（Mashu）	"史诗"中吉尔伽美什寻找永生的途径地，由蝎人夫妇看守；通过后到达宝石花园。
尼穆什（Nimush）	"史诗"中乌特纳皮施提的船所停靠之地，以躲避洪水。
尼尼微（Nineveh）	公元前一千纪新亚述帝国的都城之一，位于两河流域北部、底格里斯河畔；出土"史诗"标准版。

尼普尔（Nippur）	位于两河流域南部的传统宗教中心，主神恩利尔的崇拜地。
舒鲁帕克 （Shurupak）	两河流域南部，洪水幸存者孜乌苏德腊和乌特纳皮施提的故乡。
乌鲁克 （Uruk）	人类历史上最早的城市，位于两河流域南部；"史诗"主人公吉尔伽美什的故乡。
雪松林 （Cedar Forest）	由怪兽胡瓦瓦/芬巴巴看守；在苏美尔文学传统中很可能位于伊朗山区，在"史诗"中位于两河流域以西的叙利亚地区。

参考文献

中文：

爱德华兹著,沈大銈译,曾尔恕勘校：《汉穆拉比法典》,中国政法大学出版社 2005 年。

［德］狄兹·奥托·爱扎德,拱玉书、欧阳晓莉、毕波（译）：《吉尔伽美什史诗的流传演变》,《国外文学》2000 年第 1 期,第 54—60 页。

蔡茂松：《吉尔伽美什是英雄,不是太阳》,《外国文学评论》2000 年第 3 期,第 107—122 页。

［英］戈登·柴尔德著,安家瑗、余敬东译：《人类创造了自身》,上海三联书店 2012 年。

［英］戈登·柴尔德著,李宁利译：《历史发生了什么》,上海三联书店 2012 年。

陈艳丽、吴宇虹：《古代两河流域苏美尔人的地下世界观》,《史学月刊》2015 年第 8 期,第 71—78 页。

陈贻绎,《希伯来语〈圣经〉导论》,北京大学出版社 2011 年。

段晴：《新疆山普鲁古毛毯上的传说故事》,《西域研究》2015 年第 1 期,第 38—47 页。

阿诺尔德·范热内普著,张举文译：《过渡礼仪》,商务印书馆 2014 年。

方晓秋：《梦在〈吉尔伽美什史诗〉中的特殊价值》,《古代文明》2019 年第 2 期,第 3—9 页。

拱玉书：《论苏美尔文明中的"道"》,《北京大学学报》2017 年第 3 期,第 100—114 页。

——：《升起来吧！像太阳一样——解析苏美尔史诗〈恩美卡与阿拉塔之王〉》,昆仑出版社 2006 年。

——：《西亚考古史》,文物出版社 2002 年。

——：《日出东方——苏美尔文明探秘》，云南人民出版社 2001 年。

——：《伊施塔入冥府》，《北京大学学报·外语语言文学专刊》，1995 年，第 58—62 页。

国洪更：《古代两河流域的创世神话与历史》，《世界历史》2006 年第 4 期，第 79—88 页。

[古希腊]荷马著，罗念生、王焕生译：《荷马史诗·伊利亚特》，人民文学出版社 2018 年。

[古希腊]荷马著，王焕生译：《荷马史诗·奥德赛》，人民文学出版社 2018 年。

黄洋：《从同性恋透视古代希腊社会——一项历史学的分析》，《世界历史》 1998 年第 5 期，第 74—82 页。

贾妍：《神采幽深：青金石在古代美索不达米亚使用的历史及文化探源》， 《器服物佩好无疆：东西文明交汇的阿富汗国家宝藏》，上海书画出版社 2019 年，第 217—234 页。

——：《"逾界"与"求诉"——从〈伊施塔入冥府〉神话的两大主题看古代两 河流域伊施塔崇拜的一些特质》，《丝绸之路研究》2017 年第一辑，第 26— 41 页。

李海峰：《试论巴比伦女祭司在家庭中的地位》，《世界宗教研究》2010 年第 1 期，第 160—167 页。

李秀：《遵神意 重今生 惧冥世——从史诗〈吉尔伽美什〉看古代美索不 达米亚人的生命观》，《安徽文学》2011 年第 3 期，第 25—27 页。

刘昌玉：《政治婚姻与两河流域乌尔第三王朝的治理》，《社会科学》2018 年 第 8 期，第 138—149 页。

刘健：《古代两河流域新年礼俗、观念及其政治功能的演进》，《贵州社会科 学》，2017 第 10 期。

加里·A.伦茨伯格著，邱业祥译：《〈吉尔伽美什〉洪水故事观照下的圣经洪 水故事》，《圣经文学研究》2014 年第九辑，第 36—53 页。

[美]约瑟夫·坎贝尔著，张承谟译：《千面英雄》，文艺出版社 2000 年。

马晓鹤：《光明的使者——摩尼与摩尼教》，兰州大学出版社 2013 年。

马晓鹤、张忠达：《光明使者：图说摩尼教》，上海社会科学院出版社 2003 年。

[英]尼尔·麦格雷戈著，余燕译：《大英博物馆世界简史》，新星出版社 2014 年。

孟振华：《波斯时期的犹大社会与圣经编纂》，宗教文化出版社 2013 年版。

——：《波斯早期犹大政策重探》，《世界历史》2010 年第 4 期，第 93—101 页。

纳训译：《一千零一夜》，人民文学出版社 1982 年。

欧阳晓莉：《从"自然"到"教化"——解读〈吉尔伽美什史诗〉中的角色恩启都》，《四川大学学报（哲学社会科学版）》2019 年第 4 期，第 171—182 页。

——：《灌木丛中的公羊》，上海博物馆编《文物的亚洲》，译林出版社 2019 年，第 12—17 页。

——：《伊贝尼·萨拉姆滚筒印章》，上海博物馆编《文物的亚洲》，南京：译林出版社 2019 年，第 18—23 页。

——：《远征·漂泊·返乡——对〈吉尔伽美什史诗〉中洁净场景的仪式化解读》，《复旦学报（社会科学版）》2019 年第 3 期，第 120—129 页。

——：《妓女、女店主与贤妻——浅析〈吉尔伽美什史诗〉中的女性形象》，《妇女与性别史研究》2016 年第一辑，第 85—103 页。

——：《乌尔遗址展现上古生活场景》，《中国社会科学报》2016 年 5 月 23 日第 4 版。

彭兆荣：《人类学仪式的理论与实践》，民族出版社 2007 年。

——：《文学与仪式：文学人类学的一个文化视野》，北京大学出版社 2004 年。

［英］萨克斯著，魏思静译：《乌鸦》，生活·读书·新知三联书店 2009 年。

［美］芭芭拉·A.萨默维尔著，李红燕译：《古代美索不达米亚诸帝国》，商务印书馆 2015 年。

《圣经·中英对照》，中文和合本（New International Version，NIV 新国际版），中国基督教三自爱国运动委员会/中国基督教协会 2007 年版。

世界著名法典汉译丛书编委会编：《汉穆拉比法典》，法律出版社 2000 年。

宋靖野：《从仪式理论到社会理论：过渡礼仪的概念谱系》，《民间文化论坛》2016 年第 1 期，第 32—38 页。

［英］维克多·特纳著，黄剑波、柳博赟译：《仪式过程》，中国人民大学出版社 2006 年。

王献华：《皇族"恩图"女祭司与阿卡德帝国的治理》，《中山大学学报（社会科学版）》2016 年第 5 期，第 130—141 页。

王以欣：《居鲁士的早年传奇与口传历史》，《古代文明》2014 年第 1 期，第 2—13 页。

翁玲玲：《从外人到自己人：通过仪式的转换性意义》，《广西民族学院学报》2004 年第 6 期，第 10—17 页。

[古希腊]希罗多德著，王以铸译：《历史》，商务印书馆 1997 年。

夏洞奇：《"东方摩尼教"研究的两条路向——芮传明、王小甫摩尼教研究新作赘语》，《世界宗教研究》2011 年第 2 期，第 185—189 页。

杨炽译：《汉穆拉比法典》，高等教育出版社 1992 年。

[美]米尔恰·伊利亚德著，晏可佳、吴晓群、姚蓓琴译：《宗教思想史》，上海社会科学院出版社 2004 年。

裔昭印：《西方古典妇女史研究的兴起与发展》，《世界历史》2014 年第 3 期，第 116—128 页。

尹凌：《古代两河流域新年仪式研究》，《古代文明》2011 年第 3 期，第 29—33 页。

张举文：《重认"过渡礼仪"模式中的"边缘礼仪"》，《民间文化论坛》2006 年第 3 期，第 25—37 页。

张若一：《论希伯来巨人神话体系——形象、母题及其意识形态观念》，《古代文明》2018 年第 2 期，第 12—19 页。

张悦：《阈限理论视角下的道教驱邪活动研究》，《宗教学研究》2014 年第 3 期，第 63—67 页。

赵乐牲译著：《世界第一部史诗〈吉尔伽美什〉》，辽宁人民出版社 1981 年。

赵乐牲译：《吉尔伽美什——巴比伦史诗与神话》，译林出版社 1999 年。

作者不详：《世界上第一部史诗〈吉尔伽美什〉》，辽宁人民出版社 2015 年。

西文：

数据库和参考书：

CAD = The Assyrian Dictionary of the Oriental Institute of the University of Chicago.

The Jewish Study Bible, eds. Adele Berlin and Marc Zvi Brettler (Oxford University Press, 2004).

ETCSL (The Electronic Text Corpus of Sumerian Literature)：http://etcsl.orinst.ox.ac.uk/section2/c211.htm.

RlA = Reallexikon der Assyriology und Vorderasiatischen Archäologie

著作与论文：

Abusch, Tzvi. 2015. "Ishtar's Proposal and Gilgamesh's Refusal: An Interpretation of *the Gilgamesh Epic*, Tablet VI, Lines 1-79," in ibid. ed., *Male and Female in the Epic of Gilgamesh: Encounters, Literary History, and*

Interpretation (Winona Lake, Indiana: Eisenbrauns), pp. 11 – 57.

——. 2015. *Male and Female in the Epic of Gilgamesh: Encounters, Literary History, and Interpretation* (Winona Lake, Indiana: Eisenbrauns).

——. 1997. "Mourning the Death of a Friend: Some Assyriological Notes," in John Maier ed., *Gilgamesh: A Reader* (Wauconda, Illinois: Bolchazy-Carducci Publishers), pp. 109 – 121.

Ackerman, Susan. 2005. *When Heroes Love: The Ambiguity of Eros in the Stories of Gilgamesh and David* (New York: Columbia University Press).

Albenda, Pauline. 2005. "The 'Queen of the Night' Plaque: A Revisit," *Journal of the American Oriental Society* 125: pp. 171 – 190.

Alster, Bendt. 2002. "*ilū awīlum: we-e i-la*, 'Gods: Men' versus 'Man: God': Punning and the Reversal of Patterns in the Atrahasis Epic," in Tzvi Abusch ed., *Riches Hidden in Secret Places: Ancient Near Eastern Studies in Memory of Thorkild Jacobsen* (Winona Lake, Indiana: Eisenbrauns), pp. 35 – 40.

Angel, Joseph L. 2014. "Reading the Book of Giants in Literary and Historical Context." *Dead Sea Discoveries* 21: pp. 313 – 346.

Asher-Greve, Julia M. 2000. "Stepping into the Maelstrom: Women, Gender and Ancient near Eastern Scholarship," *NIN: Journal of Gender Studies in Antiquity* 1: pp. 1 – 22.

——. 1997. "The Essential Body: Mesopotamian Conceptions of the Gendered Body," *Gender and History* 9: pp. 432 – 461.

——. 1997. "Feminist Research and Ancient Mesopotamia: Problems and Prospects," in A. Brenner and C. Fontaine eds., *A Feminist Companion to Reading the Bible* (Sheffield: Academic Press), pp. 218 – 237.

Asher-Greve, Julia M. and M. F. Wogec. 2000. "Women and Gender in the Ancient Near Eastern Cultures," *NIN: Journal of Gender Studies in Antiquity* 3: pp. 33 – 114.

Assante, Julia. 2002. "Sex, Magic and the Liminal Body in the Erotic Art and Texts of the Old Babylonian Period," in Simo Parpola and Robert M. Whiting eds., *Sex and Gender in the Ancient Near East: Proceedings of the 47th Rencontre Assyriologique Internationale, Helsinki, July 2 – 6, 2001* (Helsinki: The Neo-Assyrian Text Corpus Project), pp. 27 – 52.

Ataç, Mehmet-Ali. 2006. "Manichaeism and Ancient Mesopotamian 'Gnosticism'." *Journal of Ancient Near Eastern Religions* 5: pp. 1 – 39.

——. 2004. "'Angelology' in *the Epic of Gilgamesh*," *Journal of Ancient Near Eastern Religions* 4: pp. 3 – 27.

Bahrani, Zainab. 2017. *Mesopotamia: Ancient Art and Architecture* (London: Thames and Hudson).

———. 2002. "Sex as Symbolic Form: Eroticism and the Body in Mesopotamian Art," in Simo Parpola and Robert M. Whiting, eds. , *Sex and Gender in the Ancient Near East: Proceedings of the 47th Rencontre Assyriologique Internationale, Helsinki, July 2 - 6, 2001* (Helsinki: The Neo-Assyrian Text Corpus Project, 2002), pp. 53 - 58.

———. 2001. *Women of Babylon: Gender and Representation in Mesopotamia* (London and New York: Routledge).

Bailey, John A. 1970. "Initiation and the Primal Woman in Gilgamesh and Genesis 2 - 3," *Journal of Biblical Literature* 89: pp. 137 - 150.

Barré, Michael L. 2001. "'Wandering about' as a *Topos* of Depression in Ancient Near Eastern Literature and the Bible," *Journal of Near Eastern Studies* 60: pp. 179 - 180.

Barrett, Caitlín. 2007. "Was Dust Their Food and Clay Their Bread?: Grave Goods, the Mesopotamian Afterlife, and the Liminal Role of Inanna/Ishtar," *Journal of Ancient Near Eastern Religion* 7: pp. 7 - 63.

Bell, Catherine. 2009. *Ritual Theory, Ritual Practice* (Oxford University Press).

Bidmead, Julye 2014. *The Akītu Festival: Religious Continuity and Royal Legitimation in Mesopotamia* (Piscataway, New Jersey: Gorgias).

Black, J. A. 1981. "The New Year Ceremonies in Ancient Babylon: 'Taking Bel by the Hand' and a Cultic Picnic," *Religion* 11: pp. 39 - 59.

Black, Jeremy and Anthony Green, 2000. *Gods, Demons and Symbols of Ancient Mesopotamia: An Illustrated Dictionary* (Austin, Texas: University of Texas Press).

Bloch, Yigal. 2014. "Judeans in Sippar and Susa during the First Century of the Babylonian Exile: Assimilation and Perseverance under Neo-Babylonian and Achaemenid Rule," *Journal of the Ancient Near Eastern History* 1: pp. 119 - 172.

Bottéro, Françoise. 2001. *Religion in Ancient Mesopotamia*, trans. Teresa Lavender Fagan (Chicago and London: The University of Chicago Press).

Bottéro, Jean. 1992. *L'épopée de Gilgameš: Le grand homme qui ne voulait pas mourir* (Paris: Gallimard).

Brown, David. 2010. "Increasingly Redundant: The Growing Oblescence of the Cuneiform Script in Babylonia from 539 BC," in John Baines, John Bennet and Stephen Houston eds. , *The Disappearance of Writing Systems:*

Perspectives on Literacy and Communication (London: Equinox), pp. 73 – 101.

Bulkley, Kelly. 1993. "The Evil Dream of Gilgamesh: An Interdisciplinary Approach to Dreams in Mythological Texts," in Carol S. Rupprecht ed., *The Dream and the Text : Essays on Literature and Language* (Albany: State University of New York Press), pp. 181 – 199.

Burkert, Walter. 1991. "'Or Also a Godly Singer': Akkadian and Early Greek Literature," in John Maier ed., *Gilgamesh : A Reader* (Wauconda, Illinois: Bolchazy-Carducci Publishers), pp. 178 – 191.

Butler, S. A. L. 1998. *Mesopotamian Conceptions of Dreams and Dream Rituals* (Münster: Ugarit-Verlag).

Chen, Y. S. 2013. *The Primeval Flood Catastrophe* (Oxford: Oxford University Press).

Clark, Raymond J. 1997. "Origins: New Light on Eschatology in Gilgamesh's Mortuary Journey," in John Maier ed., *Gilgamesh : A Reader* (Wauconda, Illinois: Bolchazy-Carducci.), pp. 131 – 145.

Collins, John J. 1998. *The Apocalyptic Imagination : An Introduction to Jewish Apocalyptic Literature*. 2nd ed. (Grand Rapids, Michigan/Cambridge, UK: William B. Eerdmans).

Cooper, Jerrold S. 2009. "Wind and Smoke: Giving up the Ghost of Enkidu, Comprehending Enkidu's Ghosts." In Mu-chou Poo ed., *Rethinking Ghosts in World Religions* (Leiden • Boston: Brill), pp. 23 – 32.

———. 2002. "Buddies in Babylonia: Gilgamesh, Enkidu, and Mesopotamian Homosexuality," in Tzvi Abusch ed., *Riches Hidden in Secret Places : Ancient Near Eastern Studies in Memory of Thorkild Jacobsen* (Winona Lake, Indiana: Eisenbrauns), pp. 73 – 85.

Dalley, Stephanie. 1991. "The Gilgamesh Epic and Manichaean Themes," *ARAM* 3(1991): pp. 23 – 33.

———. "Gilgamesh in the Arabian Nights," *Journal of the Royal Asiatic Society : Third Series* 1(1991): pp. 1 – 17.

———. 1989. *Myths from Mesopotamia : Creation, the Flood, Gilgamesh, and Others* (Oxford: Oxford University Press).

Damrosch, David. 2006. *The Buried Book : The Loss and Discovery of the Great Epic of Gilgamesh* (New York: Henry Holt and Company).

Delnero, Paul. 2018. "A Land with No Borders: A New Interpretation of the Babylonian 'Map of the World'," *Journal of Ancient Near Eastern History* 6: pp. 1 – 19.

Dickson, Keith. 2009. "The Wall of Uruk: Iconicities in *Gilgamesh*," *Journal of Ancient Near Eastern Religions* 9: pp. 25 – 50.

Durand, Jean-Marie ed. 1987. *La femme dans le Proche-Orient antique: Compte rendu de la XXXIIIe Rencontre Assyriologique Internationale* (Paris, *7 – 10 Juillet 1986*) (Paris: Éditions Recherche sur les Civilisations).

Eliade, Mircea. 1958. *Rites and Symbols of Initiation: The Mysteries of Birth and Rebirth*, trans. Willard R. Trask (New York: Harper Colophon).

Feldt, Laura and Ulla Susanne Koch. 2011. "A Life's Journey-Reflections on Death in the Gilgamesh Epic," in Gojko Barjamovic et al. eds. , *Akkade Is King: A Collection of Papers by Friends and Colleagues Presented to Aage Westenholz on the Occasion of His 70th Birthday 15th of May 2009* (Leiden: Nederlands Instituut voor het Nabue Oosten), pp. 111 – 126.

Finkel, Irving ed. 2015. *The Cyrus Cylinder: The King of Persia's Proclamation from Ancient Babylon* (London/New York: I. B. Tauris).

——. 2014. *The Ark before Noah: Decoding the Story of the Flood* (Doubleday).

Fleming, Daniel E. and Sara J. Milstein. 2010. *The Buried Foundation of the Gilgamesh Epic* (Leiden: Brill).

Foster, Benjamin R. 2016. *The Age of Agade: Inventing Empire in Ancient Mesopotamia* (London and New York: Routledge).

——. 2005. *Before the Muses: An Anthology of Akkadian Literature*, 3rd ed. (Bethesda, Maryland: CDL).

——. 2001. *The Epic of Gilgamesh: A New Translation, Analogues, Criticism* (New York & London: W. W. Norton).

——. 1997. "Gilgamesh: Sex, Love and the Ascent of Knowledge," in John Maier, ed. , *Gilgamesh: A Reader* (Wauconda, Illinois: Bolchazy-Carducci), pp. 63 – 78.

Frayne, Douglas R. 2004. *Presargonic Period (2700 – 2350 BCE)* (Toronto/ Buffalo/London: University of Toronto Press).

——. 1990. *Old Baby lonian Perid(2003—1595BC)* (Toronto: University of Toronto Press).

Gadotti, Alhena. 2014. *"Gilgamesh, Enkidu, and the Netherworld" and the Sumerian Gilgamesh Cycle* (Boston/Berlin: De Gruyter).

George, A. R. ed. 2011. *Cuneiform Royal Inscriptions and Related Texts in the Schøyen Collection* (Bethesda, Maryland: CDL).

——. 2003. *The Babylonian Gilgamesh Epic: Introduction, Critical Edition and Cuneiform Texts* (Oxford: Oxford University Press).

——. 1999. *The Epic of Gilgamesh : The Babylonian Epic Poem and Other Texts in Sumerian and Akkadian* (London: Penguin Books).

George, A. R. , and F. N. H. Al-Rawi. 1996. "Tablets from the Sippar Library VI. Atra-hāsis," *Iraq* 58: pp. 147 - 190.

Glassner, Jean-Jacques and Benjamin R. Foster. 2004. *Mesopotamian Chronicles* (Atlanta: Society of Biblical Literature).

Goff, Matthew. 2009. "Gilgamesh the Giant: The Qumran Book of Giants' Appropriation of "Gilgamesh" Motifs," *Dead Sea Discoveries* 16: pp. 221 - 253.

Guinan, Ann K. 1997. "Auguries of Hegemony: The Sex Omens of Mesopotamia," *Gender & History* 9: pp. 462 - 479.

Harris, Rikvah. 2000. *Gender and Aging in Mesopotamia : The Gilgamesh Epic and Other Ancient Literature* (Norman: University of Oklahoma Press).

——. 1997. Rikvah Harris, "Images of Women in the Gilgamesh Epic," in John Maier ed. , *Gilgamesh : A Reader* (Wauconda, Illinois: Bolchazy-Carducci), pp 79 - 94.

Hawthorn, Ainsley. 2015. "'You Are Just Like Me': The Motif of the Double in the Epic of Gilgamesh and the Agushaya Poem," *KASKAL* 12: pp. 451 - 466.

Horowitz, Wayne. 1998. *Mesopotamian Cosmic Geography* (Winona Lake, Indiana: Eisenbrauns).

——. 1988. "The Babylonian Map of the World," *Iraq* 50: pp. 147 - 165.

Huehnergard, John. 2011. *A Grammar of Akkadian*, 3rd ed. (Winona Lake, Indiana: Eisenbrauns, 2011).

Jacobsen, Thorkild. 1987. "Pictures and Pictorial Language," in M. Mindlin, M. J. Geller and J. E. Wansbrough eds. , *Figurative language in the Ancient Near East* (London: University of London), pp. 1 - 11.

——. 1943. "Democracy in ancient Mesopotamia." *Journal of Near Eastern Studies* 2: pp. 159 - 172.

Karahashi, Fumi and Carolina López-Ruiz. 2006. "Love Rejected: Some Notes on the Mesopotamian 'Epic of Gilgamesh' and the Greek Myth 'Hippolytus'," *Journal of Cuneiform Studies* 58: pp. 97 - 107.

Katz, Dina. 2003. *The Image of the Netherworld in the Sumerian Sources* (Bethesda, MD: CDL).

——. 1987. "Gilgamesh and Akka: Was Uruk Ruled by Two Assemblies?," *Revue d'Assyriologie et d'Archéologie Orientale* 81: pp. 105 - 112.

Kilmer, Anne Draffkorn. 1972. "The Mesopotamian Concept of Overpopulation and Its Solution as Reflected in Mythology," *Orientalia Nova Series* 41: pp. 160 - 177.

Kirk, G. S. 1970. *Myth: Its Meaning and Functions in Ancient and Other Cultures* (Cambridge University Press).

Klein, Jacob. 2002. "A New Look at the 'Oppression of Uruk' Episode in the Gilgameš Epic," in Tzvi Abusch ed., *Riches Hidden in Secret Places: Ancient Near Eastern Studies in Memory of Thorkild Jacobsen* (Winona Lake, Indiana: Eisenbrauns), pp. 187 - 201.

Kramer, S. N. 1987. "The Woman in Ancient Sumer: Gleanings from Sumerian Literature," in Jean-Marie Durand ed., *La femme dans le Proche-Orient antique: Compte rendu de la XXXIIIe Rencontre Assyriologique Internationale (Paris, 7 - 10 Juillet 1986)* (Paris: Éditions Recherche sur les Civilisations, 1987), pp. 107 - 112.

Kuhrt, Amélie. 1995. *The Ancient Near East (c. 3000 - 330 BC)* (London and New York: Routledge).

Lambert, W. G. 2013. *Babylonian Creation Myths* (Winona Lake: Eisenbrauns).

———. 1995. "Myth and Mythmaking in Sumer and Akkad," in J. M. Sasson, J. Baines, G. Beckman and K. S. Rubinson eds., *Civilizations of the Ancient Near East* (Peabody, Massachusetts: Hendrickson), pp. 1825 - 1835.

———. 1992. "Prostitution," in Volkert Haas ed., *Aussenseiter und Randgruppen: Beiträge zu einer Socialgeschichte des Alten Orients* (Konstanz: Universität Verlag Konstanz), pp. 127 - 159.

———. 1992. "The Relationship of Sumerian and Babylonian Myth as Seen in Accounts of Creation," in Dominique Charpin and F. Joannès eds., *La circulation des biens, des personnes et des idées dans le proche-orient ancient* (Paris: Editions Recherche sur les Civilisations), pp. 129 - 135.

———. 1990. "A New Babylonian Descent to the Netherworld," in Tzvi Abusch, John Huehnergard and Piotr Steinkeller eds., *Lingering over Words* (Atlanta, Georgia: Scholars), pp. 289 - 304.

Lambert, W. G. and A. R. Millard. 1999. *Atra-Hāsis: The Babylonian Story of the Flood* (Winona Lake, Indiana: Eisenbrauns).

Lapinkivi, Pirjo. 2008. "The Sumerian Sacred Marriage and Its Aftermath in Later Sources," in Martti Nissinen and Risto Uro eds., *Sacred Marriages: The Divine-Human Sexual Metaphor from Sumer to Early Christianity* (Winona Lake, Indiana: Eisenbrauns), pp. 7 - 41.

Leick, Gwendolyn. 1994. *Sex and Eroticism in Mesopotamian Literature* (London and New York: Routledge).

Lerner, Gerda. 1986. "The Origins of Prostitution in Ancient Mesopotamia," *Signs* 11: pp. 236 – 254.

Liverani, Mario. 2006. *Uruk: The First City*, eds. & trans. Zainab Bahrani and Marc Van De Mieroop (Equinox).

———. 2004. *Myth and Politics in Ancient Near Eastern Historiography*, trans. Zainab Bahrani and Marc Van De Mieroop (Ithaca, New York: Cornell University Press, 2004).

MacGregor, Neil. 2010. *A History of the World in 100 Objects* (New York: Viking).

Mandell, Sara. 1997. "Liminality, Altered States, and the Gilgamesh Epic," in John Maier ed. , *Gilgamesh: A Reader* (Wauconda, Illinois: Bolchazy-Carducci), pp. 122 – 130.

Martin, Richard C. et al eds. 2003. *Encyclopedia of Islam and the Muslim World* (New York: Macmillan).

Marzahn, Joachim. 2008. "Koldeway's Babylon," in I. L. Finkel and M. J. Seymour eds. , *Babylon* (Oxford University Press), pp. 46 – 53.

Mathers, Powys. 2005. *The Book of the Thousand Nights and One Night: Rendered into English from the Literal and Complete French Translation of Dr. J. C. Mardrus* (London and New York: Routledge).

Maul, Stefan M. 2008. *Das Gilgamesch-Epos* (München: C. H. Beck).

Michalowski, Piotr. 2010. "Maybe Epic: The Origins and Reception of Sumerian Heroic Poetry," in David Konstan and Kurt A. Raaflaub eds. , *Epic and History* (Malden, Massachusettes, USA: Wiley-Blackwell), pp. 7 – 25.

Mobley, Gregory. 1997. "The Wild Man in the Bible and the Ancient Near East," *Journal of Biblical Literature* 116: pp. 217 – 233.

Moran, William L. 1991. "Ovid's *Blanda Voluptas* and the Humanization of Enkidu," *Journal of Near Eastern Studies* 50: pp. 121 – 127.

———. 1970. "The Creation of Man in Atrahasis I 192 – 248," *Bulletin of the American Schools of Oriental Research* 200: pp. 48 – 56.

Morford, Mark P. O. and Robert J. Lenardon. 2007. *Classical Mythology*, 8th ed. (New York/Oxford: Oxford University Press).

Nickelsburg, George W. E. and James C. VanderKam. 2012. *1 Enoch: The Hermeneia* (Translation Minneapolis: Fortress).

Nissinen, Martti. 2010. "Are There Homosexuals in Mesopotamian Literature?," *Journal of the American Oriental Society* 130: pp. 73 – 77.

Oppenheim, A. L. 1977. *Ancient Mesopotamia: Portrait of a Dead Civilization* (Chicago & London: The University of Chicago Press).

——. 1956. "The Interpretation of Dreams in the Ancient Near East, with a Translation of an Assyrian Dream-Book," *Transactions of the American Philosophical Society* 46: pp. 179 – 373.

Parpola, Simo. 1997. *The Standard Babylonian Epic of Gilgamesh* (Finland: The Neo-Assyrian Text Corpus Project).

Parpola, S. and R. M. Whiting, eds. 2002. *Sex and Gender in the Ancient Near East: Proceedings of the 47*th *Rencontre Assyriologique Internationale, Helsinki, July 2 – 6, 2001* (Helsinki).

Pearce, Laurie E. 2016. "Cuneiform Sources for Judeans in Babylonia in the Neo-Babylonian and Achaemenid Periods: An Overview," *Religion Compass* 109: pp. 230 – 243.

Pearce, Laurie E. and Cornelia Wunsch. 2014. *Documents of Judean Exiles and West Semites in Babylonia in the Collection of David Sofer* (Bethesda, Maryland: CDL).

Pedersén, Olof. 1998. *Archives and Libraries in the Ancient Near East* (Bethesda, Maryland: CDL).

Pollock, Susan. 1991. "Women in a Men's World: Images of Sumerian Women," in J. M. Gero and M. W. Conkey eds., *Engendering Archaeology: Women and Prehistory* (Oxford: Basil Blackwell), pp. 366 – 387.

Pryke, Louise M. 2019. *Gilgamesh*. London and New York: Routledge.

——. 2017. "The Bull of Heaven: Animality and Astronomy in Tablet VI of the Gilgamesh Epic," *ARAM* 29: pp. 161 – 168.

Redford, Donald B. 1967. "The Literary Motif of the Exposed Child," *Numen* 14: pp. 209 – 228.

Renger, Johannes. 1969. "Untersuchungen zum Priestertem der altbabylonische Zeit: 2. Teil," *Zeitschrift für Assyriologie und vorderasiatische Archäologie* 59: pp. 104 – 230.

——. 1967. "Untersuchungen zum Priestertem der altbabylonische Zeit: 1. Teil," *Zeitschrift für Assyriologie und vorderasiatische Archäologie* 58: pp. 110 – 188.

Roaf, Michael. 1990. *Cultural Atlas of Mesopotamia and the Ancient Near East* (Abingdon, England: Andromeda).

Rochberg, Francesca. 2012. "The Expression of Terrestrial and Celestial

Order in Ancient Mesopotamia," in Richard J. A. Talbert ed. , *Ancient Perspectives: Maps and Their Place in Mesopotamia, Egypt, Greece & Rome* (Chicago and London: The University of Chicago Press), pp. 9 - 46.

Roth, Martha T. 1997. *Law Collections from Mesopotamia and Asia Minor* (Atlanta, Georgia: Scholars Press).

Sallaberger, Walther. 2011. "Körperliche Reinheit und soziale Grenzen in Mesopotamien," in Peter Burschel and Christoph Marx eds. , *Reinheit* (Wien: Böhlau), pp. 17 - 45.

Sanmartín, Joaquín. *Epopeya de Gilgameš* (Madrid: Trotta).

Sauren, Herbert. 1993. "Nammu and Enki," in Mark E. Cohen, Daniel C. Snell and David B. Weisberg eds. , *The Tablet and the Scroll: Near Eastern Studies in Honor of William W. Hallo* (Bethesda, Maryland: CDL), pp. 198 - 208.

Scurlock, Jo Ann. 2006. "Death and the Afterlife in Ancient Mesopotamian Thought," in J. M. Sasson, J. Baines, G. Beckman and K. S. Rubinson eds. , *Civilizations of the Ancient Near East* (Peabody, Massachusetts: Hendrickson), pp. 1883 - 1893.

——. 2003. "Ancient Mesopotamian House Gods," *Journal of Ancient Near Eastern Religions* 3: pp. 99 - 106.

——. 2002. "Soul Emplacements in Ancient Mesopotamian Funerary Rituals," in Leda Ciraolo and Jonathan Seidel eds. , *Magic and Divination in the Ancient World* (Leiden • Boston • Köln: Brill • Styx), pp. 1 - 6.

——. 1997. "Ghosts in the Ancient Near East: Weak or Powerful?," *Hebrew Union Colleage Annual* 68: pp. 77 - 96.

Sladek, William R. 1974. "Inanna's Descent to the Netherworld," PhD thesis of The Johns Hopkins University.

Speiser, E. A. 1969. "The Epic of Gilgamesh," in James B. Pritchard ed. , *Ancient Near Eastern Texts Relating to the Old Testament* (Princeton University Press), pp. 72 - 99.

Steinkeller, Piotr. 2017. *History, Texts and Art in Early Babylonia: Three Essays* (Berlin: De Gruyter).

——. 2005"The Priestess *ÉGI-ZI* and Related Matters," in Yitschak Sefati et al. eds. , *"An Experienced Scribe Who Neglects Nothing": Ancient Near Eastern Studies in Honor of Jacob Klein* (Bethesda, Maryland: CDL), pp. 301 - 310。

——. 2005. "Of Stars and Men: The Conceptual and Mythological Setup of Babylonian Extispicy," *Biblica et Orientalia* 48: pp. 11 - 47.

———. 2003. "The Question of Lugalzagesi's Origins," in Gebhard J. Selz ed. , *Festschrift für Burkhart Kienast* (Münster: Ugarit-Verlag), pp. 621 – 637.

Stol, M. 1995. "Women in Mesopotamia," *Journal of the Economic and Social History of the Orient* 38: pp. 123 – 144.

Tigay, Jeffrey H. 2002. *The Evolution of the Gilgamesh Epic* (Wauconda, Illinois: Bolchazy-Carducci Publishers).

Turner, Victor. 2008. *The Ritual Process: Structure and Anti-Structure* (Brunswick and London: Aldine Transaction).

———. 1982. *From Ritual to Theatre: The Human Seriousness of Play* (New York: PAJ).

———. 1974. *Dramas, Fields, and Metaphors: Symbolic Action in Human Society* (Ithaca and London: Cornell University Press).

van De Mieroop, Marc. 2008. *A History of the Ancient Near East: Ca. 3000 – 323 BC* (Malden, Massachusetts: Blackwell).

———. 1999. *Cuneiform Texts and the Writing of History* (London and New York: Routledge).

van der Toorn, K. 1985. *Sin and Sanction in Israel and Mesopotamia: A Comparative Study* (Assen/Maastricht: Van Gorcum).

van Gennep, Arnold, 1981. *Les rites de passage* (Paris: Édition A. et J. Picard, [1909]).

———. 1960. *The Rites of Passage*, Monika B. Vizedom and Gabrielle L. Caffee trans. (The University of Chicago Press, 1960).

Vanstiphout, Herman. 2003. *Epics of Sumerian Kings* (Atlanta: Society of Biblical Literature).

Vulpe, Nicola. 1994. "Irony and the Unity of the Gilgamesh Epic," *Journal of Near Eastern Studies* 53: pp. 275 – 283.

Walls, Neal H. 2001. *Desire, Discord and Death: Approaches to Ancient Near Eastern Myth* (American Schools of Oriental Research).

Wasserman, Nathan. 2005. "Offspring of Silence, Spawn of a Fish, Son of a Gazelle ... : Enkidu's Different Origins in the Epic of Gilgameš," in Yitschak Sefati ed. , *"An Experienced Scribe Who Neglects Nothing": Ancient Near Eastern Studies in Honor of Jacob Klein* (Bethesda, MD: CDL, 2005), pp. 593 – 599.

Westenholz, Aage and Ulla Koch-Westenholz. 2000. "Enkidu-the Noble Savage?," in A. R. George and I. L. Finkel eds. , *Wisdom, Gods and Literature: Studies in Assyriology in Honor of W. G. Lambert* (Winona Lake,

Indiana: Eisenbrauns, 2000), pp. 437 - 451.

Westenholz, Joan Goodnick. 1990. "Towards a New Conceptualization of the Female Role in Mesopotamian Society," *Journal of the American Oriental Society* 110: p. 512.

Whiting, Robert M. 2006. "Amorite Tribes and Nations of Second-Millennium Western Asia," in J. M. Sasson, J. Baines, G. Beckman, and K. S. Rubinson eds. , *Civilizations of the Ancient Near East* (Peabody, Massachusetts: Hendrickson), pp. 1231 - 1242.

Winter, Irene J. 1987. "Women in Public: The Disk of Enheduanna, the Beginning of the Office and En-Priestess, and the Weight of Visual Evidence," in Jean-Marie Durand ed. , *La Femme dans le Proche-Orient Antique: XXXIIIe Rencontre Assyriologique Internationale* (Paris: Éditions Recherche sur les Civilisations), pp. 189 - 201.

Wu, Yuhong. 1998. "The Earliest War for the Water in Mesopotamia: Gilgamesh and Agga," *Nouvelles Assyriologiques Brèves et Utilitaires*: pp. 93 - 95.

Yoffee, Norman. 2005. *Myths of the Archaic State: Evolution of the Earliest Cities, States, and Civilizations* (Cambrige University Press).

Zettler, Richard L. and Lee Horne eds. 1998. *Treasures from the Royal Tombs of Ur* (Philadelphia: University of Pennsylvania Museum of Archaeology and Anthropology).

Zgoll, Annette. 2006. "Königslauf und Götterrat: Structur und Deutung des babylonischen Neujahrsfestes," in Erhard Blum and Rüdiger Lux eds. , *Festtraditionen in Israel und im Alten Orient* (Gütersloh: Gütersloher Verlagshaus, 2006), pp. 12 - 80.

图书在版编目（CIP）数据

英雄与神祇：《吉尔伽美什史诗》研读/欧阳晓莉著. —上海：
上海三联书店，2021.9
ISBN 978 - 7 - 5426 - 7245 - 2

Ⅰ.①英… Ⅱ.①欧… Ⅲ.①英雄史诗-古典文学研究-巴
比伦 Ⅳ.①I198.207.2

中国版本图书馆 CIP 数据核字（2020）第 217157 号

英雄与神祇——《吉尔伽美什史诗》研读

著　　者 / 欧阳晓莉

责任编辑 / 黄　韬
装帧设计 / 徐　徐
监　　制 / 姚　军
责任校对 / 张大伟　王凌霄

出版发行 / 上海三联书店
　　　　　（200030）中国上海市漕溪北路 331 号 A 座 6 楼
邮购电话 / 021 - 22895540
印　　刷 / 上海普顺印刷包装有限公司

版　　次 / 2021 年 9 月第 1 版
印　　次 / 2021 年 9 月第 1 次印刷
开　　本 / 890mm × 1240mm　1/32
字　　数 / 250 千字
印　　张 / 10.375
书　　号 / ISBN 978 - 7 - 5426 - 7245 - 2/I・1670
定　　价 / 58.00 元

敬启读者，如发现本书有印装质量问题，请与印刷厂联系 021 - 36522998